中国专业作家小说典藏文库

中国专业作家小说典藏文库

王鸿达卷

重影

王鸿达 ◎ 著

CHONGYING

中国文史出版社

目 录

黑 草 垛

　　村长带着治安警察来到食杂店的时候，食杂店里站满了人。都是些上午刚从地里干完活儿回来的农民，一张张挂土的脸上夹杂着一股汗酸味。站在人群后面的男孩儿，不但闻到了一股汗酸味，还闻到了一股别的味儿。从大人们挤挤挨挨的缝隙里，他望得见货架上那一排排摆得满满的罐头，看上去都是矮墩墩的，神气十足的样子。他暗暗认过罐头上贴的商标纸，可不是认识商标上的字，他半个大字也不认识。他认的是那上面鲜红的红烧猪肉和银白色的弯弯的鱼。此刻这两股气味不时地一阵阵送来，勾得他嘴角快流涎水了。可是他很快忍住了，他的鼻子嗅到了另一种味道，是从人头上飘过来的一缕香烟味。是那个治安警察在吸烟（满屋子里只有他在吸烟，是村长递给他的，村长自己没吸），这股烟味叫他感到一阵恐惧不安，甚至伤心绝望。他想离开那里，到外面去找两个姐姐，可是地上像有什么东西粘住了他的脚。

　　食杂店是村长家开的，自从村长开了食杂店后，村里有什么事情都在这里解决了。不过这倒有点儿难为村长的老婆了，每到这时，那个肥胖的女人就要从里屋走出来，睁大她那双没睡醒的肿泡眼（她好像每天总有睡不完的觉），警惕地有点儿不怀好意地盯着满满当当一屋子的人（他们可不是来买什么东西，而且还得提防着这些穷鬼别顺手牵羊顺走点儿什么，比如一颗糖果呀，一团线或几枚针什么的）。

"李顺，说说看，你有什么证据呢？"足足吸了两支烟的工夫，治安警察开口了。

"我已经跟村长说过了。他家的鸡第一次来刨我家园子里的菠菜籽，是刚开春撒种下地的时候，我逮住了，给他家送去了。第二次我家园子里菠菜长出来的时候，那只讨厌的鸡又飞进来了，我逮住给他家送去时说，看好你家的鸡，不然下次再叫我逮着可就不客气了。回头我又把菜园障子加高了。谁想那只该死的鸡还是能飞进来呢？第三次我逮住它时我想应该给它一点儿教训，就把它的一只腿打折了，我给他家送去时对他女人和孩子说，这回它再也不会飞到别人家园子里去了。可并不妨碍它下蛋……可是第二天夜里我家的草垛就着火了，你们想想看，天下有这么巧合的事吗？"

"这么说可不能算作证据，不能算作证据，你明白吗？"治安警察冷静地说。

那个叫李顺的人听了，茫然张皇地瞅瞅治安警察，又瞅瞅黑压压的人群。突然眼睛一亮，发现了人群后面那个胆怯的孩子。"把那个孩子叫来问问好了。他是知道的。"

人堆里立刻闪出一条道儿来，两边两排沉默麻木的脸一齐扭转过来，柜台里面坐着的那个黑瘦治安警察在招手叫他。柜台外面一块空地上除了站着他家邻居外，还站着他的父亲冯福和他的母亲秀珍。冯福这个老实巴交的庄稼汉正一脸惶恐地望着他。相比之下他的女人倒比他镇定得多。她穿着一件体面的红衣衫（这件红外罩衫只有在走亲戚时男孩儿才见她穿过），直挺挺站在那里，对他一眼也不望。那种要命的恐惧绝望的感觉又梗在心头了。他像被人推着磨磨蹭蹭挨到前面去，各种各样的目光都向他身上聚拢了来，压得他有点儿喘不过气来。

"你叫什么名字？孩子，今年多大啦，上学了没？"治安警察尽量和蔼着口气问。

"我……我……学……学……十……十……"

"你在说什么？"治安警察费力地竖起了耳朵。围着的人轻轻笑了起来。

刚刚站到前面去的男孩儿脸憋成了紫茄子色，快要哭了。时间凝固了（在他看来这几秒钟像过了几年一样长），他哆嗦着腿不由自主地向后退去。那个老实的父亲替他回答了："报告政府同志，他是个结巴，今年十虚岁，还没有上学，还没有个学名。"

治安警察听了，回过头去，以一种不太高兴的讥讽口气问李顺："你要我问的就是这个孩子吗？"

"算了算了。"李顺恼羞成怒，气势汹汹地说道，"算我没说，你打发他走吧。"

于是男孩儿立刻觉得那流水样的时间又在他的脚下飞快流去了，那汗酸味和肉罐头味又充塞了他的鼻孔。

"不过，冯家的鸡可是你打坏的？"

"没错，这一点我刚才已经承认过了。"李顺满不在乎地说，口气里颇有些挑衅。

"那么你要包赔他家的鸡，你赔了鸡钱后，这只鸡就可以是你的了，不管是吃肉还是留着下蛋，随你的便了。"

屋子里的嗡嗡声如同苍蝇乱扑在窗玻璃上一样响了起来。男孩儿看到治安警察扭过头去在询问冯福和他女人那只芦花鸡的价钱。不等冯福说什么，他的女人就抢着说了："那只芦花鸡是去年冬天在集上买的，花了十块钱，现在正是下蛋的时候，至少要赔俺家十五块钱。"男孩儿的脸又憋红了！她在撒谎，去年冬天在集上他明明看到她是花五块钱买的。他张了张嘴，可是没有谁再向他看过来一眼。

裁决就这么定了下来。人群拥挤着他和他的父母向屋外散去。那个怒气冲冲的庄稼汉也垂头丧气地蔫了下来："算我倒霉，谁让我摊着这么个……"接下去的话下流得不堪入耳，谁都知道是说给他的那个女邻居听的。

走到外面来，五月正午的阳光刺得男孩儿有点儿睁不开眼睛。等他慢慢睁开了眼睛，看见他那两个腰圆身粗的姐姐正在不远处一棵榆树下玩跳皮筋，他走过去。路边松软的泥土里站着几个不大的孩子和狗。他耳朵里听到一声悄悄的骂：

"放火的贼！"

他猛地转过身去，可眼睛又看不清东西了，只觉得一团红雾里有一张脸在飘去。他拔起腿刚要追过去，被人一把扯了回来，一个女人冷冰冰的声音在头顶上响起："走，回家去。"

下午，村长到来之前，女人和男孩儿站在自家的院子里。冯福和两个大女儿去田里了，女人背对着太阳，像白铁皮剪成的人形儿一样扁扁的、死板板的，连声音也像白铁皮一样刺耳，像白铁皮一样没有热情："你打算说出去了，是吗？你差一点儿就说了。"男孩儿没吱声，恐惧地睁大了一双眼睛盯着女人手上的鸡。女人接下去说了，还是一点儿也不激动，眼睛里也一点儿没冒火："你快长成个大人了，你得学着点儿。否则你会像这只鸡一样被人打断腿的。"女人说着狠狠将鸡摔在院子里。瘸腿鸡哀鸣了一声倒在地上，扑起的尘埃久久没有散定。男孩儿痛苦地闭上了眼睛。

后来村长就走进院子来，村长是来送那十五块钱赔偿金的。村长站在充满阳光的院子里，剔着牙缝，并不急于把那只痛苦的鸡抱走。芦花鸡奄奄一息地倒卧在院子的尘土里，男孩儿一脸哀伤地守在它跟前。女人走回到屋里去了。灶坑里的火已经熄灭，可是她还习惯地坐在那里，屋门大敞着。

村长的目光落到了院外那堆黑草垛上。村长开口说话了："这真是一件奇怪的事情，每年春天村子里总要有一家草垛失火。"

"这有什么奇怪的呢，春天风大草干很容易着火的啊。"冯福女人口气轻松得好像在谈论一件别的什么事情。

"……可是村子里总要为此掏出一笔治安防火罚款。"

"这你该找失火的人家要去。"冯福女人眼睛讥讽地眯着极其冷淡地说。

"唉，算啦，他们已经够倒霉的了……"村长摇了摇头，有些息事宁人地同情说，并从他嘴里打出一声酒嗝来。他中午刚刚陪着治安警察喝过，这会儿脸还红着呢。

晚上女人做了红烧猪肉，两个姐姐快活地叫着大嚼大咽了起来。而男孩儿则没有了胃口，他惦记着那只被抱走的鸡，它活不了多久了。

早上男孩儿到村外草甸子上去放鸡，看到同村上学的孩子们三

5

三两两从他面前走过——"磕巴，磕巴，吃屎吧!""你……你……我……我……"他的脸又憋得通红了，自卑地远远躲开了。他想起去年秋天上学的情景。男孩儿上学的第二天就被那个严厉的女教师扯着耳朵拎回家来了，她对他母亲吼着："他不会说话吗?这个结巴猪，气死我啦!"母亲像下错了蛋的母鸡一样脸微微红了起来。隔不多久，那女教师家后院的草垛就失火了。不过他总算比两个姐姐幸运，两个姐姐一天学也没上。男孩儿想如果上学她俩就不会变得又蠢又笨又懒又馋了。上学是一件多么美好的事情啊!他不明白家里为什么不让两个姐姐上学。

中午他过地头儿去送饭，果然看见两个姐姐躺在地头儿在晒阳阳呢。这并不出乎他的意料。他知道地里的活儿准是父亲一个人的份儿，那两个大姑娘哪里肯动手呢，最多不过是做做样子罢了。离老远，他就闻到了她俩那无聊的大声聒噪散发出来的一股不可救药的气息。后来母亲也来到了田里，她俩才像老鼠一样溜回到田里去。

"别再让我看到你俩偷懒的样子。"

吃饭时，母亲命令她俩先撒完四条垄的玉米种子再过来吃饭。阳光晃着地里她俩慵懒的身影。

地头上移过来一个背剪着手的男人身影，是村长。村长手搭着凉棚向地里望了望，吃惊地说："秀珍，那是你的两个女儿吗?出落成大姑娘了!"

冯福女人没理他，他又自言自语道："要是我有孩子也该这么大啦。"

冯福女人阴阴地哧哧冷笑了两声，道："这真是报应，嘻嘻。"

村长像被黄蜂蜇了一下，掉头走开了。

"秀珍，不要这样，不要这样。"老实的冯福不安地喃喃说道。

秀珍停止了阴笑，她和走去的那个人影心里此刻不约而同同时想起了十七年前的一段往事来。

村长那会儿还不是村长，他只是走村串巷卖糖葫芦的小伙子。村长每回卖完糖葫芦回到本村里来，总要留一个糖葫芦，小伙子是留给一个叫秀珍的姑娘。这个叫秀珍的姑娘被小伙子的糖葫芦迷住了。在一天晚上，小伙子把秀珍姑娘带到了自家的草垛里，两人做了那事。事后秀珍姑娘才发觉这是个阴谋。小伙子并没有娶秀珍，而是娶了另一个本村的姑娘，她是大队支书的女儿。新婚之夜，小伙子家院前的草垛起火了，火光映红了新房的窗户，大队书记的女儿惊恐不已……小伙子紧紧搂住自己的新娘子安慰她说："别怕，火烧旺运，一切都会好起来的。"可是这桩婚姻并没有给小伙子家带来旺运，婚后妻子一直不孕。有一天，村长在村外单独遇见了秀珍，村长愧疚地说："我必须和她结婚，否则我就当不成村长了。"

"可你就不怕断子绝孙吗?"这个女人阴毒地说，她眼睛里有两朵火苗在往外冒。村长有些后怕，退缩着步子离开了。以后在村子里碰见了，他尽可能躲着她走。村长在想这是一个和别的女人不一样的女人。

男孩儿小宝是在夏天的一个傍晚发现他的两个姐姐偷偷摸摸嚼口香糖的。她们两个在村口的榆树下玩耍，将嘴里的口香糖嚼得吱吱响。看见他赶着鸡走过来，两个人都闭上了嘴巴，像两个哑巴似的挤眉弄眼。"走开，小脏孩儿。"显然她们因为他的到来而恼怒了。

这种口香糖只有村长家的食杂店里有。男孩儿在村长家的店里堵着了他的两个姐姐，两人脸上都掠过一丝惊慌，想把手里的糖扔到柜台里已经来不及了。"过来，小宝。"村长招手叫他过去。他一步一步小心地走过去。村长递过来两块糖，他没接，像怕烫手似的背过手去。村长把糖塞进了他的口袋里。

走出来，大的姐姐叮嘱说："不要告诉她。"男孩儿惊慌地点点头。两个姐姐又放心地把嘴里的糖嚼出"吱吱"声……男孩儿闭上眼睛，感觉眼前有两个硕大的耗子在晃动。

夜里，男孩儿在梦中惊叫起来："火……火……"睡在身边的女人被吵醒了："你在说什么，小宝。""火……火……火。""在哪里?""糖……糖……糖。"女人有些狐疑地望着睁开眼睛的小宝。

白天村长到家来串门。自从春天村长来给冯家送赔偿的鸡钱以后，和冯家有了些走动。当然村长也有公务要办，比如送防火宣传单或老鼠药什么的。秀珍蹲在灶坑前烧火，欢快的火光一明一暗地映着她一张冷漠的脸。

"你在打她的主意。"

"谁?"

"大凤。"

"我是把她当女儿看待呢，喜欢还来不及呢。"村长说。

"她可没有这个福分，你最好还是离她远一点儿。"

秀珍熟练地拨弄着灶坑里的柴草。村长站着看了一会儿就讪讪地走了。女人随手把防火宣传单扔进了灶坑里。

转眼到了秋天。村子里家家户户门前开始晾起了干草垛。男孩儿的两个姐姐像两只愚笨的鸭子在草垛上挪动着粗笨的身躯，麦草弄了她俩一身一头，并从草垛上传来她俩无聊的故作惊奇的夸张笑声，飘荡出去很远，并飘来一股麦草青香味。

"瞧呀，她俩就像两只发情发贱的小母鸡。"

"该是给她俩张罗找婆家的时候了。"老实的冯福说了一句。

"可是她俩才只有十五六岁呀。"

"嗯，这个年龄是小了点儿。不过要是从前也该这么想了……"

秀珍倚在门框上，向草垛上痴痴地望着。她似乎想起了自己从前做姑娘时的情景。可这美好的瞬间只在她嘴角上闪了一下就消失了。她返身走进屋去，该是点火做饭的时候了。

傍晚，男孩儿赶着鸡群从村长家店铺前走过，看见村长家的草垛也垛起来了，就像村长家的地有人帮着种一样，村长家的草垛也是别人帮着垛起来的。而且是村子里最高的一个草垛，恐怕烧到明年秋天也烧不完。男孩儿想。

"你家的草垛垛得离房子太近了。"草垛下阴影里，有一个人在跟村长说。男孩儿模模糊糊认出是春天时到村子里来过的那个治安警察。

"放心，没事的。"村长送着那人说。

"还是小心点儿为好，秋天风大干燥。"那人好心好意地说。

"好吧，等赶明个我叫人把草垛挪到离房子远点儿，总行了吧。"

"这样最好了。"治安警察走了。

自从草垛在家门口垛起来后，地里的庄稼活儿就收割完了。两个姐姐显得无事可做，她们除了嚼口香糖，再就是在草垛上疯耍、戏闹。这样的日子可是她们最开心、最快活的时光呢。这天上午在外面草垛旁疯笑嬉闹的大凤一头撞在了一个来人身上，她慌忙抬起头来，见是村长，"咯咯"像鸽子一样笑出声来。村长趁机伸手摸了下她的屁股。大凤忸怩地跑开了……村长又在挨家挨户送防火宣传单了，他手里拿着黄黄绿绿的宣传单走进院子来。

　　"我看你的老毛病又犯了。"院子里站着冯福女人，她的目光正落在外面的草垛上。

　　村长一顿，随后嬉笑着说："你不会以为我真的会做出什么吧，我一向把她当成女儿看待的呢，她长得可真像你。"

　　"你的口香糖叫我觉得恶心。"女人冷冷地说了一句。

　　村长不再嬉笑说话了。他很严肃地谈起一件事来。村长说治安警察又来调查从前村子里发生的火灾事件了。说村子里有人告到乡里，还扬言要把村子里的事情反映到县里去。

　　"腿长在他们身上，谁又能阻止乡巴佬们不去呢。"

　　"可是这些人都和你吵过嘴，是这样的吧?"

　　"那又怎么样呢，这是天意。是老天爷在帮助我……哈哈。"女人又阴阴地笑了。

　　村长心里有一种毛森森的感觉，他走了。

　　五天后的一个下午，男孩儿小宝赶着鸡从苞米地里回来。一进门，女人就问："看着你姐姐们了吗?"小宝摇摇头。到吃晚饭时，二凤回来了，她的神情有些落落寡欢，对谁都不愿多瞧一眼的样子。她往西厢房里走去，女人叫住了她：

"大凤呢?"

"她还没回来吗?"二凤咕哝着嘴故作惊讶地反问。她嘴里差不多被口香糖塞满了。

女人没再问。她从马棚子里找出那条马鞭来，并往皮鞭上仔细地抹了些辣椒油。而后不动声色地盯着二凤，慢慢说道:

"你最好告诉我她到哪里去了，你们下午在一起玩儿了是不是?"

"是……啊……"二凤畏惧而迟疑地答道。

"在哪里玩儿了?"

"在村长家的草垛旁玩儿了。"二凤惊恐地瞪着眼睛嗫嚅地说。

"后来她把你支走了是不是?"

二凤点点头，泪珠已在她眼眶里打转转了。

女人扔掉了手里的马鞭，走回屋里去。收拾完饭桌，女人开始翻箱倒柜找东西，她又把那件红罩衫找出来了，像要出门去走亲戚，可她眼睛里分明有一股火苗在蹿动。男人和孩子惶恐不安地望着她。大门响了一声，他们知道大凤回来了，她走进西厢房里去没出来，女人也并没有跟过去问。她依然在做着自己的事情。屋子里寂静得有点儿可怕。

"孩子她妈，我求求你，不要这样干了，干不得呀，你要闯大祸呀。"

"躲开，窝囊废，该发生的迟早要发生的。"秀珍推开了男人的手，抬腿要往外走去。

"妈……妈——不……不——"男孩儿跳下炕来，抱住了她的腿。

"看住他，别让他跑了。"女人对冯福说。

男人扯开了男孩儿的手，哀叹道："天哪，天哪……"大门哗啦响了一下，女人红红的身影就从院子里黑暗中消失了。

男孩儿挣扎了起来。男人的两只胳膊紧紧地抱住了他的身子，他把头往男人的胳膊上又是撞，又是扭。

"放开他！"大凤不知什么时候站在了门框边，"老实说，他就是不去，我也要去呢！她一定是疯了！"

"我怎么能放他走呢？她可是你们的妈妈呀？"这个老实的庄稼汉哭叫着说："你这个不要脸的贱货，都是你干的好事，二凤，二凤，快过来帮帮我——"

不等二凤从西厢房里冲出来，男孩儿突然挣脱了男人的手，一头向院门扎去。男人跌跌撞撞追上去，脚下被什么东西绊了一下，跌倒在地上，"天哪——"

整个村子里，只有村长家的店铺还亮着灯。男孩儿急喘着向那亮着灯光的房子跑去。他只恨自己脚下的泥土村路拉得太长，他的腿太短，黑暗裹着他黑精灵似的身影一下一下跳跃。村长家的草垛出现在眼前了，黑乎乎的像一座大房子。他满头大汗撞开了村长家食杂店的门。门虚掩着，村长正在关窗板，对忽然闯进来的他显得很吃惊。

"火……火……火——"他像一条被扔到岸上的鱼，干喘着鼓着腮大张着嘴。

"你说什么？"村长停住了手，奇怪地望着他。

"草……草……草——"村长听明白了，脸白了。不等他拿下窗上的挡板，外面一道红光突然照亮了整个夜空，村长惊呆了！

"金英，快！快起来，着火了——"村长醒过神来撒腿向后屋跑去。

村长家的草垛整整烧了一夜，房子也连着烧着了。第二天早上，治安警察赶到把那个女人带走时，看到村长家是一片冒着余烟的废墟。烧焦了的罐头、糖果发出一阵难闻的气味。治安警察对着那个坍塌下来的黑草垛难过地摇摇头。他想起前不久对村长说过的话，果然被他说中了。

抬眼去瞅村长时，村长正蹲在食杂店的废墟上，号啕大哭着……

接着，他把那个结巴孩子也带走了。这个结巴孩子问起来可能要费点儿事。他在心里这么想。

孩子走过这里时，从他嘴里清晰地吐出三个字："黑——草——垛。"

可惜，警察没听到。

给 水 工

　　老牟每天那个钟点儿从家里走出来，天还蒙蒙的黑着，寒气很重，这寒气叫老牟禁不住打了个哆嗦。刺骨凛冽让老牟觉得今年冬天格外寒冷。他相信了电视上说的，这是冰城近三十年少有的一个寒冬了。他将自己裹得严严实实的，坐上早班那趟车厢冷得像冰窖的无轨电车。挂着白霜的车厢内只有几个像他一样赶着去上早班的乘客。

　　"你什么时候抽空去瞧瞧你的老寒腿。"临出门时，老伴又忍不住这样叮嘱了他一句。

　　"不碍事的……"

　　去年冬天这两站地的路程，他还是走着去车站上班的，可是今年不行了。

　　老牟赶到车站时，候车室楼上正中央的黑色石英大钟的时针和分针正指向六点一刻。十五分钟换衣服，再到茶炉房把从家里带来的饭盒放到茶炉上热了。

　　寒雾笼罩的广场上，从老牟身边走过上车下车的旅客都脚步匆匆忙忙的。老牟不急，他还有时间享受这上岗前的片刻安闲。

有那么一会儿，他心里甚至想到了儿子，儿子说如果今年春节赶上倒休，他会回来过年。尽管他以前对儿子的工作选择有所不满，可是这会儿也释然了，儿子毕竟是儿子，还知道记挂着家里。他不再为儿子那句戳他心窝子的话而生气了："你当了一辈子窝窝囊囊的给水工，还没当够吗？连坐趟火车出趟门都没有过，不觉得憋屈吗！"唉，现在的年轻人啊。

六点半，老牟准时来到站台上。给水工老牟一天的工作就开始了。

从六点半到十点半这个时间段，是上行和下行的旅客列车最密集的一个时间段，平均十来分钟发一列车出站。老牟拎着那个黑胶皮管子水龙头从这列车跑到那列车去，不一会儿身上就跑热了，也不觉得冷了。可他的脚上却拖着一双冰鞋。老牟每次上岗都穿着这双很旧的皮鞋，每次加完水从车下钻出来，他的鞋上就会结一层冰，连裤角也冻成了铠甲。

老牟就拖着这双白冰鞋在站台上呱嗒呱嗒地走着……

列车一进站，站台上的脚步声就纷乱了起来，上车的旅客从地面上的绿色坡道梯口像潮水般涌了出来，而下车出站的旅客又潮水般从地道梯口涌出去。在这潮水般来来往往的人流中，是没有谁注意到老牟的，老牟机械而麻木地干着自己的活儿。

天冷，刚加完水，水龙头嘴就结上了厚厚的白冰，老牟再加水之前，得用一把扳手把白冰敲打掉，他的一副手套上也结上了冰碴儿。

南来北往的列车进站时，都带着一身的寒气。特别是早上那趟 837 次列车，是从北方最寒冷的漠河发过来的。那个瘦瘦的列车长爱同老牟搭话，一边看他加水，一边问他：

"这边多少度？""零下 30 摄氏度，昨天夜里。"他加完了，问列车长："漠河多少度？""零下 48 摄氏度。"他倒吸了一口凉气，感觉他们这里一点儿也不能算冷了。

八点钟的时候，太阳才把一点儿可怜巴巴的光线洒落到站台上。台阶下空着的道轨闪着寒凝的亮光，而候车的人群嘴里喷出的哈气又交织成一团团云雾……谁会注意到老牟呢？这个穿梭在站台间，背有些微驼的身影，一张面孔黑黢黢的，凌乱的头发有一半都白了。老伴曾劝过他到理发店染一染头发，那是那年暑假儿子要带女同学来家那次，可他竟然不懂染发为何物。还有他这双脚，每天下班脱去鞋，都是又红又肿的，生过冻疮的大脚趾猫咬似的刺痒。可他在站台上一点儿感觉都没有。老伴说他是个木头人。木头人就木头人吧，不然谁会在这个岗位上一干就是三十年呢？

刚来站上上班那会儿，他也是一个朝气蓬勃的小伙子，也像儿子一样有过自己的想法，他曾幻想过当一名"小烧"（司炉工），那会儿机车头还多是蒸汽机。后来这想法就一点一点地磨没了。现在没事时他一想起年轻时的这个想法来，自己都忍不住咧嘴傻笑一阵。不光因为现在"小烧"没了，机车头都换上了内燃机车、动车还有高铁了。铁路上变化可真是快啊，倒退三十年，别说是动车，就是内燃机车都少见啊。由这他也想到了自己，有的人天生就是做铁轨的料，而自己天生就是只能做道钉的料。

或许是天天在这嘈杂环境下工作的缘故，他的耳朵这两年也有些背了，别人说话都得冲着他耳根大声说。他身上黄马夹兜里带着一个对讲机，总是让他调到最大的音量，以免调度告诉他哪趟车晚点进站他听不到，会误事。

"牟大哥，你儿子真的跑47次特快了吗?"

等车加水的空歇，站台上摆售货车摊亭的胖婶会同他搭讪一句。胖婶三十八九岁的年纪，胖嘟嘟的脸，宽宽的身板，从细弯的眉毛和两只黑亮的眼睛上，能看出年轻时的俊俏模样儿来。只可惜她男人死得早，胖婶也不须为谁打扮了，才让她变得有些邋遢，身上那套白褂围裙都脏得像脚下踩过的雪一样了。这大冷的天下车买东西的人少，她就坐在推车后边嗑瓜子，嘴唇都冻得发白了。

"哦，是的，刚听说他调到47次特快上去了。"

"哎呀，那敢情好，再从北京到咱东北这疙瘩来，不是车上咱也有人了嘛。"胖婶眼里眯着笑，一丝欣喜的神情从她弯成月牙的眼睛里流露了出来。

胖婶的闺女在北京上学，胖婶可拿她这个闺女当掌上明珠的。她闺女考上北京一所三流大学去读书那一阵子，她天天嘴里叨念着，恨不得让全站人都知道。

老牟心里明白胖婶说这话是什么意思，她是想她闺女从北京放寒暑假回来，再也不用发愁买不上回来的车票了。一到暑运和春运的时候，从北京往外走的车票都是最难买的。认识车上的列车员至少可以找车长上车补办一张卧铺票。车上一般给列车员预留一节或半节卧铺车厢休息，这样的卧铺车票只有通过列车长才能搞到。

"你瞧瞧，现在的人，天天都在出行，跟这坐火车不用花钱似的。"看着从车上涌下来的提着大包小裹的人们，胖婶嘴里又发了一句牢骚，眼睛里浮上一层说不清是嫉妒还是什么的神色。胖婶的丈夫是铁路职工，但她自己不是，只是在她丈夫死了后，车站上照顾她，才让她在站上摆了个推车零售摊。夏天卖矿泉水、水果，冬天卖面包、方便面。胖婶如果是铁路职工，就能凭着工作证和绿卡通票免费坐火车去看女儿的。胖婶对铁路上那些免费坐火车跑的公家人很是羡慕的。

"牟大哥，你去过北京吗？"

"……没有。"老牟摇摇头。

"三十多年一次也没去过？"

"没……"老牟再次摇摇头。

胖婶就张大了嘴巴没有合拢。

从这个省城车站发往北京去的直达列车现在有四对儿，都是橘红色车厢皮的特快列车，原来只有一对儿，还是那种绿皮车厢，蒸汽机车头，车头前还挂着一幅伟大领袖的头像。这种车很能吃水，车头和车厢加一次水要半个多小时，机车头加水站台上专门有个固定的弯脖加水管柱。每次加水，老牟都要在机车头前那根弯脖水管柱上的铁梯磴上爬上爬下的。那会儿老牟还年轻，腿脚灵活得像只猴子。

开那趟进京列车的火车司机是个大胡子，戴一顶劳动布前进帽，手上戴着一副白线手套，那手套总是白白净净的。大胡子司机很喜欢这个年轻的给水工，每次加水时，大胡子司机都从车头驾驶室里探出头来同他搭话："多加点儿，让我一口气跑到北京。"

老牟就回头应他一句："放心，只要松花江水不干，管够。"

车里车外的人都笑了。一来二去他和大胡子司机就混熟了，大胡子司机跑回来，有时还会从兜里掏出一盒前门烟或一把什锦糖果给他，说这是在北京王府井商店里买的。老牟不好拂了人家的好意，烟和糖果都收下了。烟他给他两个徒弟分了，老牟不抽烟；糖果他给了家里的孩子，他跟他们说："这可是人家从北京带回来的。"他说这话时，心里就像吃了糖果一样甜滋滋的。等遇到大胡子司机再跑车时，他特意去秋林商店买了大列巴（面包）或红肠给大胡子司机拿上，叫他路上吃或捎给家里的孩子。

有一回，大胡子司机跟他说："要不等哪回你跟我车去趟北京瞧瞧？"他像没听明白似的怔怔地瞧着大胡子司机，脸腾地红了，半晌没说话。那可是首都北京啊，咋能说去就去得上？当然，大胡子司机说了，到了那儿只能在北京车站转转，顶多在天安门广场前照张相，再有下一次馆子的时间。

他掐了一下大腿，觉得这不是在做梦吧？大胡子司机又笑眯眯地说了一句："你要是当了小烧天天坐火车跑，什么地方都会看腻了。"

他回去跟老婆说了，老婆也跟着兴奋了好几天，用家里省下来的二十斤地方粮票给他换了十斤全国粮票，还去成衣铺给他做了一件出门照相穿的白衬衫。他本来就想穿那件洗得发白的劳动布工服挺好的，可老婆说这可是去首都，一定要穿一件像样的衣服。

可是他并没有去成，一开始是他始终没有倒出合适的工休假来，后来过了一年半载，"文化大革命"开始了，铁路上也开始瘫痪了，所有进站的列车都开始晚点。这可苦了他和另外两个徒弟，有时车扎堆儿进站，他们忙不过来加水，有时又闲得一上午也没有一趟车进站。那趟进京的车呢，要么停运，要么所有串联的学生都一窝蜂地往上抢，车窗砸碎了就往车厢里跳，胳膊扎出了血也不管不顾的，还有人爬到了车厢顶上去。他在车头驾驶室里再也没有看见过大胡子司机。不知道大胡子是不开火车了，还是跑别的线了。

总之，他的进京梦就这样破灭了。

后来他年纪大了，就没有这样浪漫的想法了，别说进北京，连省城之外的其他地方他也没有去过。现在看来他真抽不出这个空闲来——给水工这个岗越来越缺少人手了。当初跟他的两个徒弟都自己调到别的段上改行了，哪怕做个检修工，也不愿干这个上水的活儿了。

说心里话，老牟还是很怀念绿皮车年代的，那个年代是多么单纯啊。而现在这个什么都提速的年代，真有点儿叫老牟看不懂了。那次他加完水，帮助一个老板模样的胖子往卧铺车厢拎一只滑轮皮箱。送到车门口他刚要转身离开，没想到胖子叫住了他，从兜里掏出一张百元的钞票递给他。他猛地涨红了脸，推搡着挣脱手，看着那张钞票飞落到车下，他没有去捡，仿佛被当众打了脸，脸上火辣辣的发烫，"你……你……"他干着急说不出话来。后来再碰上这样的人，他都不敢上前去搭一把手了。

"嘿呀，牟大哥呀，你这是落伍了，现在都兴这个给小费，看你还怕钱咬手似的。"胖婶看他窘迫的样子，嘲弄了他一句。

胖婶有资格这样说老牟，同样是成年累月地在这个站台上营生，她可比老牟精明太多，"进步"太快了。三伏天，胖婶的生意是好做的。火车一进站，车厢里的旅客纷纷涌到站台上来，把她的推车售货亭包围了起来，特别是矿泉水，一提溜一提溜眨眼就卖光了——车上的矿泉水是四元钱一瓶，胖婶卖的比车上便宜一块，还有冰糕，也照车上的便宜五角。胖婶忙得脸上汗津津的，可上面却挂着盈盈的笑容。到了晚上收摊的时候，胖婶坐在那儿数钱，一堆收在围裙兜里的零散钞票，胖婶一张一张用手捻着，一时唾沫星子乱溅。

胖婶把矿泉水冷不丁涨到一瓶六元钱,让老牟也吃了一惊。那几天天像着了火似的干热,每趟车进站,下车的旅客都顶着一头的热汗,身上的半截袖衫都叫汗湿透了。他们急不可耐地扑到胖婶的售摊前:

"有矿泉水吗?"

"有。"

"多少钱一瓶?"

"六块。"

老牟以为自己的耳朵听差了。

后来他给列车加水时才知,由于高温再加暑运客流超员,从南边过来的每列车车厢内都出现了饮水困难。车上的矿泉水涨到了七块一瓶也被旅客抢光了。水荒让每张车窗后面的面孔都显出一份焦虑干渴的欲望,不管是老人还是孩子,不管是年轻人还是妇女,他们的目光都随着他的身影在焦急地移动……

老牟还是头一次觉得自己的工作是这么重要啊。车上车下所有人的目光都在盯着他,包括列车长、列车员、站长、调度员……那几日所有的进站列车都急等着加水,老牟的身上已挥汗如雨了,他顾不上擦一把汗,拎着水龙头拉着长长的黑胶皮管子给这列车厢加完,又跑到另一列车厢去,那黑胶管就像一条长蛇在他脚下扭动。

刚刚蹲在月台上喘口气,又被几个嗓子嘶哑的旅客围住了:"老师傅,能给我们点儿凉水吗?"

他刚点点头,呼啦——围过来的人就把手里的茶缸子、水杯、饭盒一下子伸到了他面前,他拧开了水龙头,清亮的水涌了出来。有的人不等上车就咕嘟咕嘟喝了起来,喝完,还抹着嘴巴说了一句:"这水真凉快真好喝!"

又呼啦从别的车厢下来一些人，挤住了他。"别抢，只要松花江的水不干，就有你们喝的。"

直到站台上的值班站长和执勤民警过来了，才把旅客驱散了。老牟这才听到对讲机里传来调度的喊话声，又有一辆车进站了，等着他去加水。老牟慌了一下神，急急地跑过去。这辆车差点儿因他误了点。

第二天上班去时，老牟叫老伴找出家里烧水用的大号铝壶来，老伴问他干什么用，他也没说，只是叫老伴把这铝壶从里到外擦了一遍。他早早地到了站里，先在茶炉房灌了满满一铝壶水，放到一边晾凉了。接了班，他就拎着这满壶水走到站台上去。

胖婶初看到他，眼里惊诧地闪了一下。前天老牟看到胖婶把乡下的亲戚送给她的水黄瓜也拿到站台上来卖，一根水黄瓜卖到五块钱，老牟说了一句："你的水黄瓜是金黄瓜啊。"胖婶就有点儿不高兴了，抢白了他一句："俺这可是纯绿色的，一点儿化肥农药都没上，你没看见水灵灵顶花带刺的吗?"可是一根黄瓜要五块钱，也够贪心的了，怎么能这么做呢? 心存芥蒂，这两日碰面，两人再没有说话。

早上从家里出来，老牟听过天气预报了，今天的气温要高达35℃，而且持续几天都在35℃以上，这可是往年他们这个冰城从来没有过的。难怪那些从南方来旅游的旅客一下车就说："你们这里还是冰城吗，跟我们那里也差不多的啦!"这可真邪门了，听说松花江的江水也是一落再落了。

每列车进站，涌下车来的人都带着一股躲不掉的热浪。胖婶的摊车前生意依旧红火："冰镇的矿泉水、冰棍、黄瓜、红肠……"吆喝声从她嘴里喊出来，像唱着好听的歌。

老牟加完水从车厢下走过来，站到站台上，看到那个铝壶放在廊柱下还没有人动，铝壶嘴上套着一个瓷茶缸。"凉白开水喽……"他涩涩地喊出一声来，竟吓了自己一跳。

"多少钱一杯?"有人围过来问。

"不要钱，免费。"老牟赶忙地说。

问的那人有些迟疑，瞅瞅老牟，还是走掉了，到那边摊上去了。

"同志，给俺倒一杯。"终于过来了一个老大爷。

老牟给他倒了一杯，老大爷喝了，抹抹嘴唇说："谢谢。"走了。围着的人这才抢着喝了起来。"不要挤，慢慢喝，排一队。"人们自觉地站成一队。

那边有车过来了，他得加水去了，就走了。

等他再回来，水壶里已空空的了。

胖婶看明白了，嘴上酸酸地说："老牟，你这是要当活雷锋呀!"老牟没理她，忙自己手里的活儿。

买矿泉水的人减少了，胖婶心里发酸也是应该的。特别是那些年纪大的旅客，都喜欢喝凉白开。喝完抹一下嘴巴说："真解渴，师傅，谢谢。"老牟听到了，心里就像吃了蜜一样甜。

后来站长在会上表扬了老牟，站长的表扬倒叫老牟觉得不安。老牟觉得这点儿小事不值得站长在会上那样表扬。站长的话里好像在批评什么人，如站上客务段的"小红帽"服务队。果然没过几天，小红帽服务队就送水到车窗口了。段长也跟老牟说："你干好你的本职工作就行了。"老牟这才收起他的白铝壶。

这个炎热的夏季，不管站内还是站外很多人就是这么陆陆续续知道了老牟，老牟是一名给水工，热心。包括那些途经的旅客，也都看到过站上这么个忙碌的身影。

进京的列车早由绿皮车厢换成了橘红色的车厢，也由原来的一对儿增加到了四对儿。从车上走下来的列车长和列车员，老牟一个也不认识。他们也没有一个去理会老牟的。老牟每次给进京的列车加水都是格外精心的。他每次钻到车厢底下加水，都会在心里念叨一句：这水会用到北京的。看着列车徐徐开动了，老牟在车旁傻傻地站着，望着。

老牟没觉得自己的工作是卑微的，他曾一度想让自己的儿子将来也接自己的班。儿子考上铁路学校那一年，他小心翼翼地试探过儿子的口风，儿子说了一句："你想让我将来和你一样像一颗道钉似的一辈子守在一个地方吗？"他哑言了。

儿子铁路学校毕业后，当了一名列车员，跑兰州线。兰州在哪里？老牟并不知道。他向一个跑北京的列车司机打听，人家告诉他在大西北，远着哪。他又跑到调度室看了墙上的全国铁路线地图，兰州离哈尔滨好远，坐火车恐怕得三天两夜的，且没有直达的列车。外面的世界真像儿子说的，好大。

儿子一年只能休假回来两回，而且还赶不上春节。每次就带两大包脏衣服回来洗。儿子说甘肃缺水，他们跑的车上都限量供应饮用水。儿子说这话时透着一脸的干燥，因为缺水，那里的人皮肤都干燥。儿子这样说，每次走时就叫他生出几分牵挂来，他牵挂的不光是儿子，还牵挂那里车上的用水，人离了水怎么行呢？

他问过儿子那边站上给水工的活儿咋干。

儿子说："那是遭人骂的活儿。"

他听了就不言语了，心里挺难受的。

三年后，当儿子来信告诉他，自己有可能调回来跑京哈线了，他听了并没有像老伴那样露出多高兴的神色。倒是胖婶问过他两回，问他儿子调回来没有。胖婶在问起他儿子的时候，还说起了她的闺女，说她闺女多么多么懂事，夏天放暑假回来的时候，还特意在西单商场里给她买了一件暗格绿衬衫。那衬衫老牟见胖婶穿过，衣裳是好衣裳，可穿在胖婶身上有些糟蹋了。胖婶的闺女回来时他在车站上见过一回，人长得还算周正，也没像胖婶那么胖。可胖婶总在他面前说起她闺女是什么意思，而且还总把她闺女和他儿子一起提？

老牟想不太透，就懒得去想。任胖婶的嘴像吐瓜子皮一样不停地叨叨着。

进京列车的列车员，无论是小伙子还是姑娘，个个都帅气、漂亮，走路都挺着胸，昂着头。无论是换季节服装，还是铁路上换新式服装，进京列车上的列车员总是最早换上身。自从有了儿子那封来信后，老牟的目光总喜欢往他们身上打量。连胖婶都说："啧啧，你瞧瞧人家进京车上的，个个都是那么水灵！"老牟就想，幸亏自己的儿子模样还可以，个头也有一米七五以上，只是这两年跑兰州跑的，脸有些干巴。

入冬的第一场雪飘下来了，儿子又没信儿了。老牟的心又悬了起来。

胖婶说这年头干什么都得使钱。老牟没钱，老牟就是有钱也不会叫儿子使在这上。

胖婶不再跟他提她闺女的事了。老牟的背又驼了下去。北方的寒潮早早地席卷而来，凛冽的风吹荡着站台上零星飘落的雪花。一到下雪天，他的腿就有一种挫痛的感觉。从第一场雪他就知道，今冬的雪不会少了。

日子又恢复了往常的平静。在老牟的日子里本不该有什么盼头和想法的，他几十年日复一日的工作就是这么走过来的，那杆水枪式的水龙头已把他那双粗糙的手掌磨出了厚厚的老茧，水龙头换了多少个，他已经数不清了。站里和他一起参加工作的人多数都退休了，再有一年老牟也退休了。

"牟师傅，要不给你调到后勤去茶炉房烧水吧。"那天，段长来跟他商量。

老牟摇摇头，他要站好最后一班岗。

或许真是年纪大了，这个多雪的冬天让老牟感到异常的寒冷。每次加完水，他几乎是拖着挫痛的双腿走上站台的，两只鞋上冻的冰疙瘩他也没工夫没力气去砸掉了。

胖婶披着肿肿囊囊的棉大衣，抄着袖子，斜眼看着老牟。冬天下车来的旅客没有来买她矿泉水的。她的摊前冷冷清清的。

老牟站在站台上，隔着结着霜花的车窗，看见里面茶几上放着的旅行杯子冒出缕缕的热气，他心里就升腾起一股暖流来，仿佛吹在他身上的风也一点儿没叫他觉出寒意。

"你真是个木头人。"胖婶讥讽地说出一句和老婆说的一样的话，叫老牟一愣。

忙忙碌碌的春运开始了，在春运开始的前一周，老牟和老伴收到了儿子的来信，儿子告诉他们，他已调到北京铁路局客车段上来，具体跑哪趟车现在还不知道。不过今年春节赶上串休时肯定能回来和他们团聚过年。

老牟接到儿子的信像不太相信，嘴里讷讷地说："他怎么说调回来就调回来呢，那可是北京啊，俺一辈子也没有去过呢……"

胖婶得着这个信儿，脸上又绽开了一朵花，还抓了一把喷香的五香瓜子给老牟嗑，老牟不嗑。她说："老牟，你祖上积德了，一分钱没花就让孩子跑北京啦。"

老牟看着她喷着瓜子皮的嘴，也有点儿不相信，可是他还是点点头。

看来儿子当初的选择是对的，儿子当初选择去跑大西北线是对的。幸好儿子没有听他的，如果听他的，一辈子还得像他一样守在这里，北京是个什么样子都不知道。

老牟给儿子写了封信，叫儿子在北京天安门前照张相邮回来给他和老伴看看。

这天下班后，他来到了胖婶的摊亭车前："有小瓶的北京二锅头吗？"

"有，有。"

"给我拿两瓶。"

胖婶给他拿了，又给他拿了两个猪蹄、一包花生米，说猪蹄是在道外王岗熟食店新熏出来的，喷香。老牟收了，付给她钱时，胖婶撕撕巴巴说什么也不要，说是她请他的。他凭什么要她请？他是心里高兴，要把自己喝醉一次。老牟说什么也叫她收下，还说了一句："你们孤女寡母的也不容易。"老牟这是头一回在她摊上买东西。

胖婶眼圈就有些发红，背过脸去。

这一刻，胖婶不是夏天那个把一根水黄瓜卖到五块钱的胖婶了。

春运让每天站台上的人都多了起来，一天到晚热热闹闹。下车的人是一副兴冲冲回家的喜色，上车的人也是一副兴冲冲回家

27

的喜色。不管天有多寒冷，不管人有多拥挤，人都往家奔。老牟心里默默在想，过年就是中国人最大的事情。一想到儿子今年过年也能回家来，老牟心里就甜丝丝的。

胖婶在他面前念叨过好几遍了，说北京的火车票特难买，连硬座都买不上了。她闺女都放假好几天了，因为车票没订上被困在北京了。

老牟就安慰她，叫她别着急，等叫他儿子在车上给想想办法，实在不行，叫他把他休息的睡铺让给她闺女。老牟也是一冲动才这样说的。

胖婶听了，脸就展开了愁容，一脸欢喜地说："那敢情好，说不定这以后，两个孩子会走动近了。"

可是现在老牟连他儿子跑哪趟车都不知道。老牟从来不带手机，他也没有给儿子打手机的习惯。

那天胖婶把她的手机拿给他用，要他给他儿子打个电话。老牟怔了半晌说："俺不知……道他的号码。"

胖婶就奇怪地看着他，像不太相信他先前说过的话。

老牟就心里发虚了，他一辈子可从来没诓过人。他相信儿子前一阵捎信回来说的也一定是准的。

这天 T18 次列车进站了，他加完水后走到车门口来，向一个笔直站在车门口下的年轻列车员打听："小伙子，我向你打听一个人，你认识牟海吗？"

"牟海？牟海是谁？他是干什么的？"

"他是俺儿子，也是跑北京这趟线的快车上的列车员。"

小伙子摇摇头说："不认识……"

老牟就走开了，心里先头有点儿失望，后来就不失望了，北京铁路局那么大，客车段那么多人，那么多趟车，怎能谁都认识哩？

这天下了班，他本想再凑到胖婶的摊前买一小瓶北京二锅头。别说，他这老寒腿晚上回去喝点儿酒，不那么痛得厉害了。可是他看到胖婶站在那里冷清的背影，就打消了这个念头。

第二天来上班，段长找到他，告诉他今年段里评的站里劳模又是他了。老牟就讷讷地说："让给年轻人吧，让给年轻人吧……俺都要退休哩。"段长一笑，说："让什么让，你是咱段里的老劳模了。"老牟听了这话又像打了他一下脸，红了。是不是段里也嫌自己老了？老牟一上午都在想着这事，如果他不退休，看来这劳模是不会给别人了。他不想再听到领导们说的"几十年如一日""默默无闻"这样的字眼，可这些字眼却顶着小北风一个劲儿地往他耳根里钻，嗡嗡的。

天上又飘荡起雪花了，他的腿又在隐隐作痛。加了四趟车的水后，他就有些力不从心了。他想回屋歇一下，暖暖腿，让别人替他加要到站的另两趟车的水。可这个念头一闪，又被他憋回肚里去了。你怎么好张嘴叫别人替你加呢？你是劳模，你是几十年如一日的劳模啊，仿佛无数张嘴在飘动的雪花中对着他说。

他顶着一身的雪花又走到站台上去，3站台停着一辆管内直快列车。检车工已拎着小锤"叮叮当当"敲打完，从车轱辘底下钻了出来。"老牟，快点儿吧，要发车了。""唉。"

他加完了，开车的铃就响了。他爬上站台，列车徐徐地蛇一样从他身边开过去。尾车上的守车员似乎还向他挥了一下绿旗，大概看到了他迟缓的身影。

十点四十分从北京发过来的那趟 T47 次列车进站了，他从 3

号站台走到 2 号站台上去。刚好 T47 次列车缓缓地停下了，带起的雪花扑到他身上，把他的身影裹挟起来。这是一趟北京至齐齐哈尔的特快车，在本站只停八分钟。

他拖着水管子往车头前边小跑去。他的鞋子上又结上了厚厚的冰。他终于跑到了加水的位置，拧开水管盖把水龙头插了进去，他侧下头听到了流水声，跑了一天多的车已严重缺水了，他要加满。他握着水龙头的手冻得有点儿哆嗦。他听到了开车的打铃声，他并没有拔出来，他听到了站里值班员跑过来的脚步声，他拔出了水龙头，可是一挪脚时，脚下却纹丝不动了，他一着急猛地一抽脚，脚下一滑，便重重地摔倒在了车底下。他听到了跑过来的值班员在喊："别开车，车下有人！""谁?"列车长在问。"是给水工。"接着纷至沓来的脚步声朝这边跑来，老牟觉得头嗡嗡的，模糊的眼前晃动着黑影，头沉沉地失去了知觉……

"爸爸——"不知过了多久，他听到了一个熟悉的声音，是儿子?

他挣扎着睁开眼睛，才发现自己躺在儿子怀里，周围是一群车上和站上的人，露着关切的目光。

"爸爸你没事吧?"

"我没事，你……你怎么会在这里?"老牟有点儿发蒙。

"爸爸，我就是跑这趟车啊……今天是第一趟出车。"

老牟突然明白过来，他从腿缝中看到了 1 站台上胖婶的身影，他挣扎着从儿子怀里挣脱出来，站起身来："快上车去，快开车，别误了车点——"

"爸爸……"

"我没事，刚才是脚下滑了一下。"

30

儿子关切地看了他一眼，和围着的列车长、列车员一起走到车上去，站下的值班员挥动了手中的绿旗，列车启动了。

　　老牟站在徐徐开动的列车旁，忍着腿上、腰上的疼痛，艰难地挺了挺身板，尽量让腰站直些。从车头到车尾，老牟看到所有车厢门口的列车员都在向他举手敬礼。

　　老牟的脸上就露出了憨憨的窘笑。那一刻，老牟觉得自己很幸福、很高大。

溃　　堤

一

黎明村的民工到达江湾乡拉哈村的时候，吴福民就想起自己家的麦地来。当时他眼前出现一片很开阔的麦地，足有四十亩吧，从村头一直延伸到江沿，麦穗已经焦黄了。可麦黄的地里并不见农民收割的身影，只有一群不知忧愁的麻雀、麦鸟，在阴晦的天空下盘旋、啁啾，仿佛在唱着歌。吴福民的鼻子就闻到一股浓浓的麦香味。他想，他家的麦子也该割了。一晃他们出来已经快一个月了。

村子里一些农民在忙着抢搬东西。淅淅沥沥的雨水将村子里的土道弄得十分泥泞。在村子东边高岗处，堆放着几家农民搬出来的家什：缝纫机、挂钟、彩电、箱柜、水缸、家具。另有一些农民则架着马车向村外赶去，他们车上装载得满满登登的，大部分是家畜、粮食和棉衣棉被。有一辆摇摇晃晃的马车在和吴福民的马车错车时，吴福民看到在堆得像小山一样的车厢顶上，坐着一个七八岁的男孩儿和一条大黄狗。雨水渐渐淋湿了他俩的脸、身子，他和它互相搂抱着，以免摔下去。每颠簸一下，瘦瘦的男孩儿就回过头来瞅瞅狗，狗也回过头去望望他，他俩脸上的表情是一样的，恓惶兮兮，不知道马车会把他们带到哪里去。

当晚，他们在拉哈村西头搭起帐篷宿营。这里离江边只有三华里的路程。顺着氤氲的江雾往前看去，庄稼地里和江边的小树林里，像突然冒出的蘑菇一样冒出许多顶帐篷，那是早赶到这里的其他乡民工，还有解放军。江堤上传来了他们干活的号子声和拖拉机声、推土机的轰鸣声。吃晚饭时，带队的李乡长走过来告诉吴福民，叫民工们今晚好好休息一下，明天一早就得带到大堤上去。他们从上游撤下来，赶了一天一夜的路程，许多人听了不等吃完饭，就头一歪抱着饭碗倒在潮湿的地铺上睡着了。

吴福民和另外三个带马车出来的民工惦记着自己的马，他们勉强拖着疲惫的身躯出了帐篷，朝江边草地走去，打算割点儿草回来喂喂马。

天黑透了，星星在远处的天际眨着眼睛。江岸上的风透着阵阵秋天的凉意，江堤上有提着马灯的人影晃动，那是巡堤的民工。站在江边上望不到对岸，黑色的江水在夜幕的笼罩下有些阴森、可怖。由于涨水变得辽阔的嫩江江面在这里拐了个弯，往下游流去的水涡显得有些缓慢、舒展，像一匹驯服了的黑马。可吴福民还是禁不住打了个冷战！他想起了两天前在上游见到的一幕……

"哦，回去吧。"往回走，他们每人怀里多一捆湿漉漉的青草。

走过一片玉米地，一簇跳荡的火光晃花了他们的眼。他们停下来朝黑漆漆的四周辨了辨方向。"吃棒烤苞米吧，老乡。"一棒烤煳的苞米伸到了他们面前。他们看清在一顶帐篷前的火堆旁蹲着一老一少两个农民。那个胡子拉碴年纪大的农民在烤苞米，那个年轻的农民则蹲在黑影里举着一件衣服在烤火。"真香啊。"两个民工掰开了递过来的苞米。吴福民也友好地从兜里摸出两根纸烟递过去，他随手把空烟盒扔进了火堆里。年纪大的农民接了，年纪轻的农民则摇摇头，转开了脸。

"你们是哪个乡的?"中年农民夹出一颗发亮的火炭，给他和自己点着烟后搭话问。

"黎明乡黎明村的。"

"离这里有多远?"

"大概有六十多里地吧。"吴福民思量着答。

"嘿，近多了，近多了，要是我们也离得这么近就好了。"中年农民也思索着什么似的瞅了黑影里那年轻人一眼说，那件湿长衣衫几乎把他的身影都遮住了。

"那你们是哪个乡的?"

"我们是邻县万宝乡的。离这里差不多有一百八十里地吧……"中年农民贪婪地吸了两口烟，呛得咳嗽起来，"我们出来时带的粮食快吃光了，这几天乡长正打发人回去催，快把给养送来，可是这么远的路程，要几日才能赶到啊。"

"别担心，指挥部会管你们的。"

"这么多人乱糟糟的，谁会管谁呀。"

中年农民又烤好一穗苞米伸过来，吴福民不知该不该接，也许这会儿他俩正饿着肚子呢。"别难为情，我们吃他们几穗苞米也是应该的，还不是为了保卫他们吗? 你看看，水还没到他们就像兔子一样溜了。庄稼瞎也是瞎在地里了。多好的庄稼啊! 可惜了，唉。"中年农民惋惜地摇头，好像这一大片苞米地是他家的。

"你们也是今天刚到这里的吗?"

"是的。"中年农民点点头。

"也是从上游撤下来的吗?"

"没错。"

"那没出什么事吧?"吴福民小心翼翼地问道。

"这你该去问问他。"中年农民的脸扭向了烤衣服的青年农民那边,他一直低着头没说话。听了这话,手哆嗦了一下,那件长衣衫从他手上脱落到地下。吴福民看到他只穿了件短裤,光着上身,他的裤子搭在火堆旁一棵玉米秸上烤着。不等说话,他先低头抽泣了起来,一脸沮丧的神情。

从他断断续续的哭诉中,他们知道了这个青年农民是开着家里新买的一辆四轮拖拉机出来的。前天夜里上游大堤被江水冲开后,他开着四轮车往下游撤,在半道上,一股支流洪水冲毁了公路,他连人带车翻进水里。等他从车斗里爬出来,挣扎着游到岸上,那台四轮车眼瞅着被洪水卷走了,不见了踪影。他与自己的民工队伍也失散了,直到今天白天才走到这里来。那台四轮车是他家攒了五年的积蓄,花了一万两千多块钱买的。吴福民和三个民工听完后都同情地为他叹息起来。

"老天爷,我活了这么大年纪,还是第一回见到这么大的水呀!"中年农民叹了一声道。

告别了玉米地里火堆前那两个外乡民工,他们走了回来。远远地,还能听到那个青年农民断断续续伤心的哭诉声。

二

回到驻地,马栏里的马正等着他们。"饿极了吧,老伙计。"吴福民拍拍自己的一匹栗色马和一匹白马。接着黑暗中响起了马

35

咀嚼青草的"嚓嚓"声。有两个困极了的民工扔下草就回屋睡觉去了。

"唉，比起那个伙计来，我们还算走运。"留下来的那个民工对吴福民这样说了一句。他叫孙敬石，有三十五六岁的样子，是村里有名的鬼机灵。前天他刚刚失掉一匹马，白天还为这件事难过抱怨哩，可此刻他那张瘦长的脸上却闪着一种幸灾乐祸的表情。这个家伙！

一直等到马吃完草料，吴福民才走回屋里去。帐篷里鼾声大作。他燃亮了打火机，找到自己的空位。挨着他铺位的是吴顺明。这是村子里一个高中毕业生，身材十分矮小、瘦弱，上个月刚刚与村里一位羞怯的姑娘结了婚。看到他苍白的脸上一道鞭梢痕印，吴福民稍稍怔了一下。那是前天夜里在泰来，江水突然漫堤时，大坝上的人都往下游高岗坡处跑，只有他惊呆了站在大坝上没动，接着又发疯似的踩着水往上游堤坝跑去。吴福民驾着马车追上去，连喊了几声，他像没听到似的仍抱头往前蹿。吴福民就狠狠摔响了一鞭子抽到他身上，他愣愣地站住了，吴福民顺手把他拽到车厢板上来，扬鞭赶马往下游飞奔而去。待他们刚刚跑过那里，一棵大树就被连根拔起席卷着冲了下来。好险哪！躲到高岗处的吴顺明捂着眼睛不敢再朝那里张望了。"水……水……秀兰！"睡梦中的吴顺明发出了惊悸抽动。吴福民轻轻把他怀里抱着的饭碗拿去了，令他惊奇的是他那个"宝贝"——夹着他新婚妻子照片的日记本还压在他的枕头底下。吴福民熄灭了打火机，躺下了。困意似乎被极度的疲倦赶跑了，他鼓胀的脑子里乱糟糟想着一些事情：家里的麦地谁来割，自己的兄弟安民怎么样了……从上游撤下来的途中他一直在打听安民的消息，安民在县抗洪指挥部当通讯员。在上游修江堤时，他只见过安民一次，安民塞给他一包纸烟，没说几句话就匆匆地走了。他当时正随同指挥部的人察看江堤险段。听说指挥部是最后撤离上游江堤的，他深深为安民的安全担心起来……

清晨，天刚蒙蒙亮，他从睡梦中被乡长叫醒。乡长带着各村的民工排长到堤上去分派任务。他们黎明村二十个民工分了一段加固八十米的子堤任务，要求用沙土袋加宽两米加高一米半。接着乡长派人用解放卡车给他们拉来了五千条塑料编织袋，只是他们取土有些困难，要走到离江堤一里地远的一片沙泥地里去取土，还要蹚过一片水草塘。干了一会儿，天空又下起雨来。他们从家里出来谁也没带雨衣、雨靴，有的民工为了不把衣服、鞋弄湿，干脆打着赤脚，上身套了一条塑料编织袋往堤上背土袋。别的村、乡民工见了纷纷效仿起来，一时间江堤坡上坡下像一群白蚂蚁在涌动。

鬼机灵孙敬石又耍起了他的老把戏，趁人不注意他又背了半袋土回来，到了堤岸上他把半袋土拍平码上去。别人的袋子都鼓鼓实实，只有他的袋子松松垮垮。

吴福民走过去说："喂，我说伙计，你又在投机取巧吗？"孙敬石回过头来，见是吴福民，有些恼羞地讥讽道："你又不是村长，这么积极干什么？"

吴福民听了脸微微一红。本来这次出来，各村的民工都是由村长带队的，黎明村的村长临到出发那天，说他这两天闹肚子，就让老实的复员军人吴福民顶替他带着民工队伍出来了。

吴福民重新背土回来，他手里又多拎了半袋土，他抽出孙敬石那只松松垮垮的土袋把自己的半袋土倒进去。孙敬石怏怏走下堤去，再回来肩上背了一整袋土，把另外两个半袋拽下来也装满了。

午后休息时，两千余民工懒懒散散坐在下面的江堤坡上，温和的阳光照着平静的江水，向南、向东流着。水面离他们坐着的原来的堤坡还有一米多高的距离。孙敬石刚刚下去用步子量过，他叹了一口气说："我们修这么高的子堤有什么用啊！"吴福民这会儿也在想，江水还会冲破这里的堤防吗？他听一个住在上游江边的民工讲，往年汛期嫩江只通过一次洪峰就不涨水了，何况这么大的洪峰已经过去了……从上边远处大堤上传来了解放军休息时嘹亮的歌声，挨着他们民工江段的是从城里来的一些工人。他们好像刚刚从县城调来，干活的热情还很高，不时喊着一些号子。可是堤坡上坐着的这些疲惫的衣衫褴褛的人毕竟不是军人，也不是拿工资的工人，他们只是一些靠庄稼地吃饭的普普通通的农民，这个时候他们应该待在自己的庄稼地里干活儿。一声哨子响，这些人又缓缓地站起身来……

晚上回到帐篷里，一些民工围着马灯在打牌。另一些民工则在用艾蒿水擦洗身子，他们有的因为蚊虫叮咬、睡的地铺潮湿，感染上了湿疹、皮炎，有的双腿长期被凉水浸泡，关节炎发作了，在用罐头瓶子拔火罐子。最惨的要数吴顺明了，蚊虫好像格外钟情于他。他细嫩苍白的皮肤是多么不禁咬啊！他脖子上、下身裆部红肿的疙瘩已烂了，流出了腥臭的脓水。吃过晚饭后，吴福民去了解放军驻地，从一位军医那里要了两支皮炎膏，回来叫他脱掉衣服，要给他往身上抹。可是他却害羞地捂着裆部一直往灯影里缩，结结巴巴脸上憋得通红。吴福民只好把药膏给了他，看着他像个耗子一样钻进被窝里去，吴福民就叹息地摇了摇头："唉，他还是个孩子……"

出村的那天晚上，在村口，他那个羞羞答答的新娘子拉着他走到正吆喝队伍的吴福民面前小声说："表叔，请您照顾照顾他，他可从来没出过这么远的门。""我会的。"他回过头来望了他一眼，他正目光战战兢兢地望着他。"别担心，小伙子，你以为这是去战场上吗？"他镇定地安慰了他一句，忙别的去了。临到出发时，不见了他的身影，吴福民跳下车四下里找，在一棵树后，看见他正搂着他的新娘子在亲嘴，久久没有松开，像个不愿离去的孩子一样依偎在女人的怀抱里。他咳嗽了一声，他俩立刻像受惊的兔子躲开了身子，目光闪烁不定，怯怯地望着他。那时他就想，村长派他出民工真是瞎了眼。他们还在新婚蜜月里哩。

三

第二天傍晚，吴福民正蹲在帐篷外吃饭，有人叫了他一声："哥！"吴福民慢慢转过头来，看到一张既熟悉又陌生的脸，这张脸比半个月前明显地瘦了，黑黑的胡子从他嫩嫩的上唇和下巴生出来，使他老相了许多。"老弟！"吴福民哑哑地叫了一声，站起身来。安民过来一把抱住了他，他有些透不过气来，安民的手把他的肩膀箍得生疼，这让他有点儿不知所措……

"你什么时候回来的？"福民问。

"今天下午。"

"吃过饭了没？"

"吃过了。"

他俩向村子旁边的一片杨树林地里走去。安民告诉他，他们县指挥部就驻扎在村子里。

"哥，你知道吧，我差点儿见不到你了。"

吴福民惊讶地看着他。

"这是真的，我和县长撤退时在一棵大树上被大水围困了三天三夜，直到今天下午才被指挥部派去的一艘解放军冲锋舟解救了出来……"安民眼里有泪花在闪动。

"这是怎么一回事？"福民紧张地问。

"在泰来大水漫堤时，我们县指挥部被大水切断了后路，县长和我是最后撤离的。临到我俩走时救生衣已经没有了，天黑了，冲锋舟也靠不上来了，只剩下一条小木船，我俩就上了小木船，可我俩谁也不会划船，任船顺流漂着，以为漂到岸边就好说了，可哪里有什么岸哪！抬头一看全是水汪汪的一片，我俩就手忙脚乱往一片露出树梢头的村庄水域里划，划了两个钟头我俩划累了，刚想喘口气歇歇，一个急浪打来，把船打翻了，船板也打得粉碎，我俩落进水里，各自抓了一块船板往一棵大杨树跟前游。游到跟前，县长先要推我上去，我叫他先上去，说我的水性比他好。不由分说我就先推他爬了上去，随后我踩着水抱着树身爬了上去。我们的衣服都叫水撕破了，蹲在树杈上风一吹冻得浑身发抖，还有成团的蚊子围着我们袭击。这些我们都能忍受，当时只想天亮就好了，天亮就会有人来接我们。可是第二天天一亮，我们四下里一看，除了水我们什么也看不到，看不到岸，也看不到有冲锋舟来找我们。一直到了下午，才远远看见一个老头儿驾着一条小船从下游划来，他大概要去村子里的水域捞取什么东西。我们招手向他喊话，他听到了把船向我们这边掉头划来。可是刚刚走到我们昨晚沉船的地方，一个漩把他的船卷翻了，老头儿也没见浮上来。我们就绝望了，第二天也不抱什么希望了，再加上又困又饿，白天蚊子少我们就换班搂着对方睡觉，防止掉下树去。我们想到了死，因为我们看见离我们不远处一棵杨树被浪头打倒后卷走了，我们就想到我们待的这棵杨树也随时会被浪头连根拔起卷走的。第三天上午老天爷给了我们奇迹，从下游的空中出现了直升机，我脱下身上的红裤衩，这是我身上唯一没被撕破的衣服，今年是我的本命年，这件红裤衩救了我和县长的命。我饿得发昏拼命朝天上摇晃着红裤衩，飞机发现了我们，返回去不久就开上来一艘冲锋舟，把我俩搭救了上去。坐到船上我和县长抱在一起哭了……"

"真险哪！"福民为安民抹去脸上淌着的泪水，这才注意到他脖子上缠着药膏纱布。

安民从兜里掏出两盒硬壳中华香烟来递给他。他知道这种烟要四十多块钱一盒，就叫安民自己留着抽。安民说他还有，都是别人送给县长的，县长又分给了他。

福民就接了。送安民回村里去时，福民站在路口久久朝他的背影张望着。

……

白天，吴福民在堤坝上干活，李乡长陪着县长等几个人走过来检查堤防。县长很年轻，戴着一副眼镜，原来一张白白净净的书生面孔变得又黑又瘦。走过吴福民身边时，安民轻轻扯了一下县长给他介绍："这是我大哥。""哦，吴大哥。"县长停下脚步，回过身来握他的手。吴福民想把自己的脏手躲到背后去，可是来不及了，一把被县长握住，并且加了力。

"你是村长吗？"县长这样问道。

"不，他是他们村临时负责人。"李乡长说。

"村长咋没来？"

"他拉肚子。"李乡长小声嗫嚅说。

县长脸沉了一下，嘴里咕哝出一句："这种时候死也要死在大堤上。"县长走上去查看他们垒的土袋子，脸上露出了赞许的神色。

安民小声对他说："你指挥就行了，别的村长都是这么干的。"

福民淡淡地说道："俺不是村长。"

"吴老弟走吧。"那边县长喊了一声。

"他是在叫你吗？"

"是的。"吴安民走了过去。

吴福民站在那里有些发愣，这个县长他曾经见过一次，那是前年他去县上赶集，赶完集后他顺便去看望安民。在县政府二楼的走廊上他们遇见了县长，当时安民脸红着给县长介绍："这是我哥。"吴福民想伸出手去与县长握握手，县长只"哦"一声走过去，把他哥儿俩尴尬地闪在走廊里。过后安民对福民说以后没有什么事不要到县政府楼里来找他。他记住了安民的话，以后即使有事他也不去县政府找安民了。是什么把这一切都改变了呢？是这要命的江水吗？他把目光困惑地投向江面。浑浊的江水在妩媚的阳光里划着漩涡向下游流去，明晃晃的碎光在波浪上颤颤跳荡。他忽然觉得今年夏天这暴涨的江水变得十分可爱起来。

"我看你可以竞选下一届村长了，我们都会投你票的。"他走过去扛土袋子，孙敬石和几个挖土的民工讨好地对他说。

"你以为我很稀罕这个绿豆大的官吗？"他冷冷地说了一句，扛起一袋子土上去了。

"真该让村长这个家伙到这里来尝尝扛土袋子的滋味，他留在家里只会和村里的娘儿们打情骂俏儿的。"孙敬石说。不知那几个民工和孙敬石开了什么玩笑，他返回来，听孙敬石这样狠狠地说："……他敢这么做，我会宰了他的。"

四

老天爷像在同谁开玩笑，连续几天出现了秋季里难得的艳阳天。秋阳高照，蓝蓝的天空竟看不到一点儿云彩，浑浊的江水也在消退回落，民工的筑堤进度明显慢了下来，有的民工干脆坐在堤坝坡上打起牌来。尽管抗洪指挥部一再来人说，第二次洪峰这几天之内会到达，可是没有人去相信指挥部人的话。民工们谈论更多的话题是什么时候允许他们回去收割地里的庄稼。这么好的天气如果不把麦子抢回来，再下雨麦子就会霉烂在地里的。这是农民十分心疼的事情。有两个外乡农民已偷偷跑回去了。这更引起别的屯农民人心惶惶起来，厌倦、疲惫、想家的情绪像瘟疫一样在大堤上蔓延开来……

吴福民不知该怎么向自己的村民说好，他不会像别的村长吆喝牲口一样吆喝这些老实的农民起来干活儿，他只会自己默默走下堤去扛袋子。一天下来他要比别人多扛出二三十包土袋子，肩膀磨出的血泡结了痂又磨破了，晚上睡在铺上不敢翻身，一动火燎燎钻心地疼。"还要干多久呢?"他常常在黑暗中迷茫地问自己。

这天天还没亮，突然一阵急促的响亮的哨子声把他惊醒，他爬起来披衣推开门，乡里通讯员正迎头从门前跑过来："老吴，快，乡长命令把人都带到大堤上去。"他赶紧把人喊起来，没等穿好衣服就带人向大堤上跑去。在路上他听别的民工队的人说，洪峰在昨夜里下来了。他听了有些悚然，去看自己的村民，一张张未醒的脸上露出了惶惶然的神色。来到大堤上，乡长、县长和市总指挥部的人已站在那里了。

江水一夜之间涨了一米多，没过了他们昨天还坐着休息的堤坡石，涨到了他们修建的子堤底部。江水吐着白沫，汹涌得像条大鱼撞击着白色沙土袋。天刚刚透亮时，宽阔的江面上从上游冲下来一些漂浮物，有木箱、立柜、房梁木、死猪、死牛、死羊……这些东西在江水里混乱地翻腾着。"看哪，那里还有人。"孙敬石喊了一声。那边的水面上漂下来两具尸体，先是一个小孩，那小孩很快被湍急的江水冲没了影，紧随其后的是一具大人的尸体，身上的衣服已被江水冲撕成布条条，近了才瞅清是个三十多岁的妇女，头发瀑布般地漂散在江水里，那张肿胀的脸像发面馒头一样白。吴顺明干呕了一声背过脸去。有几个大胆的民工跷脚张望着。"她的皮肤可真白呀!"一个民工咂咂嘴道。他听了身上又起了一层鸡皮疙瘩。

　　早晨，又下起雨来，白天不再用谁告诉，大家默默去堤下背土袋子往子堤上垒。指挥部通知说，上边可能还会有第三次洪峰下来，大家更加紧张起来。中间也没有谁坐在堤坝上休息了，累了就换换装土的活儿，连吴顺明也主动跑来扛袋子了。他瘦弱的身躯扛一袋子土往堤坝上走，腰被压得很弯，身子在打晃哩。

　　下午，李乡长过来告诉吴福民说上级通知夜里也要留民工加固守护大坝，叫他把人分成两班，夜里一班，白天一班。吴福民留下十个人，带着九个人回去了。刚刚走近驻地，就听见各帐篷前传来了熙熙攘攘的人声。吴福民以为又来了支援的民工队，暗暗诧异中，一个高挑的女人身影就站到了他们面前。低头走路的孙敬石眼睛一亮："老婆，你怎么来啦?"高挑女人不等回话，上前与他紧紧拥抱起来。乡民政助理走过来对吴福民说："乡里组织了各村送粮慰问队，刚刚到，你爹也来了哩。"

　　吴福民听了怔了怔，接着他快步走进帐篷里。"爹，爹!"吴福民的父亲正坐在他的铺上从一个背包里往外掏东西，有酒，有大枣，还有他爱吃的油煎土豆饼。看见他进来，老人把这些东西一推，站起来在微弱的光线里细细打量着他，像不认识似的抚摸着他胡子拉碴的脸，颤着嘴巴说："孩子，你瘦了，你瘦多了……"

一行泪不自觉地从吴福民眼眶里流淌出来。

"家里还好吧？我娘咋样？大妹还好吧？大宝、小宝想没想我？家里的麦子割了没？"吴福民抹掉眼泪，一连串地发问。

"你咋不问问你媳妇，这些日子可累苦了她，地里的活儿差不多都是她一个人干的。麦子已经收回来了一半，还有一半没收完。不知道你能不能赶回去收。"老人有些责怪地说。随后又指着床上的东西说，"这些都是你媳妇叫我捎给你的，饼是她连夜给你煎的，是你最爱吃的。"

吴福民的喉头一热，他转过脸去。

帐篷里又涌进来一些村民，他们围着民工问这问那，有家里亲人来的堤上民工也回来了。

"秀兰咋没来？"吴福民看到吴顺明从堤坝上跑回来一趟，又失望地走回去了。

"并不是人人都可以来的，每个村只能出十个家有亲人在前线的男劳力来。"

"那孙敬石的媳妇咋来了呢？"

"谁知道这个娘儿们是怎么跟村长说的，我去找村长时说：'我有两个儿子在大坝上，你看我有没有资格参加送粮慰问队呢？'他就准许我来了……对了，安民在哪里？你见到过他吗？"

"他在县指挥部里，他们指挥部就住在附近的村子里。"

老人背起背包要到村子里去看看他，吴福民劝他吃过晚饭再去，这会儿他也许不在，老人就听从了他的话，留了下来。

　　送粮队的乡亲们带来了鸡、鸭、猪肉。晚饭是民工出来后吃的最丰盛的一顿晚餐，吴福民还把父亲带来的两瓶高粱白酒给大家倒上了，民工们个个喝红了脸。鸡、鸭、猪肉是孙敬石的媳妇炖、炒的，民工们纷纷称赞起孙敬石媳妇的手艺来，说看不出瘦猴子一样的孙敬石还找了一个这么漂亮能干的媳妇。孙敬石就很忸怩地讪笑了笑，趁人不注意手在下边往端盆过来的女人屁股上捏了一把，高腿、丰胸的女人就开心地咧咧嘴，小声嘟哝了一句什么。

　　吃完饭，吴福民送老爹到村子里去后，就带着夜班的民工去堤上了。他叫孙敬石留在家里了。

　　半夜时分，他们走回来吃夜宵。吴老爹已从村子里回来了，他正立在马栏的黑影里喂马，嘴里叨叨咕咕念叨着："老伙计，让你们辛苦了，看看他们是怎么待你们的呀。"吴福民听了脸红了，他想起来晚上忘了喂马了。走到帐篷门口，看见地上蹲着一个人影，是吴顺明。"你怎么还不睡？明天还要上工地干活儿。"吴福民问。"哦，哦，我等会儿再睡。"他支吾着说。吴福民略略诧异地走进帐篷里去，看见南面一排民工和村里人都睡了，而北面的地铺上有几个民工围着一盏马灯在打牌。他往里走，坐着看牌的一个民工扯了下他衣角，他从他的神色中恍惚明白了什么，坐下了身。接着从帐篷角里传来一阵窸窣声和孙敬石粗重的喘息，那里有一条毛毯在起伏，并伴有女人压抑的呻吟声……而打牌的人都像没听到，认真地出着手里的牌，还时而为一张牌争执几句。过了一会儿那个女人穿衣走出来，她的脸上映着一种鲜亮的桃红色。她谁也没看一直走出去，她要给他们做夜宵。这真是个能干的女人。吴福民想。

不一会儿，香喷喷的鸡汤面疙瘩做好了。她还给躺在那里的孙敬石送去了一碗。

吴福民他们吃夜宵时，几个已经困倦的民工都眼睛发亮地围着这个女人身子转，她汗涔涔的脸上散发着廉价香水味，她小声哼着歌，快活地看着他们把一锅汤都喝光，她又忙活着刷锅刷碗去了。

次日早，送粮慰问的村民回去了，吴福民送老爹到路口，分别时老爹说："你们还得多久才能回家？"

吴福民说："听指挥部的人讲第三次洪峰过去后，我们就可以回去了。"想想又说："您回去告诉俺媳妇，麦地里剩下的麦子等俺回去再割吧，估计要不了一个星期我们就能回去了。"

"亏你还能这样想着你媳妇，但愿这鬼天气能遂人愿。还有，你要照顾好咱家那两头牲口，我看它们这些日子也饿瘦了。"

吴福民点头答应了，吴老爹就随同乡里的送粮车队走去了，很快没了身影。

五

民工们现在有一种复杂的心理，既盼着第三次洪峰早点儿到来，又不希望洪峰到来。第二次洪峰过后江里的水退落得十分缓慢。江面的水离子堤岸顶只有半米的距离了。如果第三次洪峰下来会不会像他们在上游见到的那样被汹涌的江水冲溃堤防呢？这样的事情想一想就叫人害怕。可是他们心里又巴望着洪峰早点儿到来，这样他们就可以早点儿回家了。据总指挥部水文气象专家预测，第三次洪峰过后，上游就不会再有洪峰形成了。白天来堤上接夜班干活儿的民工总要问一句："水下来没有？""没有。"夜里干活儿的民工倦倦地摇摇头，拖着疲惫的身子回去了。

　　送粮队离去三日后的晚上，雨从天没黑就开始下着，到了半夜里还在淅淅沥沥下着，弄得在堤上干活的人个个像泥猴子一样。大堤上除了马灯照亮外，还拢起了篝火，不时有民工走到篝火前烤烤泥湿的身子，借此驱驱寒意。下半夜三点左右，正低头扛袋子往堤上走的吴福民被人碰了一下，他扭头一看，见是吴安民。吴安民用一根手指竖在嘴唇上示意他别出声，他就住了嘴，将袋子卸在堤上后，跟他走到一处没人的黑影地里。"洪峰凌晨五点钟到达这里，指挥部决定大堤上的人在四点半全部撤离大堤。"吴福民一惊："怎么，大堤不保了？""大堤保不住了。"吴安民小声沮丧地说，随后又小声补充："指挥部预测洪峰下来时大堤是要溃堤的，你不要走漏风声，我告诉你是想让你有个思想准备。现在是三点钟，还有一个半小时，到时带着村里民工一个不剩撤离下去，指挥部说哪个民工落下了追究带队的村长的责任。"吴福民的脑袋恍惚胀大了起来，他目光定定地朝黑黢黢的大堤上望去，那上面还有千余名民工的身影在晃动。安民又叮嘱了什么他没听清，安民披着雨衣的身影匆匆离去了，他还站在那里发愣。雨水遮住了他的眼帘，他抹了一把脸上的雨水，这才瞅清脚下的江水在阴险地上涨，不知什么时候已没过了三层白色沙土袋子。他惊了一跳，想到在帐篷里睡觉的民工，想回去通知他们一声，可想到安民"不要走漏风声"的话他又站住了脚跟，默默走回到扛土袋子的民工队伍中去了。

　　雨还在不紧不慢地下着，除了大堤上零星的灯光、火光，四周漆黑得像锅底一样。一个半小时是多么漫长啊。他凑到火堆前看了两次表，时针才指到三点半，还有整整一个钟头。这个时候他真希望孙敬石能偷懒借故给马喂夜草溜回去一趟。可这个家伙自从他娘儿们走后，变得像个驯顺的牲口一样能干起来，一声不吭地往堤坝上扛着袋子。别的民工也一样默默地一个跟一个往堤上扛着袋子。这种出奇的寂静更加让老实的吴福民惴惴不安起来。老天爷，你千万要保佑这些庄稼汉一个也别出什么事啊！他在心里默默祷告起来。

"我的天！看哪，江水在涨。"一个下堤去撒尿的民工突然惊叫起来。

正扛袋子的民工纷纷放下肩上的袋子，站到堤坝上去看。吐着白沫子的江水已涨到了前半夜他们垒的土袋子上，而且岸边的水还像个蛇芯子一样往上游移动。黑压压的人群面面相觑，好像不太明白这是怎么一回事情……

"快跑吧，乡亲们，要决堤了！"

一声发疯的炸响打破了可怕的沉默。大堤上像刮起一阵旋风，愣站着的人群纷纷扔下手里的空纺织袋、铁锹，纷纷向坝下、向村边的驻地帐篷跑去。

吴福民不知该不该跟崩溃的人群往村子里跑去。他刚刚看过表，差五分不到四点钟。可是不等他犹豫，潮水般的人们就把他冲撞得跌跌撞撞起来，他要回到堤上已不可能了，只好跟着民工跌跌撞撞跑起来……

快到村边时恍然听到两声枪响："砰！砰！"接着有人喊："不要慌，站住，站住！"可是已经没有人听那个人的了，疯狂的人们将那人挤倒在地上，又从后面传来民工惊慌的喊叫："大水决堤了——"

吴福民好不容易从疯狂的人群中挣脱出身子，大汗淋漓地跑到自己村的帐篷前，帐篷门帘已被人扯掉了，帐篷里一片狼藉，空空的不见一个人影。想必他们已得信撤走了。

他急忙回身跑进马栏，马棚里只剩下了两匹马，一见到他就"咴咴"嘶叫起来，那匹白马已挣脱掉拴着的缰绳。他迅速解开栗色马的缰绳，双腿猛地磕了下栗色马的肚子，喊了一声："伙计，快跑吧。"两匹马像箭一样射向村子东边的玉米地里。

玉米地里的苞米秸横七竖八被人群践踏出一条宽宽的道来，前边已看不到人影，可他知道这里刚刚有民工跑过。他又拍了一下马肚子，座下马带起一阵旋风，他险些跌下马来，刚刚扶正身子，耳边便刮起一阵"吱吱"叫声，他低头一看，妈呀，一群老鼠正在马腿下排着长队飞奔。他闭上眼睛，他知道冲破堤的江水离这里不远了。白马又嘶叫了起来。他睁开眼睛，玉米地已跑到了尽头，前边玉米地坡下，浑浊的江水已阻断了他们的去路。他掉转马头向北边一片杨树林地里跑去，刚刚跑进树林里，水头就冲了上来，他看见一些老鼠吱吱叫着往杨树上爬去。他拼命打马要跑出这片林地，如果不跑出这片林地马就会淹死的。东边的天空渐渐透亮了，他松开了白马的缰绳，说了一句："伙计，逃命去吧。"白马向前蹿去，一闪不见了踪影。湍急的水漫进了林地里，渐渐没了马腿、马腰。他和马在林地里左冲右钻，快冲出林地时，座下的马骇人地长嘶了一声。他转过头去，看见右边不远处一棵杨树杈里夹着一匹马的头，它脖子上的缰绳被树缠住了，水已淹没了它的身子，它的头挣扎着往上伸了伸，就无力地垂在水里，它灰长的眼睛眨动了一下，似乎在同他们告别又似乎在求救。树干上有三只老鼠惊慌地向树梢头爬去。他狠狠地打了一下座下的马，马一跃蹿出了林子，向一条土路跑去。马在土路上发疯地跑着，他的心在流血，是他害死了那匹白马，如果那匹白马不是为了在驻地等他，也许早就会逃命的。他捶打着自己的胸脯，痛苦地闭上了眼睛……

不知跑了多久，座下的马已经大汗淋漓了。他睁开眼睛，天已大亮了。他叫马停下，他跳下身来。这是一片高岗高粱地，这里会很安全的。在这片高岗坡地的左前方坡下，追踪而来的江水已经停止了咆哮，平稳地在那里流淌着，那块水田已变成了一条二十米宽的河道。

他累极了，昨夜一夜没合眼。他给马掰了一抱青高粱棵子，自己就在高岗坡上躺下来睡着了。他醒来时，阳光已温暖地照在他瘦削的几日没刮胡须的脸颊上。这会儿他才想到村里的民工都撤出来没有……他抬头向北面望了一眼，看到一个村庄的影子。他想待会儿进村里打听一下，这里离他们黎明村有多远。他想不会太远了吧。

这么想着时他拉马走下坡去，去给它饮水。刚刚来到河边，他被一个漂浮物惊住了。那是上游漂浮下来的一具尸体，一丝不挂，裸露着瘦弱、矮小的躯体。他一只攥成拳状的手里紧紧攥着一张泡得发白的照片。"啊——是吴顺明！"他暗暗吃惊地叫了一声，向水里扑腾扑腾蹚去。他把他抱在胸前，他的身子冰凉冰凉的。他抱着他走上岸，走到高粱地头，脱下自己的外套，给他穿上了。他轻轻擦去他鼻孔、嘴角淤塞的泥沙，这张僵硬的脸上便露出孩子一样的稚气来。他深深地跪下身去，垂下了头。

而后，他牵着马，驮着吴顺明朝村子里走去。

寻找河流

　　到肇源去游玩的动议是在米单位聚餐的那天晚上提出的。当时米坐在酒店的灯影里说，她有个同学在肇源新站，那里有一条松花江流过，米的同学几次来信邀她到他们那里江上玩玩。"天这么热，我们不妨集体去那里游玩一次。"米说这话的前提是，和米关系比较好的孔护士提议，用科里平时卖废品攒下的四百块钱给米买一件纪念品。大家听了没吱声。米是内科护士长，米要走了，是辞职。米不想把那笔属于大伙的钱花到自己一个人身上（其实平时那些纸壳箱子都是米一个人收存起来的），米就这样说了。大伙听了有些心照不宣，特别是对于天气热的话更是心照不宣。持续几天的36℃高温是这个北方平原城市从来没有过的。大家恨不得整晚都泡在这个带有空调冷气、带有卡拉OK的酒店里。因此玩了很晚，都玩得挺愉快，除了米。

　　米坐在灯影里有些发呆。米既不会唱歌也不会跳舞，她很少到这种地方来。米有些陌生地打量和尤鸿飞跳舞的自己的丈夫。米第一次发现刘流不但舞跳得好，而且歌唱得也好。刘流在和尤鸿飞跳了两支舞曲后，两人又合唱了两支歌：《东方之珠》和

52

《心雨》。

　　这天晚上的花费是尤鸿飞认识的一个患者单位请的客。尤鸿飞和那患者单位的书记很熟。书记和车间主任带了他们厂一辆面包车把他们内科十几个人都拉到了这家龙宾酒店来。尤鸿飞特意告诉米，叫她也把"那位作家"带来。米一想自己在外边吃饭，刘流在家也不会做饭，就把刘流带来了。上月刘流到公安局去体验生活，结识了一位离了婚的刑警，回来跟米说要给尤鸿飞介绍。米就同尤鸿飞讲了，哪知尤鸿飞听了开玩笑说了一句，她不想找个警察啊，要找也找个作家。看到尤鸿飞无忧无虑笑得开心的样子，米很为自己的操心感到多余。

　　书记端着啤酒杯过来给米敬酒，米象征性地抿了一口。书记说："米护士长，给你添麻烦了。"看来书记已从尤鸿飞嘴里听说米辞职的事，米有些发怔。

　　那个老车工是得脑溢血住进他们医院的，一进来就住进了369号抢救病房，病情好转后按规定要搬到普通病房去。可这个老车工说什么也不离开369号病房了，说这个病房救了他的命，这个房间号是个吉祥的数字。米这天早上去找内科主任尤鸿飞，米想让尤鸿飞同那患者的领导说说帮着做下工作。因为米看到那个书记刚从尤鸿飞办公室离去。尤鸿飞说患者不想搬她也没办法。米知道这是护士长的责任。这天早上查房，刘院长把米叫到了他的办公室，问369号病房怎么回事。米说患者不想搬。刘院长说："患者不想搬就不搬，要你这个护士长是干什么的？"

　　米说："那我辞职吧。"

　　刘院长不耐烦了："你愿辞就辞吧。"

　　米回去后真的写了一份辞职书交到了刘院长那儿。这一下把全院上下都惊动了，没想到一向性格温和的米竟提出了辞职。又有人指责刘院长说他逼米护士长辞的职。可是不管米怎么说，人们还是同情米。刘院长又把米找了去，要她把辞职书收回去。米不收。这回刘院长耐不住性子了："你真的要辞职吗？你这样做是叫我很难办的。"

米说："我真的要辞职。"

"为什么？"刘院长问。

"我觉得很累。"米有些疲倦地说。

刘流以前曾劝过米辞去护士长的职务。米是一个做事情认真的人，在医院里内科又是最忙的一个病区，米回到家里又要干全部的家务活儿，米的确很累。三十岁的米还不主张要孩子，做了两次流产以后，刘流注意到米眼角爬上的皱纹。刘流很为米的身体忧虑。但听说她要不在医院干了时，刘流惊讶了："你不在医院干了，你要到哪儿去呢？"米说她要到黄医生开的诊所去干。黄医生原来是内科主任，老实巴交的一个人，被尤鸿飞顶了主任后，就一气之下干了个体。黄医生以前曾跟米说过要她跟他到个体诊所去干的话。

刘流说："你为什么要做得这样彻底呢？"

米说："我既然不做护士长了，留在医院里做护士是很难做的。"

米为人处世总是考虑得很周到，可是太周到了人活得是不是很累呢？

米是第二天去找黄医生的。黄医生显然已听说了米辞职的事。黄医生有些躲闪地说："怎么说辞职就辞职了呢？"

米说："我想到你这里来做事情。"

黄医生说："容我再考虑考虑。"

黄医生的吞吞吐吐叫米好一阵困惑……刘流听说了情况后，

讯笑米说:"你听说过叶公好龙的故事吗?胆小怕事的黄医生怕人说他挖了医院的墙脚,所以才会这样呢。"

看米一脸苦闷,刘流想,过不了几天米就会收回自己的辞职书的。他也就没太把这件事放在心上。

肇源是C市与外市临界的一个县,早先并不归C市管,今年初才划归C市。因其境内有一条江,尽管路途不算近,C市还是有人愿意星期天去那里玩儿。不过米和刘流都没有去过。

车过了大兴,司机回过头来问米,下一站怎么走。"下一站好像是浴德。"米想起她的同学告诉的行车路线,恍恍惚惚地说。司机脸上有了不悦。照这样开下去天黑也开不到目的地的。刚才司机已跑了一段冤枉路。司机就是那天晚上请她们客的那家单位派来的。本来司机是不想跑这趟车的,天这么热,路又不熟,可是碍于书记的差遣他又不好说什么。他早看出来常去医院开药的书记与那个叫尤鸿飞的寡妇医生关系有点儿不正常。

内科病房医生、护士共十二个人,除了留下星期天值班的,他们共来了八个人。尹护士还把她男朋友带来了。两个年轻人一上车就旁若无人地依偎在最后一排座上。因为尹护士上夜班常把男朋友带到病房来住,米曾经扣过尹护士的奖金。尹护士这会儿想,米再也管不着他们了,米不再是护士长了。

车过了大兴后,道路越来越难走了,都是坑坑包包的乡间土路。两旁是晒蔫了叶子的苞米地和黄泥巴土房的村落。皮肤被暴晒得黝黑的农民汉子带着女人、孩子在往地里挑水、抬水,可是一桶水倒下去,没等流就被干裂的泥土吸干了。连狗也热得懒得动弹,躲在树荫下干干地伸着一条舌头……车里开始有人议论:做个农民有多辛苦呀。可是后来他们就不再议论了,闷热和颠簸使他们为此行的目的地担忧起来。因为车拐过了一片庄稼地后，展现在眼前的差不多是相同的景象，同一片一望无际的苞米地，同一座寂静得连狗吠声都听不到的村落。这样就让他们怀疑是不是又绕到原来的村路了？只有米否认了这一点。米说乡下村屯的情形差不多都是一样的。大家知道米的老家是乡下的，大家就相信了米的话。炎热叫人生出了这样的想象，米要是一直生活在乡下会怎么样呢？当然米是考上卫校分配到城里来的。不过米要是没走入城市，是不是也得和那乡下女人一样皮肤被晒得黝黑呢？这样一想，就有人对米最近提出的辞职产生了不解。米是不是热昏了头？

尤鸿飞坐在司机旁边的位置上，眼睛一直好奇地向车窗外打量着。三十二岁的尤鸿飞看上去比实际年龄年轻得多，而且越来越会打扮了。刘流注意到坐在他身边那个新近与老婆离了婚的莫大夫几次把目光落到尤鸿飞白皙的脖颈上。刘流第一次见到尤鸿飞是在八年前，那会儿他刚跟米结婚。每回送米上夜班，总能碰到尤鸿飞也在值医生班。尤鸿飞看到他俩很晚从房间出来，羡慕地悄声跟米说："你们真幸福。"刘流那会儿注意到这个年轻漂亮的女人脸上有一丝不易被人察觉的凄楚。后来听米讲，尤鸿飞新婚刚两个月时，丈夫出差在外地遇到了车祸，而尤鸿飞刚好怀了孕。刘流对这个不幸的女人产生了同情，想着给她介绍个对象。后来又从米嘴里听到，追求尤鸿飞的人挺多，她也常和一些男人出入酒店、舞厅，有时还带男朋友到病房来住。米有一次认真地对尤鸿飞说："你不想自己认真嫁个男人吗？"尤鸿飞反问她："难道女人非得嫁个男人吗？"后来米不再张罗让刘流给尤鸿飞介绍对象了。刘流听了不以为然，说米观念陈旧，都什么年代了，人各有各的活法嘛。

按照计划，他们并没有在午饭前赶到米的同学说的那个新站镇。中午他们在一家乡村酒家吃了饭，就又接着赶路了。

下午车厢内更加暴热起来。吃过饭的人都昏昏欲睡起来。除了司机，没人再关心何时能赶到目的地了，反正明天是大礼拜，第二天不用上班。直到一头热昏了头的猪崽钻到车轮底下，汽车猛然停下来，人们才睁开眼睛。看时，米正在车下向那个哭哭啼啼的村妇赔不是，并掏出五十元钱给了她。一群围着的村人这才让开了路。

这回大伙精神起来，在车里议论起那头猪崽来："这个蠢东西怎么不长眼睛往车下跑呀。"有人说，米是不该赔她五十元钱的，明明是后车轮轧的嘛。又有人说，莫不如把那个猪崽拉上车，到江边烧乳猪去。

米默默地听着人们说的话，没有吱声。她在注意地朝外看着，希望别再走错路。司机也有了歉意，嘴里不再嘟囔着抱怨了。他想今晚无论如何也没办法赶回去了，就想明天一早赶回去吧。

火辣辣的太阳快沉到西边的庄稼地里时，他们终于找到了新站镇。一开到新站镇那条土路口，米眼睛一亮。米看到了站在路边迎接他们的她的同学赵宪英。

"哎呀，可把你们等到了，要不然我的生鱼丝该喂猫了。"

米介绍说："这是我的同学赵宪英。"

这是一个生得有些丑的女人，尽管她和米同岁，可看上去要比米老上十岁。干枣核脸，秃额头，粗手大脚的，也许庄稼活儿干多了的缘故。赵宪英现在在镇卫生院工作，据说赵宪英刚从卫校毕业分到乡下时还哭了一鼻子，可是现在却有些炫耀地向米他们介绍起她丈夫和家里的情况来，并说那个镇农机技术员正在家里和孩子一起烤生鱼片等着他们呢。

"江呢？先去江边看看。"众人一致说。

赵宪英只好又和大家上了车，指挥司机往镇东边方向开去。刚一出镇口，眼前先是出现一片开着黄花的向日葵地，接着出现一片阔阔的白亮亮的水域来，缓缓地在烈日里流动，流出一种无声的诱惑。

众人没等汽车停稳，就纷纷抢着跳下车来，像鸭子一样挓挲着胳膊、手掌向江里扑去。

"瞧瞧你们这帮旱鸭子，好像从来没见过水似的。"赵宪英咯咯笑着说，又叮嘱了一句，"小心别淹着……"可是已经没有人再听她的唠叨了，连司机都忍不住跳下水去了。

车上只有米没有动，她坐在车里朝外望着。刚才还是一江平静的水顿时被搅活了……

"你的那位作家很会玩水。"赵宪英咂咂嘴，"瞧瞧那个美人鱼是谁，小心别让她把你的男人勾跑了。"她又开玩笑地说了一句。

米看到，这会儿工夫刘流和尤鸿飞已仰泳游到江中心了，妩媚的阳光在两个人脸上、臂膀上流淌。看来江水真是让人舒服极了，米想。米只会狗刨，米不想这会儿跳下水去。

米结婚时，赵宪英曾去城里参加米的婚礼，当时赵宪英羡慕地对米说："米你真有福气，分配在城里，又嫁了个作家，米你真有福气！"而她那时已做母亲了，看着米感觉她们像两个年代的人。

现在听说米他们还没有孩子时，赵宪英着实吃了一惊："为什么？是你们有毛病？"

米摇摇头，说她不想要，怕忙活不过来。

赵宪英就微笑着说，侍弄小孩崽儿不过像侍弄小猫小狗一样容易嘛。米莫名其妙地看了她一眼……

很晚，大家玩累了，才去了赵宪英家里。吃过晚饭后，大家又分头到江边支帐篷休息去了。司机告诉大家明天一早返回。米帮助赵宪英收拾大家饭后的残局。

刘流趁赵宪英一个人端着一盘鱼刺到院子里去喂猫，就跟了出去。

在外面，刘流说："你能劝劝你的这个老同学吗？她要辞职。"

赵宪英仿佛一根鱼刺卡在了嗓子眼里，猛地回过头来盯着他：

"为什么？"

刘流嗫嚅地小声道："我也不太清楚……"

"你这个做丈夫的，你怎么会不清楚呢？"赵宪英咄咄逼人地反问了一句。

刘流的脸在黑暗里红了。

不过还好，她总算答应下来今晚就和米谈谈，劝她打消这个愚蠢的念头。"我看她这是吃饱了撑的。"赵宪英走进屋里去时这样说了一句。那只喂饱了的猫满足地弓了一下身子，轻轻一跳，蹿进黑影里不见了。

院子里就剩下刘流一个人来。刘流想，米的这位同学也许能说服米打消辞职的念头。刘流为他作为丈夫不能够说服米而感到羞愧，他觉得他和米之间，就像这悄悄降临的夜幕，不知不觉给隔上了一道朦胧的东西。这是个什么东西呢，他一时难以说得清楚。不过生活还好，他安慰而幸福地想到。

夜幕完全笼罩这个农家院子的时候，赵宪英的丈夫冯技术员到院子里来喂猪了。猪圈里圈着四头哼哼唧唧叫着的白猪。这个农机技术员手上沾满了玉米面儿拌的猪食，看见他站在院子里嘿嘿笑了笑。这是个很能干的男人，憨厚中透着几分精明。他俩闲聊了几句……

四头猪"吧唧吧唧"吃出一片山响。

打黑黑的夜色中走进院一个人影来。那人影喊了好几声："冯技术员。"冯技术员才回过头来："什么事?"

"我家的拖拉机坏了，明天还等着出车，求你给看看。"那农民的口气里有几分恳求。

"你没看见我家里有客人吗?"

农民站在暗地里窸窸窣窣摸了一阵，摸出一张一百元的票子来，塞进冯技术员的衣兜里，又一次说："明天还等着出车哩。"冯技术员这才不耐烦地说了一句："你们这些人就是不让人家休息。"随后向刘流歉意地笑了一下，跟那农民走出去。那农民走出院子时，还冲刘流讨好地点了一下头，一脸的恭敬。

刘流想去江边看看，就从院子里走出来。到了江边，除了尹护士和她男朋友待的那顶帐篷发出一些异样的响动外，其他人都下江里去了。夜色中的江面，透着一种神秘。刘流站在岸边只能听到水中隐隐传来的声音，而看不清人影。他正犹豫着下不下去时，身边水里钻出一个白白的人影，肌肤上湿漉漉的。

"作家，下水吧。"

刘流顿时有一种惊悚的感觉，但还是禁不住水的诱惑，很快脱去衣服，一个猛子向江中心游去。抬头露出水面时，感觉脚下像鱼一样游过来一个身影摸住了他……他知道水下的那个人是尤鸿飞，只有她的水性才能与自己媲美。

刘流游了很久才上岸。他想这么晚回去会打搅那一家人的，就在江边莫大夫的帐篷里睡下了。

夜里很晚，赵宪英把她的孩子打发睡下了，才走进屋来。米已经躺下了，眼睛望着天棚，在想着什么。

"米，你要辞职是真的吗？"

米说："是真的。"

"你疯了，为什么？"

"我觉得很累。"

赵宪英一脸不解，反问她："比乡下还累吗？"

米怔了一怔，半天才说："……你不懂，是心累。"

赵宪英真的没听懂，白天忙活了一天，头一挨枕头，就控制不住自己地合上了眼皮，很快睡着了，而且还打起了呼噜。米听着赵宪英的呼噜声羡慕地想，生活在乡下多轻松啊。米在黑暗中静静地睁着眼睛，渐渐地她听到了江水的流动声、吟唱声，很轻，很轻……

第二天大家上车时，才发现米失踪了。当时赵宪英跑来说米不见了，早上醒后她发现米不知道什么时候起来，走出去了。这时大家都把目光转向了刘流。刘流脸色发白说他也不知道米去了哪里，他昨夜和莫大夫住在一起了。刘流慌慌张张下车沿着江边去找米，大家也纷纷跟着去找，包括司机。

直到下午还没找到米，傍晚汽车要返回去了。大家重新回到车上来，在车上，大家还在议论着："米去了哪里呢？"有人问刘流："米会水吗？"刘流不自然地说："我也不太清楚，还没见过她游泳。"后来米的同学赵宪英说了一句："米会游泳。"大家才有些稍稍放心，又加上赵宪英说米会不会回到她乡下的家里去看看……当然这是一种猜测，但至少给人一种安慰。因为江边上下游已叫大家找遍了，没有发现米的身影。就有人议论起来，说米不合群……

汽车开动了，开出了镇子。一直低着头默默听人们议论的刘流把头抬起来，向窗外望去。大片大片的向日葵从车窗外闪过，所有的黄色向日葵都一律向西垂着头。那轮红头涨脸的夕阳在向日葵地里滚动……他们游玩过的江水，此刻被夕阳染成一片红彤彤的血色，夕阳缓缓地从向日葵地里一点一点沉下去，在圆圆的夕阳快要沉到江里去时，蓦地打向日葵地里站出一个熟悉的女人背影来，那女人沐浴着红酥酥的夕阳余晖，义无反顾地向着美丽夕阳方向，向着江水里走去……刘流张大了嘴巴！他刚要喊司机停车，可是他发觉那不过是他的幻觉罢了，他停住了嘴巴。

后来刘流想，自己的生活是不是充满着一种幻觉呢？

荒城车站

那时荒城车站还是一座俄式老票房子，平房，黄砖墙铁锈色洋铁皮房顶。那时出入荒城车站的旅客列车还不是很多。不过每周四下午却有一列由北京发来到达莫斯科的国际列车通过。不知是不是国际列车通过的缘故，这个四等小站的月台上始终保持着干干净净，连一片纸片也看不到。站台行李房前有一棵老榆树，树身终日被机车烟气熏得漆黑了。可是每到春天它断枝的树干上还会冒出新绿来，据说它还是俄国人修中东铁路时飘落的树籽长出来的。

那时我在荒城车站当警察。不过我不是铁路警察，我们是属于地方派出所的警察。站前派出所刚成立，借用的还是车站派出所的两间黄平房。

我们的工作其实很简单，就是每天戴着执勤袖标站到站台上去，察看旅客的行包。那时荒城发现了大油田，正在大规模建设中，每天都能从上车的人流行包中截获一些油田建设物资，比如成卷的油毡纸、成桶的油漆呀，无缝钢管、阀门呀，成捆的棉手套、日光灯管、丝绵呀，等等。这些人许多还是油田上外招的工

63

人，我们把这些人称为"硕鼠"。

我们执勤组三个人，我、老蔡、刘铁北，在前边站台上执勤分成三班倒，老蔡是组长。除了老蔡，我和刘铁北并不太喜欢这个工作，我们常常遭受到那些旅客的白眼，好像这些东西他们从单位带回家去用是天经地义的事情。那个时候大家都穷呀。就连车站派出所的同行眼里也流露出鄙夷之色，好像我们除了开包检查不会干别的。

老蔡是从部队复员到地方当警察的，平时警服就穿得板板正正，值班时更是武装带扎得紧紧的，斜背的枪套带将胸脯束得鼓鼓的，在站台上踱步也是行有行姿站有站姿，让我这个刚从警校出来不久的警校生也自叹不如。我亲眼看见过有一天国际列车通过时，车门窗口有什么东西闪了一下，转头看去，一个老外正冲老蔡晃动了一下手里的相机呢，老蔡就陶醉在一种说不清的得意里了。老蔡常跟我们说在站台上一定要注意影响。看到这个情况我觉得老蔡说得对。

相比之下，刘铁北形象就猥琐得多了，矮小的个头，一张瘦瘦的络腮胡子脸，站里的人都管他叫刘大胡子。刘铁北的家是铁路上的，父亲是老铁路司机。刘铁北原来在分局刑警队反扒分队干过，平时就不大爱穿那身警服，值班时这身警服穿在他身上总是显得皱皱巴巴的，武装带也不扎，枪按要求斜背在外边枪套里，而他总是习惯掖在腰里。

老蔡交接班验枪时也一丝不苟，我们值班用枪是一把公用的"五四"式手枪，已经很旧了，枪身上的漆差不多掉光了，枪管也磨得发亮。老蔡把枪从枪皮套里拿出来，枪口朝着地下，"咔嗒"退出枪柄的弹夹来，检查一下花孔弹夹里面的子弹，又"咔嚓"一下将弹夹推上，把枪重新放进枪套里。"别这么费事了，谁知这把破枪能不能打响。"刘铁北斜睨着他的小眼睛说了一句，丝毫不顾忌有生人在场，这是我到站上来执勤的第一天。执勤室里散发着一股浓烈的油漆味儿，门外候车室里传来"嗡嗡"像苍蝇一样候车人群的说话声。高大的窗户玻璃格子上还挂着入冬的第一场雪尘。

交接完班，刘铁北还站在屋里没走。老蔡就说："刘大胡子，你怎么还不回去睡觉？"

刘铁北就眨巴眨巴眼睛说："来新人了，中午是不是去站前饭店撮一顿？"

"好你个刘大胡子，是不是馋猫尿了，人家所头都不张罗，你在这里给我扯哪门子蛋？"

刘铁北就嘻嘻笑了，"你看我这不是替领导着想嘛。"见老蔡沉下脸来，刘铁北就冲我挤了一下眼睛，走出去了。

"这个刘铁北，就好这口猫尿，要不在刑警队干得好好的也不会……"老蔡叹息了一声摇摇头，没有当着我这个新人的面往下说下去。

我随手翻了一下搁在桌上的黑壳本值班日记，刘铁北的字像他的人一样潦草：昨晚在南货场路口发现一"冻倒"，喝酒喝的，送迎宾旅店醒酒。扣油漆两桶半云云。而往前翻老蔡的值班日记则像他的人一样工整，连车站派出所谁和他同班都写得清清楚楚。

老蔡把我带到站台上去，冬雪过后，站台上等车的人和检票员姑娘都冻得嘶嘶哈哈扎着堆。看见车站派出所执勤民警老白走过来，老蔡就给他介绍："这是我们所新来的小王。"老白瞅瞅我，"哦，小生荒子。"又瞅瞅老蔡，说了句："老蔡你们又发财啦。"早上我们把没收的物品用候车室里拉煤的手推车推到后边仓房时他看到了。老蔡就嘻嘻笑，并没有听出老白嘴里讥嘲的味道。

走下站里的铁道来，老蔡跟我介绍，站台内的治安归车站派出所管，站台外的治安归我们管。还有铁道线五米之内归铁路警察管，五米之外归我们管，等等。听老蔡的磨叨有点儿婆婆妈妈。远远地看见三号铁道线的北侧停着一辆废弃的黑色蒸汽机车头，车头前面那几个朱红色的字"东方红号"还清晰可见。此刻车身披着一层白雪，一个戴着棉帽子披着铁路旧工服大衣的老人正踩在梯磴上往下扫雪，哈出的白霜气将他的面孔都遮住了。老蔡告诉我他是刘铁北的父亲，他已经退休了，那是跟了他二十多年的机车。等他转过脸来，我果然看见这也是一张络腮胡子脸。

在站里我又看见刘铁北，他已换去了警服，披着一件破黑棉大衣，和调度室的温计划员站在站台上闲聊着。老蔡见了他说："你应该劝劝你父亲，大冷的天不在家哄孙子，还跑站上来干什么。"刘铁北的眼睛瞅着别处说："我也这么劝过他，可是他从没听过我的。"后来我常常看到刘铁北白天休息时也待在站上。这真是一对怪人。刘铁北说他喜欢"人群"，开始我还没太明白这是什么意思。

这一天我是在新奇和难为情中度过的。我真怕碰到我那些分在分局的同学，我这一米八的个头戴着红袖标站在人群里是很显眼的。我从没想过我会当"站警"，而且是让人戳白眼的站警。

"请把你的包打开。"

"干什么？"

"例行检查。"

"我并没有带违禁的物品。"他们把我们当成铁路警察了，口气理直气壮。站台上喇叭里在响着："严禁携带汽油、酒精、雷管、炸药等易燃易爆危险品进站、上车……"站台上所有的目光都朝我身上聚来，我脸红了："跟我到执勤室走一趟。"

他跟我来到执勤室，旅行包打开，露出一桶油漆和两打白色棉手套来。

"这些东西是哪来的？"

"我……我……"来人着了慌。不过对付这些"硕鼠"还够不上治安处罚条例，一般是把东西没收把人放了了事。

一天下来，已腰酸背痛了，站得腿肚子都发麻了，两耳里更是像塞进了两只苍蝇"嗡嗡……"叫个不停。候车室里永远是这种声音，永远是这种烟气缭绕夹着一种酸不溜丢的味道。这些晃动的面孔：男人的、女人的、老人的、小孩的，看得久了也会变得麻木起来。

晚上我交了班走出候车室，外面天已黑了。不大的广场上笼罩着一团夹杂着煤烟味的寒气。门口暗淡的灯光处，几个冻得哆哆嗦嗦的卖冰糖葫芦、瓜子的小贩抄着袖站在那里，"卖瓜子啦……"

老蔡给我联系了铁路公寓食堂就餐，在那里就餐的多是一些火车司机和工务段的工人，他们身上的油渍麻花机油块和他们嘴里的荤段子一样让人脸红。逗得窗口打饭的那两个穿白服的娘儿们笑得前仰后合的，汉子乘机在她们白胖的手上摸一把，即使有我这个新警察在场也不避讳。

刚刚走过天桥下挂着两个幌儿的站前饭店门前时，就见一个披着破黑大衣的人影从里面走出来截住了我。我一愣，借着灯光一看是刘铁北，他嘻嘻一笑说："我估摸着你这会儿该交完班了，来，进来一起喝点儿。"

"我……"

"我什么我，天这么冷，进来喝点儿酒暖暖身子。"他不由分说地把我拉进飘着菜香味儿的屋里去。哈着热气的门框挂着白霜，门内侧挂着一道黄棉布帘子。屋子里传来顾客热闹的说笑声，还有后厨灶上的马勺颠动声。

屋子中央烧着一个煤炉子，炉盖都烧红了。旁边围着几个脏兮兮的流浪孩儿在烤着炉子，看见我和刘铁北进来怯生生地躲到一边去了。屋里大部分都是刚下车的旅客，也有等着上车去的旅客，上车饺子下车面。点热卤面的顾客居多。刘铁北把我引到靠窗户的一张桌上，那里已坐着一个人了，就是白天我见过的温计划员，后来我才知道他们是酒友。

菜上来了，刘铁北给我倒酒，我伸手挡了一下说我不会喝酒。白白净净面孔的温计划员说："当警察哪有不会喝酒的。"刘铁北就给我倒了半杯。

一口酒跟着他们喝下去，辣得我眼泪都快出来了，不过身子倒暖和了起来。而他俩两口就将满满的一杯酒干净了，又接着满上。两个人一个人越喝脸越白，一个越喝脸越红，却什么事也没有。不知不觉一瓶老白干就下去了，两个人又换上了啤酒，两人的啤酒是倒在二大碗里喝的。

"来，小兄弟，我敬你一杯。"温计划员给我倒了一杯啤酒，我知道这杯啤酒我得喝进去了，就与他碰了。

"以后你跟着大胡子在一起干，你算跟对人啦。"温计划员放下杯子时说了一句，我没听明白他什么意思。

温计划员起身出去解手了。

"我听说你想进刑警队……"刘铁北呷了一口酒眼睛瞅着别处说。这触到了我心里的秘密，我脸红了。"……你不用难为情，其实谁想整天干这种开包检查的活呢？等一下……我去解个手。"

温计划员解手回来了，还没等我和温计划员看明白怎么回事时，那边一阵骚动。回头，刘铁北正手里拿着一个钱包，问一个正在低头吃饺子的顾客："这是你的钱包吧？"那人两手一摸兜，脸上慌了："怎……怎么在你手里？""你掉地上了，看看少没少？"那人疑惑地接过去，看了一下，直道谢："谢谢你，大哥。"

再看刚才屋里那几个小脏孩，像刮一阵风似的不见了，我明白了。刘铁北走过来，温计划员小声问他："你怎么把他们给放了？""送进去也白送，他们最大的才十五岁。"刘铁北像什么事也没发生似的又低头喝酒。

"你知道我在分局刑警队打现行时抓过多少小偷吗？"

"多少？"我还像刚才没反过劲儿来的样子问了一句。

"三千。"刘铁北伸出三个指头来。

我张大了嘴。

趁他去解手，温计划员问我听说过刘小手吗，这我从警校刚一毕业在分局帮忙时就听说了，可我真没有想到和眼前这个其貌不扬的人联系起来。

也许就从这天晚上起我打算跟刘铁北学两手，整天查扣油田物资毕竟不是一个警察的真本事，至少不是一个合格的警察。

这天中午我刚回到执勤室坐下，门就被隔壁寄存处的那个脸上有雀斑的服务员姑娘敲开了，她进来说："刚才有位老太太钱被偷了，敲你们的门你没在屋。"

"她在哪儿？"

"在我们屋呢。"我急忙跟她过去，果然看见一个五十多岁的老妇人蹲在地上抹眼泪，她的手指黑黑的。问她什么时候被偷的，她说就刚才。问她能认出那个人吗，那人往哪去了。她点点头往窗外一指说往站里去了。"那你快跟我来。"我带她出去了。

上这趟车的人已站到站台上，再有五分钟车就进站了。我带她在人群里穿来穿去，忽然看到一个小青年看见我们走过来时头扭了一下侧过脸去。我悄悄贴在她耳朵上问："是他吗？"老太太隔着人群点点头。我丢开她快步走过去，哪知那家伙一见我盯上了他就挪动开了身子，先还是背着身子在走，后来就在人群里左拐右突地跑了起来，人群也跟着骚动了起来，挡住了我的身子。

列车从远处开进站来，那家伙瞅准了机会跑下站台去，对面二站台正有一列货车开过来，他是想抓住那列货车逃走。"站住——再不站住我就开枪了——"其实我只是想吓唬他一下，可是刚把枪从枪套里掏出来，枪口就冲下啪地响了，子弹打到枕木旁的碎石子上，溅起了两颗碎石子。这一下不要紧，不但把他吓得趴到地上，也把我吓呆了。因为站台上的人群"妈呀——"大乱了起来。

我不知道是怎么把那家伙带到执勤室的，所长刘胖子也从后面所里赶到执勤室来，他先拿掉我的枪，枪里还有一颗子弹顶在膛上，我忘了关保险，随后他又把人交给了铁路执勤室。

等他回来，脸就黑了，劈头吼道："谁叫你开的枪？嗯？"我惊魂未定地小声说："我没想开枪。""那枪是怎么响的？""我也不知道……"

过后所长又心有余悸地警告我说："如果在站台上撂倒一个人，就不是他坐牢，而是你坐牢了。"

这一点也不是危言耸听，我刚刚听说我们这届警校生里有一个同学在一次执行公务中，因为防卫过当击伤了人被关进了看守所里。不过我想所长之所以发那么大的火，是因为我管了不该管的事。无论是在寄存室被偷还是在站里抓人都是车站派出所的事。而且更愚蠢的是事后才知道那个老太太只丢了七块六毛钱，这连行政拘留都不够。而且那家伙不知是吓出了毛病还是咋的，拒不承认自己偷了老太太的钱，谁让我没有当场抓住证据呢？当车站派出所不得不把他放了时，老白还讥讽说因为我的枪声使那趟列车晚点了，你说所长能不恼火吗。别提我有多窝囊了。

第二天老蔡一上班来就虎着脸说："我怎么跟你们说的，让你们扣好油田物资就得了。你们偏要狗拿耗子多管闲事！"老蔡说这话时还横了刘铁北一眼。从这天起，老蔡要我们值班时枪里不要放子弹了。

刘铁北对枪能打响也很奇怪，他说我这是两个走火。他对我说："你知道我们打现行时当场捉不到证据的行话叫什么吗？叫走火，捉贼要捉赃。"

老蔡批评我还捎带上刘铁北是有缘由的，那天刘铁北下了夜班又穿着他那件油渍麻花的破大衣在候车室窗口前晃悠，当然有时是替人买卧铺票，荒城车站窗口的卧铺票一向很紧张。不光是他的亲戚熟人来找他买，就连分局出差的人也来找他买。这一点，他真是让我和老蔡羡慕呀，老蔡虽然也在站上工作好几年了，可是却没有他这份"好人缘"。

那天我刚从站台上扣押一个携带一桶油漆的旅客走进来，就见售票窗口前一阵骚动，一位刚要买票的旅客伸出头来喊："我的钱包、我的钱包不见了……"窗口一片哗然，正在这时小个子刘铁北从人群里钻出来，他的手上一只手拎着一只铜铐子，另一只铐环扣在一个小青年的手腕上，那小青年垂头丧气地低着头。看见我，刘铁北对我说："你先把他带到屋里去，等我买完票再收拾他。"议论着的人群给他让出一条道来，让他到前边去买了。我则把这个家伙带回执勤室。

过了一会儿，刘铁北进来了，他还把车站执勤的民警也领来了，对我说交给他们处理吧。我知道候车室内发生的案件归他们管。只好眼睁睁看着人家把扒手带走了。

　　老蔡知道了这件事并没有表扬刘铁北，而是说了一句："狗拿耗子多管闲事。"

　　这是我第二次见识刘铁北的"手艺"了，看见我眼里对他流露出羡慕的目光，刘铁北一边把玩着他那副磨得锃亮的铜铐子，一边问我想不想学这份"手艺"，我巴不得地点点头。

　　"那好，等有机会我教教你。"

　　随着春节的临近，候车室里的人群突然增多了起来。不光那些探亲的携带油田物资的人增多，连贼也在增多。这从铁路派出所增加的警力能够看得出来，除了着装的执勤民警外，还增加了便衣警力，可是旅客被窃案件还是接连不断发生。弄得他们所长很恼火，说就是撵也要把贼撵到别的地方偷去。这期间我们除了每天忙着查扣油田物资外，又接到了上级一张通缉令，说S市某厂一名保卫干事因为涨工资的事报复厂长，开枪将厂长杀死后畏罪潜逃了，省厅通缉令要求各地协助堵查。依照惯例我们把这份通缉令的复印件也给了车站派出所执勤室一份，可是老白连看也没看一眼就丢在了一边，他们正为站内的缉窃案忙得不可开交呢。

　　总之，这一年的春节弄得荒城车站有点儿人心惶惶的。老蔡又允许我们把那支公用枪压上子弹了，不过验枪时他格外小心细致起来。夜班时，老蔡一再叮嘱我们开包检查时，一定要先看看人。我们也由原来夜班一个人执勤变成了两个人，我和刘铁北一个班，刘铁北这回不用着装了，他穿便衣跟在我旁边来回暗中巡视。

　　来找刘铁北买车票的人还不少，越到春节跟前车票越紧张。售票窗口从下半夜就排起了长队。早上刚一交班就看到刘铁北麻溜儿地钻到窗口的人群里去了，有时难免在班上哈欠连天，被老蔡碰上了，老蔡就说："你这个样子就是罪犯从你眼皮子底下走过你也不会看得见。"刘铁北就嘻嘻笑："这不正好嘛，省得看见了小偷不抓心里还怪痒痒的。"

　　我以为刘铁北变成一只病猫了，谁知这个病猫还睁着一只眼。

　　这天一下夜班，刘铁北叫我回去换便服过来，到窗口前替他排个票号。看他在老蔡面前对我使眼色，我就没说什么，回去换了。

　　过来时，刘铁北人已排进了窗口前涌动的人群队伍里。我走过去，刘铁北悄悄对着我耳根说："今天有大鱼出现，盯住前面那第七个人。"我明白了，一下子兴奋得抖起精神来。这些日子就听车站民警说，站里连续发生的绺窃案是一个团伙干的，这个团伙有个非常狡猾的头目在指挥。有的传说这个人是个跛子，还有人传说是一个老谋深算的老头儿。他们往往作了案就上车，从不在站上逗留，而且下回作案的又是另一张生面孔。所以这个团伙很少有人落网。

　　此人究竟是何许人也？我不由得把目光伸过去，却大吃了一惊。第七个人竟是一个女的，我以为数差了。刘铁北却朝我点了一下头，暗示让我镇定下来，不要紧盯着看。这名女子从背影上看有二十六七岁，穿着很入时，一头披肩长发搭在一件雪花格呢大衣的肩上，肩上还背着一只红色软皮坤包。我怀疑刘铁北是不是看走了眼。正这样想着时她已排到窗口买完票退了出来。窗口前还挤着两三个加塞的，也不见车站派出所执勤的人来管。

"坏啦，她得手啦。"刘铁北又在我耳根上暗暗说了一句。我正在怀疑他的话，忽听前边窗口前有人在喊："我的钱包，我的钱包不见了……"

"走，我们出去跟着她。"刘铁北又在我的耳边说了一句。

她先去了候车室内的厕所，从从容容走出来她面孔上架了一副淡茶色眼镜，脖子上又多了一条白色围脖。候车室外面不知什么时候飘起了零零星星的雪花，检票口上已排起了等着检票的人群长队。

我真希望她能在闸口外再次动手，这样我们就可以立功了。可是她安安静静地排在队伍里，我的眼睛都盯痛了，也没看见她动手。我们随着她走进站里去。她排在了安全白线上的一队人群里。

往齐市去的那趟普快列车进站了，站台上的人群顿时挤乱了起来。"快盯住她，看她是怎么下手的。"刘铁北悄悄在我耳边说，我俩各自站在了车门口的两边。她并不愿意先跟着人抢着往上挤，等上车的人群稍稍松快了些，她才开始往上上。有人捅了我一下，是刘铁北："她又下手啦。""我怎么没看到？那我们怎么办？""跟着上车！"刘铁北毫不犹豫地说着，矮小的身影已蹿上了车门梯磴，我也随后跟了上去。在车门关上的一瞬间，我看见在站台上执勤的老蔡从那边蹽过来的身影，幸好他没有看见。不紧不慢的雪花还在站台上飘着，荒城车站上已是白茫茫的一片了。

"我们碰见高手了，她的坤包里至少有三四个皮子了，就刚才。"

"这么多？我怎么一点儿也没……"我咋舌道，刚才也就是两分钟的工夫，我真怀疑起自己的眼睛来。

"别说是你，她出手快得连我也有点儿跟不上了。"刘铁北靠在车厢门口，小眼睛里透着一种兴奋。也许高手对高手才这样兴奋。

她并没有在上车的这节车厢停留，而是向后面的车厢走去，看来她是买的另一节车厢座号故意从这节车厢上车的。这真是一个狡猾的女贼。刚才她从一节车厢头上的厕所出来，我还以为她发现了我们，刘铁北悄悄告诉我说："她这是去洗皮子。"

车厢里人挺多，过道里都站上了人。我们跟得磕磕绊绊，走过三四节车厢后，她在五号车厢中间的一个座位上坐下了。我俩站在门口上，从门口打量车厢内视线很开阔。而门口上则堆挤着带大包小裹的旅客。我俩靠在车门窗前。刘铁北和这趟车的列车员挺熟，刚才有个列车员走过来时与他打了声招呼，问要不要到里边给他找个座位。刘铁北赶紧摆手说不用。也没人来查我们票。从荒城到齐市要两个小时，看来我们得站两个小时了。

"别这么盯着她，她会察觉的。"我转回头来，像刘铁北一样眼睛望着窗外。窗外掠过一大片一大片覆着白雪的盐碱草甸子。雪还在下着，白白的雪，将地平线模模糊糊铺到了远处的天边。"你小时候捉过鸟吗?"刘铁北问我。我摇摇头。"我小时候夏天坐这趟车到齐市铁中上学时，常常逃课到大草甸子上去捉鸟，那时一到夏天草甸子上的鸟可多了。不过捉鸟你也一定出手要快，特别是捉一种花斑长嘴鸟，这鸟精得很，常常是没等你来到它的窝前，它就扑棱从草窠子里飞走了。"刘铁北沉浸到一种孩童的兴奋当中。我又忍不住朝车厢里看了一眼，她坐在座位上在看一本杂志，这个端庄漂亮的女子，如果不是亲眼所见，她倒更像一个女教师。"你那会儿在上几年级?""六年级吧……""你的学习成绩一定很糟糕。"我的眼睛还在盯着那头。"一般干这种事情都比较上瘾，控制不住，你知道吗。在出手的一刹那有一种……怎么说呢，有一种浑身突突的快感。不跟你说了，说了你也不懂，你这个小生荒子……"刘铁北闪闪发亮的小眼睛依旧瞅着窗外，不知是在说捉鸟，还是在说她。

两个小时的时光很快就打发掉了，终点站齐市到了，车厢里的人开始纷纷从行李架上拿物品，车厢里有点儿混乱起来。刘铁北悄悄跟我说："你先过去，靠住她，这回千万不能再叫她飞走了，这可是咱们最后的机会了。"我点点头，朝车厢那边挤过去。她的背影已转向那边的车门。我慢慢靠近了她的身后，只隔着一个人，人群还在朝门口涌着，到门口时我已挨着了她身子，闻到了她长发里一股好闻的香波味儿。我的心口一阵狂跳，我不知道刘铁北挤到哪里去了，我的眼睛一时一刻也不敢离开她插在雪花格呢外套兜里的那双手了。我和她的身子都随着拥挤的人群涌动着，挤下车的人头上冒着热汗在吵吵嚷嚷着什么，没挤下车的人还在门口死命挤着。她的那两只手好像被迫从兜里拿出来，试图在驱挡着挤到她身子的人。在下车梯磴时，一股拥挤的人流让她自然地扯住了一个男人的衣角，而松开的一刹那，她手里就捏住了一样东西。我和她还有那个男人脚步几乎同时落地的，我一把扯住了她的那只胳膊。她一惊，不等我说什么，她先回过头来："你？你要流氓……"而我明明看见她右手里攥着那个钱包，等我举起她那只胳膊时，手里竟然空空如也。

我慌了，正在这时，刘铁北像从地底下冒出来似的，一把扭过她背在身后的另一只手来，那个还没有来得及扔到车轮底下的钱包就明晃晃地捏在她的手里，"咔嗒"一声，黄铜铐子麻利地戴在她的手腕上，她的脸顿时煞白了……

我俩带她从人群里走了出来，要把她交到齐市车站派出所去。在押去派出所的路上，她问了刘铁北一句："能让我知道我是栽在谁的手里吗？"

刘铁北说："刘小手你听说过吗？"

这个外号叫白兰花的女贼就低下了头，说："我早就在荒城听说过，我栽在刘小手的手里也认啦。"

当天中午我俩又乘一趟上行的列车返回来了。那个所长要留我俩吃午饭，可我俩只在站台上买了几个热包子带到车上吃了。因为我俩还要赶回来值晚班。在车厢里我又给他买了一瓶小二锅头、一袋烧猪蹄、一袋花生米。

看见酒，刘铁北眼睛一亮。

我说："庆祝一下吧，也算我孝敬师父您的。"我打心底里这样佩服地说，也给自己打开一听五星罐装啤酒。

"臭小子！什么时候学会来事儿啦。"刘铁北咂巴了一口酒，啃了一口猪蹄对我说："齐市饭店里最有名的一道菜是扒猪脸，等下回再来我带你去尝尝。"

两天后齐铁公安分处将一面锦旗送到我们站前派出所来，所里的人包括老蔡这才知道我俩那天的行动。尽管老蔡还板着面孔，可所长刘胖子都表扬了我俩，他也不好说什么。我心里美滋滋的。就连老白看我们的目光也和从前不一样了，由鄙夷转为惊奇。

我俩捉到的那个外号叫白兰花的女贼果然是这个绺窃团伙的头目，自从她被抓之后，荒城车站就消停了。为这，车站派出所所长还在过年时把我们站前派出所的所有人请到站前饭店和他们一起会了一次餐，两家的关系从此也变得其乐融融起来。他们在站台上执勤时见着有带油田物资的旅客也主动交给我们了。

日子一天一天过去，春节过后，我们也恢复了站内正常执勤。在站里还时常能看到刘铁北父亲的身影，他不是在用棉纱擦拭那台机车的车窗，就是用小尖锤在敲打车轮的螺丝帽，就好像它随时会准备出车一样。不过听站长说过些日子那个机车头就要被拉回齐铁车辆厂去了，它也要光荣退役了。

站台上暖和了，那棵老榆树底下背阴处的积雪在一点一点融化。执勤时我也很愿意在站台上多待一会儿了。这个季节客流少了许多，携带油田物资的人也少了许多。不过我像刘铁北一样越来越喜欢"人群"了，他说要想锻炼自己的一双眼睛，车站是最合适不过的地方了。我不再像刚来时那样腼腆了，也不再害怕遇见熟人了。就连见到我的同学都说："你和原来不一样了。"我说是吗。他们已听说过了我抓小偷的事，至少我做得并不比他们逊色。

"请把你的提包放下来打开看看。"这是个有些瘦削的中年男人，戴着一副口罩。当然这个季节戴口罩的人还很多。他像没有听到，身子挤过了检票口，我也挤过去。他在人群里加快了脚步，站台上等车的人已站成了几行。我追上了他："把你的包打开看看。"

他站下了，把旅行包放到了地下。"打开。"他并没有动，我只好弯下腰去拉拉锁，从人腿缝中我看见老白也朝这边走来。他的腿颤抖了一下，脚突然离开地面向月台下铁轨间跑去，"站住——"我觉得有什么地方不对劲儿，冲刺一样直起腰来飞身追过去，哪知他在铁轨下越跑越快，穿过两道铁轨后，前面就是停着的那辆"东方红号"机车头了。正蹲在车轮底下的老刘头忽地一下站起身来，手里举起了一把大号铁扳手，在堵着他。

那人猛地一怔，又折回身斜刺里沿着铁道线跑。眼瞅着那列客车就要进站了。"站住——"我看到老白也从站台上绕到前边的铁道上去。这个男人猛然回过头来，手从怀里掏出一把明晃晃的枪来，这让我和老白都有些始料不及，我俩同时站住了。"别过来，过来我就开枪！"他一边说着一边往站台边上人群靠去，站台上的人群惊叫一声顿时大乱了起来。

　　我也把枪端在手上，在二十米的距离内与他对峙着。"呜——"那列火车的司机似乎发现铁道中间站着的人影，鸣了一声汽笛。似乎我俩都瞅着对方一愣神的工夫扣动了扳机——可是我的枪没响。"啪！"的一声炸响，对面飞过来的一颗子弹从我耳边飞了过去，就在我一愣怔的一刹那，一声呼喊："闪开！"一个矮小的身影箭一样从站台人群中冲了出来，飞身扑住了那个男人，两个人同时摔倒在铁轨旁的路基下。列车带着风声开进站来，挡住了他俩搏斗的身影。

　　等我和老白匆匆穿过车轮赶过去时，那人已躺倒在地上了，头上被大号铁扳手开了瓢，脑浆子都出来了。再看一边，老刘头正抱着胸口满是血的刘铁北，嘴里在呼喊着："铁北……铁北你醒一醒……"

　　我觉得一阵目眩，一下子跪身扑过去："刘大哥，师父！你醒醒，都怪我……你不是要收我做徒弟的吗？你不能就这么走了……"我捶着自己的胸脯懊悔不已地说。

　　刘铁北慢慢地睁开了眼睛，看见我眼里涌出泪来，咧嘴艰难地笑了一下说："这不怪……怪你……我……我早说过，这把破枪真没……没打响……"我顿时泪如雨下。

　　刘所长也闻讯带人迅速赶来了，可是在送医院的途中，刘铁北还是牺牲了。

经查实这名出现在站台上的持枪男子，正是年前通缉令上追捕的那名持枪杀人犯。

后来市局追认刘铁北为烈士，并荣立个人一等功。再后来分局奖励我们所外勤组一把崭新的"五四"式手枪。可是我并没有使用上，因为那会儿我已调到分局刑警队反扒中队去了。而我后来练就的一手反扒绝活，正是当初刘铁北刘小手教给我的。

重　影

1

　　王世森的姐姐是在王世森读初二时被人强奸的。强奸她的男人叫徐文革，是山上一个林场的革委会主任。一年多以后，枪毙徐文革那天我们高一（2）班的男生差不多都去了，只有王世森没有去。山城头一次毙人，差不多倾城出动了。大冷的天，哈口气眉毛就会结上白霜。可人们还挤挤挨挨站在街道两旁，等着押解徐文革的刑车开出来。警戒森严的押解车过来时，人们又嘶嘶哈哈腿像站不稳地往后退，可眼睛却忍不住闪闪烁烁往解放汽车车厢里瞥。胸前挂着打着大红叉纸牌的徐文革大义凛然地站在车厢上，迎着猎猎寒风一动不动。他的两眼一直望着青色的天空，不一会儿脸也冻得青白青白的了。他的胳膊被白尼龙绳紧紧地反缚着，光着头。当架在车驾驶棚顶上的高音喇叭一遍又一遍播出徐文革强奸女知青王××时，我们就差不多都知道王世森的姐姐王世荣了。除了王世荣外，他还奸污了另外二十六名女知青。

"臭不要脸的，他怎么不知道害臊……"挤在人群背后的女知青有人小声地骂道。"操，这尻养的。"看游街的男知青说不清什么滋味又气又恨地说。等车开过去，就有雪块、冰块纷纷朝车厢里抛去。

押解犯人的汽车绕着小镇游行一周，就突然加快了速度甩开人群跑没影了。小镇四周都是山，开始人们都不知道刑场设在哪里，等人们知道刑场就在白桦沟里，急急忙忙赶到那里时，已行刑完毕了。刑场设在一处很大的沙坑里，是养路取土挖出来的沙坑，周围都是密密的小白桦林，外围的警戒撤了，沙坑外沿渐渐围了一圈人，胆大的人挤到沙坑下面去看，徐文革已经仰面平躺在沙坑中央的没脚脖的雪地里，面朝上，眉心正中间炸开一个枪眼，白花花的脑浆子都流出来了，鲜红的血凝固在四周，像盛开的一朵小红花。后来听我的同学王新来的哥哥说来执行死刑的是地区公安局的人，枪法极其准，那人没有下车，戴着大口罩在敞着车窗的吉普车里开的枪。王新来的哥哥是林业局公安分局的一个民警，那天他在外围担任警戒。正晌午的阳光直晃晃地照在沙坑中央的雪地上，围观的人群一阵战战兢兢的唏嘘……

这个毙人的场面后来让我们当时去的很多同学都有一丝丝恐惧，只有几个胆大的同学在班上向人讲起。每每这时王世森也不走开了，也夹在同学后面听，听得很仔细。王世森个子矮小，在班上跟谁都不太爱说话，出了这件事后，王世森就更是离群索居了。

从别人嘴里听说，枪毙徐文革那天，王世森的姐姐王世荣在家里呜呜地哭。她是在为自己哭，枪毙徐文革以后，镇上的人也就都从布告中知道"王××"是她的名字了。许多认识王世森姐姐的人都说一朵鲜花叫人给祸害了。

这王世森的姐姐我们都在学校里见过，比我们高三届，人长得极其漂亮，瓜子脸，柳叶眉，两腮旋着浅浅的酒窝，皮肤比雪还白。我们上初一时她就是学校里的台柱子，演过《红灯记》里的李铁梅，也演过《白毛女》里的喜儿。当我们知道这个身段柔软双腿一连能在台上做三个大劈叉的高年级女生就是王世森的姐姐时，我们都为王世森有这样一个姐姐羡慕不已。我们和王世森一样喜欢她演李铁梅，不喜欢她演喜儿。因为演喜儿她就要把她那头乌黑的长发用白粉笔染成白色，还有她还要在台上被两个男生平抬下去。我们不喜欢她被别的男生抬下去……

总之，王世森的姐姐在学校里是很出名的。我们都以为她高中毕业时会留在学校当音乐老师，可是她却自己要求分到离林业局四十多里远的一个叫永红的林场去当了知青。

后来我们才从王新来哥哥的嘴里知道徐文革的系列强奸案最先是王世森的姐姐王世荣一个人告发的。先前被她糟蹋的女知青都没有去告发，有的女知青在公安局的人开始去调查取证时还躲躲闪闪。

这样王世森的姐姐就像谜一样吸引我们了，当然这个案件本身在这个叫东风林业局的地方也引起了轰动，因为这一年是一九七五年，"文革"还没有结束，本案的主犯徐文革就是由造反派头头儿作为新生事物典型提拔到那个林场当场革委会主任的。在林业局公安局后来保留的这起案件的卷宗上，有王世森的姐姐王世荣当初控告他的这样一句话"……破坏伟大领袖毛主席领导的知识青年上山下乡的伟大运动"。后来在林业局张贴的法院布告上也有这样一句话，那么这个叫徐文革的人就死定了。

据后来知内情的人说，这个案子在上面争议了很长时间。原因是不言而喻的。在当时政治压倒一切的形势下，徐文革是上面树的典型，在地区革委会里都有人保他，可是这起刑事案件一上纲上线就没有人敢保他了。

2

永红林场是东风林业局最偏远的一个林场，再往北走五十里就是中苏边境线了，这里无霜期短，交通闭塞。林场的人家没有几户，所以在上山下乡的后期，像得了传染病似的许多知青都不愿分到这里来，即使分到这里来的知青也都想方设法往回调。这和当初来这林业局最偏远的地方炼红心的知青截然不同，谁都不愿在这人烟稀少，和野狼为伴的山旮旯里扎下根来。

吴青青就是一个有这样想法的女知青。实际上这样的想法在她到这里来的第一天就有了。知青点在林场的边上，离场部那幢木刻楞泥房不太远。到这里的第一天晚上，夜里躺在床上，听四周林子里狼们高一声低一声的嚎叫，呜呜咽咽……吴青青就一阵阵头皮发麻。她像宿舍里别的老知青一样，把头紧紧捂在被子里，可是还是心惊肉跳得无法入睡。她就想怎么才能调回去呢。

天亮时，狼群从林子里散去了，出来看到白桦林地里有狼留下的白屎。

白天到林子里去清林，她不敢离开大伙走得太远。小便解手时她也拉一个同伴跟着她，走到不远的一棵树后蹲下去。清林是按人头分配任务的。吴青青人长得高挑，可在家里是独生女，这种粗活儿哪里干过。很快她就被别人落下一大截，手忙脚乱地往前赶，可手里的斧子越干越沉重。身上还被树枝剐破了衣服，手上也刮出一道道伤痕。

渐渐地天就变得暗了，干完活儿的知青们稀稀落落向山下林

84

子外面走。而她的眼前还有一大片林子没清完，越着急手里的斧子越不听使唤，一个趔趄，她被脚下一个枝丫绊了一跤，手里的斧子也摔了出去，她一屁股坐在一个树墩上低声哭起来。

"起来，哭也没用。"不知什么时候一个瘦瘦的男人蹚着树棵子噼噼喳喳移过来。

她止住了哭声，看着来人，这个人不是他们知青。

来人的目光硬硬地刮了她一下，又阴沉着脸抬头去望林子上方的天。

"在这里别指望谁来帮你，要靠自己，干不完就别回去。"这个陌生的男人又硬邦邦像石头一样丢下一句走开了，他的背影有点儿凶。

吴青青只好重新直起酸痛的腰，在草丛里摸索着找到那把斧子，又重新干起来。好在她旁边还有一个叫小曼的女知青也没干完，在噼噼啪啪打着枝丫。

过了一会儿小曼走了过来，小曼帮她干了起来。从小曼嘴里她知道刚才走过去的那个人叫徐文革，是场革委会主任兼知青队的书记，昨天没有见到他，是他去地区开会了。

她和小曼走到知青点时天就黑了，小曼一路上手里举着一个松明子。到青年点跟前时，有人在接她们。接她们的人问："没碰到张三吗？"小曼看了她一眼摇了摇头。她不懂地问："张三是谁？"小曼说："狼。"进到屋里小曼才告诉她，刚才她看到身后树林子里的绿莹莹的光就是狼的眼睛。她听后身上又惊出一阵冷汗来，张了张嘴半天没合拢。

又乏又累的身子躺到火炕上，又听到屋外此起彼伏狼的叫声，她仿佛又看到林中绿莹莹的眼睛，又想起那双有点儿凶的目光，有点儿害怕。

青年点改善伙食，吃的是狼肉。早起就看到一条狼吊在一根胳膊粗的桦树杆上，狼的脖子被生生拧断了，头耷拉着。那个男人在凶凶地剥狼皮，两只胳膊上染着红红的狼血。不大一会儿，一张狼皮就被剥了下来，露出了白光光龇着尖利牙齿的狼身子。男知青围着一圈在看，女知青则绕着走过不敢朝那边看。

狼肉炖土豆条，男知青吃得很香，几个女知青也跟着呼噜呼噜往下吞。平时菜里很少见着油腥儿，胃里空得慌。吴青青吃了几口，就跑了出去，跑到树林边蹲下吐了起来……等她起身离开时，看到一双目光在远远地望着她。

小曼每天晚上都坐在宿舍里就着煤油灯写入党申请书，常常把两道眉毛熏得漆黑。小曼叫刘一曼，是当地林场的一个回乡知青，只有初中毕业。小曼的字远没有她的人好看，遇到不认识的字小曼就来问吴青青。吴青青对小曼坚持不懈要求入党的劲头挺佩服，在青年点知青中能够入党的人很少，到年底只有一个党员发展指标。有一回吴青青看了小曼的思想汇报，小曼把那几天自己来例假的事都写了进去，让她觉得脸红和不能理解。不过第二天她就明白了，第二天割架条，小曼跳进还结着冰碴儿的泡子里去泡榛柴条，上来时脸已发青了。徐文革表扬了她，小曼幸福地笑了。

后来小曼又被徐文革找去谈了两次话，回来也是带着这种幸福的笑。不过一个月后小曼的"宝贝"没有准时来，大家谁也没有去注意，只有吴青青注意到了。吴青青认为她是上次干活时跳进泡子里冰着了。又过了一个月还没见她的"宝贝"来，吴青青有点儿为她担心，怕她坐下病。这可是一个女人一辈子的大事。果然见小曼在偷偷喝一种中草药，问小曼，小曼说是治妇科病的。她就没有再多问什么。夜里，她把自己的铺位主动和小曼调换了一下，让小曼睡到了炕头儿上去，自己则睡到了炕梢儿。

有一天小曼说她肚子疼得厉害，就没有出工，向队长请了假。干活的中途，吴青青回来了。她一是回来取点儿东西，二是回来看看小曼。走进宿舍里她没有看见小曼在屋子里，正诧异中，忽然听到房子的背后林地里传来一声凄厉的喊叫，她就急忙跑出去了。绕到林子里，她刚好看到小曼从林子里走过来，她的裤角在流着血，脸色惨白。

她吃惊地问小曼怎么啦。

小曼嘘着声说她来例假了。

小曼的脸惨白惨白的。

她赶紧把小曼搀扶回屋里，让她在铺子上躺好，给她压了两床被子。

到了年底，小曼被发展成了预备党员。可是小曼并没有多高兴，相反人倒变得比以前有些沉默了。她的月经也没有规律地来了。

吴青青是在这年冬天的一个下午被破掉处女膜的。那天是吴青青留在家里值日，别的知青都带好了一天的干粮和斧子、锯，到七公里外的红松岗上伐木头去了。这天有零下三十六七摄氏度，吴青青把地上的炉子、通铺火炕从早上开始就一直烧得挺热，然后又把水缸里挑满了水，干完这些活儿后就差不多到晌午了，外面不知什么时候飘起了雪花，席卷着雪尘的山风又冷又硬地在外面刮着，将炉子里和灶坑里的旺旺的柴火吸得呼呼直响。吴青青将早上在食堂打的饭在炉子上热了一下，吃完饭她就没事可干了，吴青青闩好了门，她听刘一曼讲过，白天也要闩好门，防止走迷路的饥饿的狼进来找东西吃。她躺到铺位上，头倚在被垛上，手里捧着一本被知青们翻卷了皮的《艳阳天》在看。看着看着她就迷糊了过去。与外面寒冷的撒泡尿都会立马冻成冰的天气相比，屋里烧得能让人身子微微冒汗。

至于那个人是怎么弄开的门，又怎么反手把门挂上的，吴青青事后怎么也不知晓。看来人不但比狼凶狠，还比狼聪明。吴青青是在熟睡中只觉得下身一阵剧烈的疼痛，仿佛被什么东西撕裂了一样。吴青青睁开眼睛，看到一条像狼一样的身影凶凶地压在她的身上，那双目光这么多日子来让她既熟悉又感到可怕！她本能地喊叫了一声："啊——"嘴就被一双大手紧紧捂住了。

地上炉子里的火苗在噼噼啪啪凶凶地燃烧着，和着吴青青嘤嘤的哭泣……她知道自己如花一样的青春在这个寒冷的冬天里结束了。

完事后，徐文革提上裤子，将一张白表格丢给吴青青，吴青青扯巴扯巴将白表格丢进了炉膛里。狰狞的炉火和炕上的血迹让她再次委屈地哭起来……

"你什么时候想调回去，跟我吱一声！"那人背对着身，像在跟炉子里的火说话，之后，看也不看她一眼就走了出去。

外面打着旋吹进来的雪花，让她身子打了个冷战。

3

吴青青调回城里是第二年的夏天，这一年的夏天王世森的姐姐王世荣刚好分到山上永红林场来。王世荣和另外三个男知青是坐着一辆带顶篷的解放汽车到山上来的。车厢外面还贴着红纸写的标语"到最艰苦的地方去，莽莽林海深处炼红心！"车停在了场部门口，一些孩子和老知青就围着看。吴青青和王世荣的目光在这个下午不经意地对视了一眼，王世荣在心里说，想不到这个

88

深山旮旯林场里还有这么漂亮的女知青，她对临来时父母的担忧有些不以为然了。吴青青也对王世荣的美貌惊讶了一下，随后她嘴角掠过一丝嘲讽和一丝不安的忧虑。

王世荣没等人把她的行李拿进知青点宿舍，就朝一块山坡地上跑去，刚才坐在车上时，她就看见了这块林间的山坡上开着一片红得像火一样的山花。她像个孩子一样惊喜地跑过去，这里的山花比山下的山花开得要红、要艳，有野百合、马蹄莲、山芍药……她站在花丛中，弯腰很快就折了一大把，脸被映得红艳艳的。

"这里无霜期短，花开得好，谢得也早……"一个声音在她身后冷冷地说，她回过头来，是她刚才在车上看到的那个高挑个儿的女知青，她远远地站在她身后。

她的古怪的眼神让她怔了怔，看她依旧流连地站在那里，她又丢下一句："小心林子里有狼……"她就走开了。

刚才还在头上滚热的日头顺着林梢儿滚落到了山背后去，周围安安静静的白桦林地里光线渐渐暗淡了下来。

晚上场部里组织欢迎新知青来林场扎根联欢会，王世荣为大家表演了《白毛女》的片段，尽管她没有化装，可是她一招一式还是让人看出了挺专业的表演才能。一个红松木架子搭的舞台上，吊着一盏白炽炽的汽灯，台下围着一圈黑压压的人头。一双目光始终围着她跳跃、舞动的身影在转动，那是场革委会徐主任的目光。

王世荣在大家惊叹、热烈的掌声中走下台来，她在人群中寻找下午刚来时见到过的那双目光，可是她没有见到。不知为什么她没有来看节目。

吴青青是第二天坐着来送王世荣他们新知青的那辆解放汽车

离开永红林场的。吴青青走后，王世荣是从知青花名册上知道她的名字的。她悄悄问过别的老知青："她为什么离开林场？"老知青告诉她："她是病退回去的。"老知青说时眼里还朦胧着说不清是羡慕还是别的什么神色。而王世荣那时则在心里轻蔑地想道：胆小鬼，逃兵。

分来的第三天，场革委会主任徐文革就找王世荣谈话，徐文革要安排王世荣到场部小学校去教学，说那里正缺一个教音乐的老师。王世荣说："我来这里是接受最艰苦的锻炼，不是来干轻巧工作的。"徐文革说山上的活儿很苦。王世荣说："我不怕……"徐文革就从这个俊俏女子身上感受到一股硬劲儿，不知为什么，他有点儿喜欢这股硬劲儿。

王世荣白天和大家一样到遮天蔽日的老林子里去干活儿，初到山里连钻山林子都是件很遭罪的事，瞎蠓、蚊子直往她细皮嫩肉的脸上叮，水灵灵的肉包肿得老高。晚上回到宿舍里，肩上、手上、脚上都磨出了血泡，她用老知青告诉的办法，把针烧红了，一个一个挑破。这样的活计她咬牙坚持着。那几天她嘴里常常哼唱着："……爹爹挑担有千斤重，铁梅你应该挑上八百斤！"抬木头、清林的活儿渐渐干得不像头几天那么累了。

场部里自从他们来了后，晚上经常搞节目演出。而每次的演出必有王世荣的节目。这样林场里的大人小孩都知道了青年点里来了个能唱戏的女知青。

这天晚上，王世荣演完节目，和几个知青同伴往青年点里走，天已漆黑得伸手不见五指，走着走着忽听路边的草丛里一阵唰唰响，没等王世荣明白怎么回事时，身边的两个女知青已吓得张了张嘴"妈呀——"不敢吸气，身子哆嗦成一团。这时后边飞快奔过来一个打手电筒的人影，从草丛里迅速提起一条一米多长的松花蛇来，攥紧蛇头一甩，蛇身就脱了节，被他扔在一边草丛里一动不动了。

"遇见蛇，不要惊慌！"那人冷冷地丢下一句走开了。

他那晚好像知道她们路上会遇见蛇，就在她们身后跟着似的。事后王世荣仍然脊背发凉地想。听知青点里的知青说他曾徒手跟一条头狼搏斗过，最后扭断了那条狼的脖子，把那条公狼皮也剥下来垫在自己铺上。狼皮冬暖夏凉。她在场部他的屋里铺上见到过那条毛刺愣竖着的狼皮。他都三十五岁了，还没有成家，他是上边树的"扎根"典型。

"坐吧。"

她没敢往铺着狼皮的床边上坐。她是来向他递交入党申请书的。

他并没有看她的申请书，而是从她饱满的胸脯上刮过一眼，让她心慌得冷飕飕的。这种硬硬的目光让她有些不知所措。

她再次和他这种硬硬的目光单独相遇是在两个月以后，大山里已经下霜了。正像她刚来时遇到的那个叫吴青青的知青说过那样，山里花开得热烈也谢得早。她又来到了那面朝阳山坡的花丛里，花都凋谢了去，被霜打过的枝叶，就像一夜间被谁踩躏了一样，残枝败叶，令人不忍目睹。白桦树林间，只有偶尔露出的枫树叶，像火一样红了起来。阳光直射在头上，让这个午后也有些闷热，林地里蹦蹦跳跳着一些啁啾叫着的山雀，仿佛在唱着一支好听的山歌，一点儿也让人感觉不到某种危险的临近。青年点里的知青都去红松岗打防火线了，她留在家里打猪草。

她是一回头看到那双硬硬的目光的，随后就被猝不及防压在了身下。他十分熟练地解开了她的腰带，她的身子果然像他无数次想象的那样十分柔软，尽管像小花蛇一样在他身下扭动挣扎，他还是凶狠地得逞了。他变成了一条狼，一条变态的狼……

演过无数次喜儿的她，这回真成了喜儿。她眩晕的大脑里觉得此刻整个世界都颠倒了个儿，压在身上的身躯像一座大山，压得她喘不过气来，直到他发出像狼一样的长嚎来，这山呼海啸般嗡嗡震耳欲聋的林涛声才静止下来，死去了一般。

他站起身来，在系裤子。

"说吧，你是想入党，还是想调回去。"

"我想告你！"她咬着牙吐出一句。

"好吧，你告吧。"他披着外衣走到白桦林地里去。

一片枫树叶被风吹落下来，掉到她的脸庞上，像燃烧的火，也像她身下流出的血迹。她抚落掉沾在头发上、身上的草叶，眼角里燃烧着一丝愤怒的火焰，她没有掉一滴眼泪。

4

王世荣从山上下来，先去找了知青办。知青办的人听了她的述说后神色有些怪异地瞅瞅她说："你要想调回来，就明说，可不要乱讲去诬蔑人家。"王世荣就去了公安局，公安局的人说得要证据。走时接待的那个人又说："你可要搞准，人家可是地区树的标兵典型。"这样一说又让王世荣很生气。

王世荣找到吴青青时，吴青青已在地区一家酱油厂里上班。王世荣是踩着傍晚下班时的一抹夕阳，在离吴青青家不远的一条巷子口堵着吴青青的。吴青青见到她略略愣了一下，随后就认出她是永红林场那个见过一面的女知青。

吴青青问她干什么来啦。

王世荣说："我想告徐文革。"

吴青青刚才一认出她来就好像已经知道她为什么找她来了，脸色沉郁了下来，而后重重地叹了一口气，说：

"你走吧……我已经上班了。"

第二天王世荣又出现在这条巷子口里，远远地她看见吴青青和一个穿军装的男青年走过来，吴青青看见她又一愣，就站下了。男青年瞅瞅她，又瞅瞅王世荣，问吴青青："你们认识?"

吴青青说："她是我们一个林场的知青战友。"就叫那个穿草绿色军装的男青年先走了。

等男青年走没了身影，吴青青才回过头来说：

"你走吧……你也看见了，我都有男朋友了。"

吴青青走过去，王世荣说了一句："你不告她，还想让他祸害更多的姐妹吗……"

走出去不远的吴青青，背着身听到了，肩胛剧烈地抖了抖。

过了两天，王世荣就和吴青青一起出现在东风林业局的公安局刑侦科里。刑侦科的人分别听完她们两个人的叙述，说他们还要调查取证，叫她们两个在家等着，随时听候调查取证言。

王世荣自从出了事后，已不打算回山上去了。而吴青青呢，还照常到单位里上班，她给公安局的人留了家住的街道地址。王世荣知道她怕公安局的人到单位上找她。

日子过去了两个多月，公安局方面并没有见什么动静。王世荣从永红林场下来探家的知青那里打听到，徐文革还照常在林场里当他的革委会主任，心里不免着急起来。公安局她又去了两趟，每次回来脸上都阴郁郁的。家里人也不免跟着她着急担忧起来。

这个时候王世荣的弟弟王世森刚上初中二年级，自从姐姐从林场上下来不再上去后，只跟他说过一回她在山上被人欺侮了。

王世森问怎么欺侮的。王世荣想想说她被人打了。王世森又问打她的人是谁。她说是徐文革。王世森说："那我找他去。"王世荣看了看他单薄矮小的个儿，苦笑着摇摇头说："你打不过他。"他又问那怎么办。姐姐说她告他。王世荣身下只有他这么一个弟弟，还有一个妹妹。

没想到这一告竟是大半年多的时间。第二年开春，王世荣又去吴青青家找过吴青青一趟，吴青青脸上就像山坡背面没化开的残雪既阴冷又显得憔悴。见到王世荣目光也显得十分灰暗和冷漠。

后来她告诉她，她的男朋友和她吹了。

王世荣惊讶地问："为什么？"

"他今年春节回来，不知从哪里听说了这件事，也可能是从他在公安局工作的同学那里知道的……女人一旦让人知道了这种事情，就像掉进了酱油缸里，不把人淹死，也叫人洗不清了。"吴青青神情凄然地说。

王世荣那天从吴青青那儿回来心里还在想，她有些对不起吴青青。吴青青很害怕这件事再让厂子里的人知道。

事情在一夜间出现了转机，那天早上在林业局俱乐部的墙上出现了一张大字报，大字报是这样写的：……永红林场不永红，夜里常听野狼嚎，狼群里出现一条中山狼，专扒女知青的红棉袄……落款是一人民群众。一大早，林业局上班路过的人都围在那里看。

林业局革委会主任上班也看到了，责成公安局成立专案组。这样公安局就派人到山上把徐文革逮捕了，带下山来关押了起来。

王世荣想把这个消息告诉吴青青，就去了吴青青家里，吴青青没在家，她又去她厂里。可是她去晚了，一进酱油厂的大门，别人就告诉她："吴青青自杀了。"她大吃一惊，这才从告诉他的人口中知道，吴青青跳进了一个装酱油的大缸里，死去三天后才被人发现。现在厂里正在组织人力追回售出去的那桶酱油。"呸，呸，你说她怎么死不好，非得跳进大缸里来死不行。"

王世荣两眼发直地瞅瞅那人，木木地走了。刚才来时的喜悦被这个消息击得荡然无存。

5

这起林场发生的系列强奸女知识青年案件在上级的批示下得到了迅速的处理。最后查实徐文革不光强奸了王世荣、吴青青，他还利用各种手段奸污了刘一曼等其他二十五名女知青。有的女知青已成家，或已调到别的地方去，公安局调查取证颇费一番周折，不过徐文革在里面都招了。这起案件不光惊动了地委，还惊动了省委，省委一位主要负责同志批示：从重从快处理，就地正法，以平广大人民群众的激愤。

这样这起案件也就在东风林业局小镇上引起了前所未有的轰动，以致事情已经过去了许多年，小镇人还在议论这个案子，还在议论这个案子的女受害人。

枪毙徐文革那天王世荣没有去。不过事后人们还认出她来，每次她上街，总有人在她背后朝她指指点点。这样她白天就很少上街了。

这个案子结束以后，林业局有关部门为照顾她，把她安排到林业局广播站工作，当播音员。这个工作倒挺适合她，也很少露面和人接触，开始工作得还不错。当播音员每次播音完都要播报

95

自己名字，她也改了名字叫王平。这样有一段时间小镇上的人并不知道那个播音员是王世荣。后来不知是谁传出去的，那个天天能听到声音的女播音员就是早先在中学宣传队演白毛女后来叫人强奸的王世荣。这一下，又引发了一阵窃窃的议论。这也成了每天晚上人们吃完饭听完广播后谈论的一个新闻了。叹息议论声中，有人为她惋惜，有人为她嫉妒，还有人为她……

这个时候能听到这种像蚊子一样围着电线杆灯光转的议论最多的就数王世荣的弟弟王世森了，他挺痛恨安在林业局街道电线杆上的所有广播喇叭。可是恨这个铁东西有什么用呢？如果他姐姐不干播音员又能干什么呢？

我和王世森每天去上学的路上，总能听到左右身边的议论声："喏，那个就是王平的弟弟。"再不就是："看见了没有，他姐姐就是王平。"每每听到这些声音，王世森脸就涨得通红。

终于有一天早上，没有听到王平在广播里的声音，可是在上第二节课时，有个同学跑进教室来，对王世森喊："我刚才看见你姐姐往河边跑去了。"王世森听了疯了一样往河边跑去。我们都在后边跟着跑过去了。

到了大河边，果然看见王世森的姐姐王平披头散发，穿着不知在哪里找出来的过去演《白毛女》时穿过的一件褴褛的衣服，那衣服短得露着挺长的大腿和胳膊，胸束得紧紧的，边跑边旋转着唱《北风吹》。汤旺河边一会儿就聚满了人，王世森上前一把紧紧拉住了她的姐姐，拼力把她拉回家去了。

自从他姐姐疯了后，王世森就退学了，在家看着他姐姐。他姐姐的病时好时坏，好时跟好人一样，还到广播站去上班，不过不当播音员了，干些别的。

第二年就恢复高考了，王世森在学校里学习挺好的，我们都劝他参加高考，他没听。后来她姐姐好的时候也劝他，他就听了。我们一起参加的高考。

发榜时我和王世森一起去镇百货商店的门前看，我和王世森都考上了，我和王世森都上了中专录取分数线。王世森挺激动的，要知道全林业局只有五名学生上录取分数线。不过激动过后，回来的路上王世森也有一些担心，担心他上学走后他姐姐没人照顾。"不是有你的妹妹吗？"我说。"她早晚会嫁人的。"王世森思虑着说。

不过他还是在他姐姐的劝说下上学走了。他上的是 B 城一所警校，我上的是省城一所邮电学校。没想到四年后我们又会在 B 城再见面。

6

时间已转到上个世纪八十年代初，一晃两年的中专学校生活过去了。毕业后我分在了 B 城邮电局，我头一次在 B 城见到王世森是在火车站上。

那是我工作两年后有了探亲假探家回来，刚一下火车我就看见一个熟悉的人影，我以为看错了，走近了看见那个在站台上执勤的民警的的确确是王世森，他已经在两年前警校毕业后分配在 B 城站前派出所工作两年了。他怎么没告诉我？想想也是，自从我们各自在外地上了中专学校后就断了联系……不过他闪烁不定的神情还叫我有些疑惑不解。他看上去成熟沉稳了许多，胡须已长了出来，脸上皮肤有些黝黑，大概是长年在站台外面工作的缘故。个头也比上中学时稍稍高了些，背微微有些驼。

"你真的在这里工作？"他意外地问。

"是的，我已经在这里工作两年了……"我惊喜地点点头。没想到我们会在这个城市站台上相遇。

他并没有像我得知他在这里工作那样惊喜和激动。等他执完了勤，他把我带到广场后边那一溜站前派出所的平砖房去，见到他的同事他也没有给我介绍。等人都下班走了，他留我在他宿舍里吃晚饭，他在电炉子上下的是炸酱面。"是我姐姐教我做的。"突然从他嘴里提到他姐姐，我们都吃了一惊，像被炸酱面噎住了一样互相瞅了瞅。

以后尽管我几次打电话邀请王世森到我工作的 B 市邮政局大楼来玩玩，可王世森始终没有来。其实我工作的邮电大楼离车站只有三里地，在市中心地带。可尽管离得这样近，王世森还一次没到我这里来玩过。这样隔了一段时间我就免不了往他那里跑，谁叫我们是老乡呢。

这一年的冬天我出差到小兴安岭去，顺便回家去了一趟，回来去看他，正赶上他在班上。他在离站台一百米远的道岔间忙活着。

"你来啦，先等会儿，我一会儿就干完啦。"他看见我走过来，龇着牙喷出一口白哈气说。

"你在干什么呢?"我有点儿张口结舌。看清楚铁轨枕木下边有一摊粉红色的血，在白白的雪地上特别刺目。

"这个人撞了火车，自杀，自个儿把自个儿撞飞了，骨头渣子满地都是，我得把他聚成堆……"

他边说边跑上跑下地忙活着，额头上都冒汗了。我却冷得要命，牙齿不由得打起了寒战。刚刚下过一场冬雪，覆着白雪的铁道上闪着寒光，一辆货车轰隆隆地开过去了，卷起的雪尘遮住了他的身影，我差一点儿叫起来。

不知过了多久，他走过来，手里提着那人的棉帽子，棉帽兜子里兜着那人白花花的脑浆子，已冻成了一块冰坨。

一看到白花花的脑浆子，我不由得想起八年前见过的那次枪毙徐文革的场面来，不由得一阵恶心，背过身去，有点儿不敢看。

"完啦，明天在报上登个寻人启事就行了。"他口气轻淡地说，好像完成了一件十分轻松的工作，拍拍白线手套上、身上的雪，领着我往后边派出所那幢黄砖房走去。

回到宿舍，晚上他又给我做的炸酱面，不过端起面条碗来，就看见凌乱的面条又变成了那人白花花的脑浆子。一阵反胃，我跑出去呕吐了。他像没看见似的，呼噜呼噜吃干净了自己碗里的面条，抬起头来问我："我家里情况怎么样？到我家里去了吧？"

我知道他是在关心他姐，这两次回家我都到他家里去一趟，他妹妹已出嫁，他姐只跟他老父亲在一起过。他姐的疯病还时好时坏，这次也是如此，我就编一些瞎话唬他。

我很奇怪在家临考学出来时他还不想离开家，可是参加工作两年了，他却一趟家也没回去过。是他的警察工作忙吗，还是别的什么缘故？我百思不得其解。

"其实，你应该回家去看看。"

"我不想回到那个山沟沟里去，我讨厌那个地方……"他突然停下筷子眼神怔怔地说，让我吃了一惊。

"当然，我们的工作也挺忙走不开。"他低下眼皮缓了口气又说。

"那你今后有什么打算吗……"我顺口问了一句。

"等我成了家，我会把我姐接出来的。"

他这话同样让我感到吃惊，不过细想想也是，他姐要是离开

99

老家那个环境对她的病和今后的生活会有好处的，看来这一点他早就想过了，小人物也得有小人物的生活目标。王世森那时的生活目标就是把他姐接出山沟来，离开那个叫东风林业局的地方，这也成了他那段美好生活的精神支柱。

7

小西是我见到过的城市女孩儿中比较特别的一个，人生得娇滴滴的，性格却很开朗善良。据说她父母在这个城市里都是很有地位的干部。我不知道她是怎么样看上王世森的。据站里的服务员讲，小西那一段每次跑夜车回来，总有一个警察的身影跟在她身后默默相随送她回家。有一天夜里，小西在回家的路上站下了，回头去问那个警察："我并没有要求你送我回家，怎么每次你都送我。""是我自己要送的，这是我的职责。"小西听了就"扑哧"一下笑了："你总不能送每一位女孩子回家吧。"警察被问了个大红脸，不过他嗫嚅地说："……我是的。"过后小西问过站上的单身姑娘，她们果然赶上他夜班都被他送过。小西就不再自作多情以为他在追求自己才这么做了，有点儿被他这种举动感动。小西再跑车回来，他依旧远远地跟在后面相送。后来小西就主动要求这个警察送自己回家了。

由于小西的出现，我很少再到王世森的宿舍里找他了。这个夏天对他们两个人来讲无疑是幸福和迷人的。在漫长而炎热的夏天快要结束时，王世森给我打来电话，叫我到他那里去一趟。

这是中秋节前一天的晚上，我吃过晚饭就骑单车过去了。

王世森在他宿舍里等我，他一见到我就有些手足无措地涨红了脸说："她家里同意啦……她明天要带我去她家里见她的父

100

母……"他显得很激动，有些语无伦次。宿舍的木箱上面放着两盒精装的月饼、两瓶金奖白兰地葡萄酒和两条凤凰烟。不用说这一定是带给小西父母的上门礼物。

他仰脸表情征询地看着我，问我拿不拿得出手。我说可以了。看得出为准备头一次去小西家他一定费了不少的心思，也花了他不少的工资。说话间，他看了一下表，说他半夜得去接小西，小西下夜班回来。他要我和他一起去站台上等她，我想这个时候他需要有个人陪他说说话，就同意了，一起走进站台里去。

我俩差不多提前一个小时来到了站台里边，晚风习习，月亮把水一样的银辉洒到我俩身上和脚下的水泥地上。我俩坐在长椅子上，一根接一根吸烟。不一会儿，地上就落满了我俩扔掉的烟屁股。他起身走到候车室去问值班员208次列车正点没有。值班员告诉他晚点啦，晚点时间还没有确定。他走回来，脸上依旧幸福地红着对我说："晚点啦，晚点的时间还没有确定。"以后他每隔半小时去候车室里问一次，回来依旧说不清楚晚点到什么时候。不过他情绪依旧好，一个劲儿请我吸烟。长椅下又落了一圈烟屁股。抽得我嘴唇都发苦了，可他一点儿也没觉得苦。

就在等车的过程中，他告诉了我另外一个消息，他说他姐来信说过两天要到他这里来一趟。

我听到了也有些意外，问什么时候来。

他说有可能后天来。

"她一个人来？"

"是的。"

"看来她的情况好多了。"我有点儿为她高兴。

"我想是这样的……我和小西打算元旦结婚。"他的眼睛闪着亮晶晶的兴奋光影说。

"祝福你们，世森。"我真诚地说，这让我想不到他们会进展得这么快。

"谢谢。"他脸上尽管神色还是那样平静，可从他走神的目光中可以看出来他已沉浸在这无比巨大的幸福之中了。

清澈美丽的月亮隐在了云层里。从这个夜晚起，我相信了月有阴晴圆缺，人有悲欢离合的古训。而在这之前，我还被王世森的幸福所感动着，所迷惑着……甚至都有点儿嫉妒他了。

月台上渐渐地就剩下我们俩了，那几个等接这趟车的服务员已困倦不堪不耐烦地回去睡觉了。王世森最后一次从候车室回来，神情有些沮丧，对我说："站里的人讲这趟车最早要晚到明天午后的，我们回去吧。"

我们离开了那张冰凉的长椅，出了闸口，我看了看他的脸色说："没关系的，只要这趟车明天晚上之前到达，你还可以和小西去她家。"

"明天晚上我夜班。"

"和别人串个班吧。"

"这样的节日恐怕没人会愿意串换的。"他有些忧郁地说。

尽管如此，我还是相信他会和别人串班的。明天的日子对他来说毕竟很重要。

"我们随便走走吧，今晚的月亮这样好。"

我知道他这个时候回去也会睡不着觉的。

走了一段，他神情有些古怪地说："她赶不回来也好，我还真打怵明天去她家呢。"

"为什么?"我略觉差异。

他没有回答我的话，只是轻轻地叹了一口气。

"你还没有把你家里的情况跟她、跟她家里说?"我小心试探地问。

他的脸上极其恐慌地跳荡了一下："是的……"

宁静、美妙的夜晚总让人产生联想，我跳出了一个奇怪的念头，开玩笑地说了一句："你们俩实习得怎么样啦？"

"什么怎么样？"他惊异地问。

"两个人都一个屋子睡了，还能怎么样？"

月光下，他脸色突然惨白，慌慌地说："别乱讲，没、没有……每次她跑夜班车回来晚了，在我这里住，我都叫她睡在宿舍里，我到办公室去住的。"

我听了不觉暗暗有些意外。

我俩在马路上溜达到天快亮了才分的手。我都困得睁不开眼皮了，他还一点儿睡意都没有，眼睛亮亮地看着刚刚出来扫马路的清扫工。

回到单位，我跟头儿请了假，白天就关在宿舍里蒙头睡了整整一天的觉。到了晚上才稍稍缓过精神来。

8

中秋节过后的第三天，我惦记着王世森去了小西家没有，还有他姐来了没有。正想打个电话过去问问，不想却在办公室里意外地接到了小西打来的电话。她声音急切还带着哭腔，开始我并没有一下子听出来。

"……你是洪达吗？"我说："我是。""你快过来，王世森出事啦……""什么？出了什么事？……"我的脑袋一下子涨大了，扔下电话，出门我打了一辆的士，五分钟不到我赶到了火车站。

在车站派出所门口，小西正在等我，我跳下车来，她就急急地告诉我说，王世森开枪伤人了，他现在被关起来啦。"他关在哪儿啦？"我急急地问，不等她说完就抬脚往里走。小西把我领进派出所走廊尽头的一间黑屋子前，这间屋子通常是用来关押派出所临时抓到的犯人的。站在门外的两个警察挡住了我，好在我和白所长已经很熟了，在我的好说歹说下，他同意陪我进去只许我看一眼不许说话。那个警察给我们打开了门，我们走进去，屋子里光线暗淡，散发着一股潮湿的霉味儿。我走进去时，看见王世森正惊恐万状地退缩在屋角，眼睛睁得大大的，急剧地朝我们摆手："你们别过来，再过来我就开枪了。"我吃惊地站住了，看着他，他连我也认不出了吗？三天不见，他变得叫我不敢认了，头发乱糟糟披散着，脸色蜡黄，瘦削的腮部不住地抽搐着，身上的警服已没了领章，袖口处还撕破了，不知是他撕的还是别人撕的。他的手腕上戴着一副手铐子。我把惊异的目光转向老白："他这是怎么啦？"老白悄悄把我拉到靠门边处，小声说："他杀人啦。""杀人？"我有点儿不敢相信自己的耳朵，怔怔地看着老白，老白又悄悄跟我说："前天夜里我们抓到一个强奸未遂犯，夜里是他看着的……等我们听到枪声赶过来时，那个人的脑袋已叫他打了一个洞，而他还蹲在那里对那个人的脑袋扣扳机呢，我们叫他时，他又把枪对准了我们。幸好枪里只有两发子弹，否则的话会伤着别人的。我想他是疯了。"

　　我听明白了，转过身去，王世森的瞳孔依然睁得大大的陌生地盯着我："你别过来，你再过来我就开枪了。"他用手指做出手枪状对着我，并在嘴里发出"啪、啪"的响声，一旁的小西见了，流着泪抱住他的胳膊说："世森，他是洪达呀。"他嘴里停止了"啪、啪"声，放下手，两眼怀疑地打量着我："……你真的是洪达？"我痛苦地点点头。

"你来干什么？"

不等我回答他，身后的老白又扯了我一下，贴在我耳边小声地说："你劝劝他吃饭，他已有一天一夜没有吃任何东西了。"我这才注意到地上的草铺上放着一碗米粥和一盘熘豆腐。

我伸手端了起来。

"我来喂你吃饭。"

"我不吃饭，饭里叫他们放了毒药，他们想毒死我，我不吃。"他眼里又流露出惊惧的神色。

我舀了一羹匙米粥和熘豆腐放进自己嘴里，咽了下去：

"你看看世森，并没有毒药。"

他这才将信将疑地走到我身边来，先还是斯文地吃着，后来就狼吞虎咽吃了起来……他是饿了。小西又出去给他买来了两个面包和一听红烧肉罐头来。

吃完饭，我们退出去了。老白叫我们先回去，所里正在向分局请示怎么处理这件事情，一有消息马上告诉我们。小西还不愿离去，我就劝她回车站上等消息，并陪她往站里走去，我还想问她点儿什么。可是没等我开口，她抬起头问我：

"洪达，他会去坐牢吗？"

看着她那张焦虑可怜的面孔，我一时不知该怎么回答她好。

她抽搐着柔弱的肩胛说："他要去坐牢，我该怎么办，我怎么跟家里说，还有他姐姐该怎么办，他跟我说他最放心不下的是他姐姐……"

我这才想到他姐姐，怎么没有看到他姐姐？我突然问："他姐姐来了吗？"

小西说他姐姐没来，出事的前一天晚上，王世森和她见面时跟她说，他姐姐临走时犯病了没有走成。"世森接到家里打来的电话，情绪很失落。我就安慰他想开些，等我们结婚后，把姐姐接过来，相信她的病会好起来的。他听了还感谢我这样想，谁想第二天就出这事了呢……你说他会不会坐牢？"小西又问我。

"也许情况并没有你想的那么坏，等我再去打听一下……"我安慰她。

下午我又去了派出所，又找到了老白，听老白说王世森情绪稳定些了，我请求他让我再见见他。老白说好吧，就带我过去了，叫看守的民警打开了门，他留在了外面。

这回我一进去，王世森就认出我来，他有些恐惧地看着我，跟我说："……我会坐牢吧？""你能跟我讲讲当时是什么情况吗？"听白所长说当时抓到这个强奸犯时，看押他的民警临时出去吃饭，叫他替换给看押一会儿的。后来发生的事情只有他和那个死去的犯人知道了。

"好吧——"他低下头去，努力在回想着前天夜里发生的事，可是他并没马上想起来这是怎么回事，脸上的表情痛苦地抽动着："我记不起来了，我当时大脑一片空白……"他两手抱着拳捶着自己的脑袋，试图想把自己的脑袋砸裂，掏出一些东西来。

"那你现在想想，你为什么要打死那个人呢？"我启发他。

"我……我不知道……"他抬起头来瞪着眼，机械地重复了两句，随后又惶惑地看着我，喃喃地说道："我进去了，他向我要吃的东西，我当时怎么看他怎么像强奸我姐姐的徐文革，他俩长得一模一样，都是一路货色。他还冲我笑呢……我就告诉他我代表人民处决他，他还冲我笑，我就开枪了，有一枪正好击中他的脑门，你们不是告诉过我徐文革被枪毙的时候也让人击中他的脑门吗，我要让他俩死得一模一样……哈哈，另一枪我击他的裆部，看他老二还老不老实啦，哈哈——"他爆发出一阵疯狂的大笑来，笑出了眼泪。

老白走了进来，他怔了怔，身子一软不笑了，垂下头去："不过我得坐牢了，是我杀死了他。"

我们出去后，我问白所长："分局准备怎么处理这件事？"

"已上报市局了，正在等候市局来人处理。"

我明白这个案子很严重，要由市局来处理了。不知道会怎么处理，我有点儿为他担心。

老白瞅瞅我，又走过来贴在我耳边神秘地说："你是他的老乡，你能不能如实地告诉我，他家里人有没有精神病史？"

我一下子没听明白，不知道老白这个时候为什么要问这个。

"这很重要吗？"

"重要。"老白脸一下子严肃起来。

"有。"我没有再犹豫，脱口说出他姐姐来。

"这就好办了，明天市局请省里精神病专家来给他做鉴定。"老白似乎松了一口气。

9

王世森被省法医精神病专家做了鉴定，确诊为突发性精神失常。他要被遣送到省公安厅办的省精神病康复中心去接受治疗。这一结果虽然没有出乎我的推测预料，但仍让我感到难过。他要在那里接受五到十年的治疗，出来以后不会再当警察了。而且他和小西的关系也就此会中断的，就算小西能等他，我猜想小西的家里也不会同意的。按照婚姻法的规定患有精神病的人在康复期间是不能结婚的。何况小西的家里并不知道他家里的情况。

一想到这一点，我就为他感到难受。小西是一个多么好的女孩子呀，他要娶了她，他们一定会幸福的。

王世森被遣送走的那天，我到车站去送他，小西也去了。看到小西早到了，她神情哀怜地坐在那天夜里我和王世森坐过的长椅上，娇小的身子有些弱不禁风，看着不免让人生出几分怜惜。我走过去同她打了声招呼，她抬起头来见是我，两只长睫毛的黑眼睛里已蓄满了泪水，只要动一动就会流出来。我忙转过脸去，抬起目光移到她头顶上的天空上去。

天空很蓝，蓝蓝的天空上没有一丝烟尘和浮云。这样干净的天空在城里是很少见的，很像我们家乡山里的天空，蓝蓝的天空下，是绿得洗眼的森林，一条小溪像条白蛇一样从森林间跳跃地流出来，绕过小镇。那是我和世森童年最快乐的去处，摸鱼、洗澡……我们无忧无虑的笑声就像激荡的浪花一样嬉戏飞溅在河卵石上。王世森是什么时候失去笑声的？是在他姐姐出了事以后，我好像再也没有见到过听到过他的笑声了……

列车像蛇一样缓缓地驶进站来，王世森被从贵宾室出口押进站来，小西从长椅上站起身来，不顾一切地扒开众人走上前去……她交给他一条亲手织的驼色毛裤和一件橘黄色毛衣外套。那上面编织着她多少个日日夜夜的心血和思念啊。现在的城里女孩儿没有几个会动手织毛衣了。我挤过去，把我给他带的许多好吃的东西交给一个押送他的民警，大包小裹的，惹得那个押送的民警直向我翻白眼。

王世森依旧用他那冷漠、痴呆的眼神看着我们，像打量着陌生人，不认识我们一样。

我走到一边去，想让小西和他单独待一会儿。

上车的人群在车门口挤成一团。小西紧紧拉着他僵直的手已泣不成声哭成了个泪人，一种绝望从她嘴角上颤抖着掠过，王世森则像木头人一样任凭她摇晃着，直到那个民警把她拉开，他们走上了车去。列车开动了，小西摇晃的身子像片落叶一样追着车门跑了几步……我远远地瞧了一眼那个淹没在送站人群里的可怜身影，心里忽然为之一动：

假如小西中秋节前一天夜里值乘的列车不是晚点二十四个小时，假如王世森他姐在家临来那天不是突然犯病，如期抵达 B 城，这一切还会是现在这个样子吗？

没容我多想下去，裹挟着秋风的列车，就轰隆隆从我眼前一闪而过，开远去了。

剩下空荡荡的站台和那个孤单单的女孩儿。

雪夜工区小站

　　被老万亲昵地称作"亲孩"的笨狗从红松林子钻出来的时候，天就完全黑了下来。星星在林梢头悄悄地眨着眼睛，远处听不到一声狼嗥或松鸡的叫声。多静谧的夜晚啊！这是小兴安岭的冬夜，山冷、雪厚、树寒。在一座石头房前，笼起了一堆篝火，鲜红跳跃的火苗像狗舌头一样，试图舔碎被寒气裹得浓重的夜幕。地上的雪被烤化了，默默地淌着泪。围着火堆，垂着头坐着三个道班工人。他们分别是年纪最大的老万，浙江籍中年人胡石和那个还不能马上被老万和浙江人叫出名字的年轻人苏连克，他是秋天刚刚分配到这里来的。他看上去最多有二十四岁。可能是由于失眠的缘故，衬着火光，他脸色很苍白，现出一副忧伤的神情。

　　他们三个人坐在那里，轮流在喝一瓶白酒，偶尔也交谈上几句什么。

　　笨狗"亲孩"无声地贴到老万身边，蹲下身来。它嘴上叼着一节松枝，松枝上结着三个松塔。老万把松塔掰下来，放到火里去。一会儿，一股松塔烤煳的香味飘荡开来……

大约二十步开外，躺着两根冰冷的铁轨，在夜色里闪着寒光，像两条冻僵的蛇，神秘莫测地向远处山梁、森林中伸去……只有侧耳细听，才会听到从山口吹来的风，夹着雪尘在铁轨上"呜呜"滚动着。空气干冷，阴森，寂寞。

一瓶古井贡酒下去了大半，这瓶酒是白天老万用两只飞龙从那个歪嘴列车员手里换来的。三个人当中最不能喝酒的要数那个年轻人了。他只有被浙江人逼急了，才象征性地抿一口瓶嘴，接着就被酒呛得咳嗽起来。更多的时候，他在讲述他的家乡，那个离他们这个工区小站有将近八百里地的佳木斯城多么好，他撇在家里的新婚妻子是多么漂亮、多么贤惠。

"呸，"浙江人胡石把嘴里的松子皮吐掉，说，"当然啦，这里不是什么好地方，用你的话讲是怎么也想不到的鬼地方，四周被大山围得连气也喘不过来，可你们那里也不见得是天堂呀！一九六八年我刚来北大荒下乡，在佳木斯一下火车，哇，差点儿没把我的一只耳朵冻掉了……"胡石心有余悸地用手摸了一下他的右耳朵，不过他这会儿正光着脑袋。他矮墩墩的个头，胖圆脸，一双细眯的小眼睛透着南方人的精明。"如果你到过杭州，我想你就不会讲这样的话了，与杭州比起来，佳木斯不过是个大屯子。至于说到女人，我不相信还有什么地方的女人会比杭州的女人更漂亮了。"说到这里，胡石又停顿了一下，似乎想起了什么不痛快的事，垂下头去不言语了。

受到了浙江人的抢白，苏连克并没有反驳，他只是战战兢兢往四下里望了望，喃喃道："这鬼地方，这鬼地方……"

不过，让年轻人这会儿觉得安慰和庆幸的是，他妻子答应过他要来这里了，要来和他过春节。他已经和老万谈论过这件事，老万答应他给他腾出一间屋子来。那间屋子曾经是老万的家，只不过现在老万的女人和女儿都离开了他。

过了一会儿，浙江人站起身来，朝石头房子里走去了。当然，他喝醉了，这从他趔趔趄趄摇晃的脚步上能够看得出来。酒瓶里的酒已经喝光了。南方人的酒量让苏连克觉得吃惊。

火堆旁剩下了老万和苏连克，还有老万的那条狗。它不时地支棱起耳朵，倾听着黑沉沉的松林子里传来的野鸡归巢的叫声。

苏连克举眼看天空，被拥挤的树梢头挤得哆哆嗦嗦的星空小得可怜，星星也少得可怜。尽管这儿的冬夜跟在家乡的冬夜一样寒冷，可总是不同的啊！在家乡星星是数不过来的，天空也不一样。

"鬼地方，真是个鬼地方。"他反复说。

"你会过习惯的。"老万温和地笑着说。老万是山东人，长着一副黑黑瘦瘦的方脸膛，头发已经花白了，牙齿也脱落了几颗，可是肩膀挺宽，仍旧很健康的样子。

"不，"年轻人有点儿神经质地摇晃着脑袋说，仿佛迟疑一下就会被什么人推到陷阱里去似的，摆着手说："我早晚是要离开这个鬼地方的，早晚！"

"那你当初为什么要来这里呢？"老万好奇地问。

"这都要怪我的父亲，他本来和佳铁分局的一位副局长是挺要好的，可是因为副局长的一个儿子看中了我的姐姐，父亲没有答应这门婚事。结果就把分局副局长给得罪了。而分管我们这批招工分配的恰恰是那位副局长。再有如果父亲答应我再在家里复习一年，而不去接他的班，我也许会考上大学的，那就更与这个鬼地方不搭边了。现在说什么都晚了，唉！"年轻人叹息着，连连摇晃着脑袋。

后来他又说到把一个那么聪明美丽的妻子丢在家里简直是罪

过，要知道他们刚刚结婚半年多呀。说到这里他心里一酸眼里就涌出了泪，双手抱住头，背过脸去，说话声也变得断断续续的了……

"瞧瞧你的样子，哪里像个男子汉……难道待在这里的人都不要活下去吗？"

年轻人一声不响，用沾着泪痕的眼睛呆望着火，他的脸上现出迷茫和恐惧，仿佛仍旧不懂他为什么跑到这儿来，生活在黑暗和寒冷里，生活在生人旁边，而不是在佳木斯城里，在父母和妻子身边。

老万对着那张孩子似的面孔摇了摇头，叹息了一声说："你还太年轻，你还没有过惯离开父母和妻子的生活。你以为天下只有你一个人是最不幸的人，老弟，如果你这样想就错了。"

老万打了个酒嗝儿，老万的脸不知被酒精还是被什么东西烧红了，他往火堆里添了两块松木桦，往火堆跟前凑近了一点儿，盘腿坐下来说：

"老弟，你以为我天生就喜欢这个地方吗？可是我现在倒觉得天下再没有什么地方比这里更让我喜欢了。我当初闯关东到这里来的时候，可不是靠什么分配，我是自觉自愿在这里留下来的。我当初来的时候，铁路才刚刚修到这里，我下了火车，就帮人家修铁路，人家管我一天三顿白面馒头。铁路修好了，有一天工头对我说：'喂，小伙子，你还想回老家去吗？'我心里说：'我还回去干什么呢？难道还让村子里的人批斗吗？'呃，你问我为什么批斗，这你该去问问我的爷爷。我爷爷是地主，可我并没有见过他的面，我出生时他就死了。生前我没有借着他什么光，死后却借着他的光了。新中国成立后，村子里的人分光了他的田地不说，每次搞运动村子里都把我们这些地主后代拉出去批斗。

越是同村的亲戚批斗我们越狠。我清楚记得我的两个亲舅舅为了与我家划清界限，当着全村人的面上台去抽我母亲的嘴巴子，人啊，怎么会变成这样呢？要知道他们两家揭不开锅的时候都吃过我家送去的粮食啊！我逃出来后就不准备回去了。工段长领我到铁路部门登了个记，就算被他们招工了。我刚一来到这个石头房子的时候，天哪，我就感觉到了天堂一样，这么一大间房子就我一个人住，青青的山，绿绿的树，听着兽鸣鸟叫，每天拿着道钉锤，来来往往巡视一遍，不知不觉就过去了三十五年，难道还有比这更自由的生活吗？你说呢，老伙计？"

老万亲热地拍了拍"亲孩"的脑门，它一直依偎在老万腿边默默听着。这会儿站起身来，走到柴垛旁，用嘴叼过来两块木柈，小下去的火又烧旺了起来，随后它又叼木柈进屋了两趟。多么懂事的狗啊！

夜雾越来越浓重了。山坡上的寒气一阵一阵袭来，尽管胸前烤得火热，可是后背却一阵一阵发凉，有时不得不侧着挪动一下身子。年轻人还时而向铁轨方向张望一下，倾听着什么。

从石头房子里传出一阵中年人酣畅的鼾声……

"……他也是个可怜的人！"老万扫了一眼石头房子，回过头来停了一下慢吞吞说道，"他出生在一个知识分子家庭里，父亲是一个工程师。在他高中毕业那一年，学校号召上山下乡，他就报名来了北大荒。可对于他们这批南方知青来说那是过的什么样的日子呢？早春时节他们得和农民一道光脚下到结着冰碴的水田里插秧，腿泡浮肿了，脚被冰碴扎出了口子；每天吃的饭菜也不尽如人意，由于油水太少吃起来淡而无味，有的人宁可饿着肚子也不肯多吃一口，到了后来由于劳动量的加大，只好多吃了起来。住的屋子也非常寒冷潮湿，差不多过了半年后每个人都得了关节炎、湿疹什么的。这对于他们这些习惯于南方城市生活的年轻人来讲一下子是很难适应的。不等适应过来，又到了秋天，俗话说三春不如一秋忙，大家起早贪黑下到田里去割麦子，手上裂开了一道道口子，掌心磨出了血泡，一天下来累得腰酸腿疼，许多人累得吐了血，可是第二天又得支撑着身子向田里走去……这样的日子想一想都叫人难过。胡石后来用他父亲留给他的一块罗马表贿赂了公社主任，招工到了铁路部门。刚来到这里那天别提他有多高兴啦，他亲口对我说：'老万，我再也不是那个知青了。'我说：'嗯，你现在是个工人啦。'他又说：'我要靠我的努力来开创一种新的生活。'我心里道：'但愿他会这么想，走着瞧吧，年轻人。'当时他才有二十几岁，充满了朝气，工作上勤勤恳恳小心在意，他常常一个人一上午就把我们负责的路段要干的活儿都干完了，还陪我到山上去打猎，到河里去捕鱼，来改善我们的生活，他身上简直有使不完的劲儿。不过，就是有一件事情挺糟糕，没过多久，他常常坐火车到下一站邮局去取信、邮信。空着手回来时他就会站在我的房前叹息：'唉，不知什么缘故，家里有三个多星期没有给我来信了。'我说：'你在等谁的信呢，难道家里有什么事情要你牵挂吗?'他听了羞红了脸，从这个时候起我知道了他在家里有个未婚妻。看他见不着信着急的样子，我真有点儿为他担心。好在第二年春节他们就结了婚，夏天时他还把她带来过一次。那个杭州小女子我见过，说实在的，那也真是个美人，苗条的身段，眉毛细细的，黑黑的眼仁，性格活泼。每到星期天，他总带她坐火车到伊春城里去，傍晚回来时就带回一大堆擦脸油呀，洗发香波呀，驱蚊精呀，面包香肠什么的。他私下里跟我借钱时说过：'老万，哪怕在这种地方，人也得生活下去呀，人也要追求幸福呀! 瞧，我有一个多么好的妻子。'我不想扫他的兴，附和他说：'你女人不错，这是实话。'可我把钱借给他时心里却在说：'等着瞧吧，这南方妞儿正年轻，她的血在跳动，她要生活，她怎么会忍受得了小兴安岭上的寒冷和寂寞呢？要知道在这方面我可是有过深刻的教训哪！'……果然没多久，还没等到秋天到来，他妻子就离开了这里。以后再也没有来过。差不多就从这个时候起他的情绪开始消沉起来，产生了想调回杭州去的念头。他忘记了他自己说过的话，'哪怕在这种地方，人也得生活下去呀'。他一个月往邮局跑两趟，他让家里给他汇钱来，他开始用钱去贿赂铁路分局长。当然他最终也没有调成。因为这年年底他回去探亲时，发现他那年轻漂亮的妻子已经有了外遇……他很后悔为调工作而奔波的那些日子，很后悔为调回去而花掉家里、同事那一大笔钱。要我说，他还不如把这些钱拿来买酒喝呢！他探家回来后果然迷恋上了喝酒。酒很快让他忘记了那个令他神魂颠倒的女人，在这方面酒倒真是个好东西哩。"

"不好，不好，酒是个令人讨厌的东西！"年轻人嘟哝着，冷得缩起了身子，打起了冷战，"他应该为调回去继续努力，只要调回到她的身边，一切都会好起来的。什么伤心哪，背叛呀，寂寞呀有什么要紧的。"

"调回去有什么用呢，没多久那个女人就来信与他离婚了。可怜的人！"

年轻人听了一下子怔住了，张大了嘴巴愣愣地望着老万，随后低下头去不吱声了。老万又往火里添了两块松木桦子，火又爆着火星燃旺了起来。"亲孩"走到铁轨边上去，站下了。

"今天几号啦？"苏连克突然抬起头来问。

"腊月二十七。"老万答道，他的目光向铁轨旁的"亲孩"望着，视线里有了一种企盼。

半夜时分，有一列南来的列车途经这里，列车在这个小站上停车一分钟。年轻人从车厢外面看到，满满当当的旅客都在昏昏欲睡，连站在过道上的人都垂着头睡着了。看不到列车员的身影，车门也没有打开。列车开去时，一种深深的失望渐渐袭上他的心头。列车的尾灯一闪，像扫帚星一样从漆黑的夜幕中消失了。

"该回去休息了。"老万不知什么时候站到他身边的，还有他的那只狗。

老万朝石头房子里走去，在门口他站下了，回过头去，看见年轻人垂着头又在火堆旁坐下了，他大概想一个人待一会儿。老万摇摇头，心里说："他还是个孩子。"

火堆前孤单单剩下了他一个人，呆望着火。他开始想这是怎么一回事呀，他妻子明明答应他要来这里和他过春节，为什么还没有来呀？他已经连续接了五天的站了。要是她能来陪他过春节住上一个月那该多好呀。随后，她想回去就让她回去好了。来住上一个月，哪怕来住上三天也比什么都强。可是万一他妻子不来了呢……他不敢想下去。这样的事情想一想都是叫人害怕的。

夜幕紧紧地裹住了那孤独思索的身影。

白天，他和胡石在路基上铲雪。一阵叮叮当当铁锹碰击铁轨和石子声在空荡荡的山谷里响得很单调。苏连克不时停住手，从手闷子里拿出手放到嘴上哈哈热气。胡石光着头，脸上、耳朵上、皮肤上透着的青灰色是常年接受小兴安岭高寒阳光照射的结果。这一点如同他喝酒一样，倒的的确确是个东北人了。

自从那天夜里得知了他的经历后，苏连克对他产生了同情。不过他玩世不恭的态度还是叫他有些讨厌。上午十点钟苏连克接南来的那趟慢车走回来，他像什么都知道了似的眯着细眼问他："还没来吧。"

苏连克摇摇头。

"哼，女人！她才不管你吃多大苦，遭多大罪呢，哪怕你吃的苦、遭的罪都是为了她。"

苏连克摇摇头不同意道："要知道，她待在家里也会很寂寞的呀！我们才刚刚结婚六个月呀！"

"她会寂寞吗？她会去歌舞厅，她会去逛商店，她会过得比你想象的舒服得多……"胡石刻薄地说，他甚至想把"她还会去找野男人"的话说出口，可是他看到小伙子脸红了，他就住了口。

苏连克讨厌这话，他别过头去。

胡石凑过来，拍拍他的肩，他嘴里喷着一股酒味说："老弟，在这种地方生活就得学会想开点儿，否则有吃不完的苦头。"

休息时，他们的视线一齐落到南山坡上。那上面有个雪坟包，埋的是老万的女人。老万正在那里烧纸。

"瞧瞧，就连那个乡下女人也不愿在这里生活下去了。"胡石感叹地说了一句。

"可她毕竟留下来了。"苏连克已隐隐约约从老万那里知道了一些那女人的经历。

"留下？我看是留下了一堆麻烦。"

胡石不知什么缘故冷笑了一声，随后低声哼起歌来，走到那边去又干起活来。

傍晚，老万带着"亲孩"进林子里遛兔子套去了还没有回来。苏连克和胡石坐在篝火堆前。胡石白天刚从列车员那里换了一瓶白酒，他不想与人分享，就没有让苏连克。他一边喝着，一

118

边断断续续讲着老万的一些事情：

"……老万当初娶那个乡下女人来，可是想和她在这里过一辈子的。你想呀，那女人的男人刚刚与她离了婚，她又带着一个孩子。她上哪儿去找老万这么好的男人，老万又是一个工人，一个月的工资顶她在乡下干一年活儿的收入。她娘儿俩不愁吃不愁喝的。可结果怎么样呢？她们还是过够了这样的日子。那个傻娘儿们有一天背着老万带着孩子坐上火车走了……老万怕她们走丢了，又怕被人贩子骗了，就坐火车追了回来。回到家里问她为什么要离开，她说：'闷得慌。'老万又问：'为什么闷得慌呢？'她答：'没有地种，没有鸡喂。'老万一想也是。老万就去南山坡开垦了一块荒地，让女人种上了豆角、土豆；又买来了鸡雏让女人喂着。小鸡渐渐喂大了，可是一只一只都被狼叼走了。土豆地也被野猪拱了。乡下娘儿们不再张罗种地、喂鸡了。她的神情却一天一天苦闷下去，憔悴了，不久就病了，她得了肺结核病。死的时候，她拉着老万的手说：'把我埋在南山坡，让我看着出山的路，我就不会觉得闷得慌了。'老万听了泪就如泉涌般流了出来。这种事情……"胡石停下来，往嘴里掬了几口酒，"这个娘儿们，傻，傻啊！"他连连咂着酒叹道。

"她不是给老万留下一个小女孩儿吗，她现在怎么样，该长大了吧。"苏连克奇怪的是老万以前在提到他妻子的事情时，一直挺忌讳提到他的女儿。

"没错，那乡下女人死时，那小女孩儿才刚刚五岁，这对老万来说，多少是个安慰。老万把所有的补偿都用到了这个女孩儿身上。孩子到了上学年龄，老万就天天早出晚归坐火车接送她上学，给她买雪花膏，给她买花衣裳。总之，孩子要什么他就给她买什么，就是亲爹恐怕也做不到这一点。一直供她上了中学，每星期还去学校接她回来两次。他爱她，他从她身上得到了快乐，从她身上看到了希望。可是这希望是多么不禁指望啊！她逃学了，她与校外的小流氓打了连连，理由只有一个，她再也不想回到这小山沟沟里来了。老万别提多伤心了，那几天他像发疯了似的四处去找那个小妞。可那个小妞可比她的母亲聪明多了，她让老万抓不着影子。老万只能从跑车的乘务员嘴里听到她的行踪，她又到哪里了，她又和谁谁在一起了……唉，这种事情，这种事情啊！"胡石叹息着摇摇头，笨重地站起身来。老白干喝得差不多了，该到屋里去睡觉的时候了。"怎么样？老弟，你还要一个人再待一会儿吗？"他把剩下的半瓶子酒小心地揣进怀里，摇摇晃晃朝屋子里走去了。

老万和"亲孩"很晚才从林子里钻出来。老万和"亲孩"身上都披了一层厚厚的雪。他们除了带回一只兔子外，还带回来一只狐狸。狐狸的毛色在火光映照中通红发亮。

半夜时分，他们又去接那趟南来的火车。火车停下来后，从车门跳下来那个歪嘴列车员，他好像和老万约好了似的，看到老万手上的狐狸，惺忪的眼睛顿时亮了起来。老万站在那里向他交代着什么。他临上车时对老万说："您放心，我发动一下我哥们儿，就是跑到天边也总会找到她的。"

墨绿色的车厢，昏昏欲睡做着回家团圆好梦的旅人，还有扫帚星一样的守车尾灯，一一从寂静的夜幕里闪过去了。苏连克重重地叹息了一声，垂下头去。"明天，明天是最后一天啦……"他在心里默默害怕地念叨着。

途经这个山中工区小站的旅客列车只有两趟，上午一趟，夜里一趟。上午不到十点钟，苏连克就早早地站在那里了，他已经没有心思再干铲雪的活儿了。胡石望着丢弃在路基边上的铁锹，想："这个可怜的家伙，他早晚会把铁锹重新捡起来的。"

　　列车喷着白汽缓缓驶进站来。苏连克不等停稳就从第一节车厢向最后一节车厢奔跑过去。也许是明天年三十的缘故，车厢里的人挤得像沙丁鱼罐头，连车门口都挤满了人，被车门窗挤成扁平脸的人向外面打量着，奇怪地望着在车下奔跑张望的那个年轻人的身影。他身上的铁路服告诉人们，他是这里的道班工人。就有人从心底里发出这样的叹息："在这里工作是多么的寂寞呀！"当然，这个念头只是一闪就过去了，因为列车很快就开走了。

　　没有人下来。刚才列车停过的地方呆呆地立着两个人影和一条狗影。这一切都被那个干活儿的道班工人胡石看在眼里，仿佛证实了自己的某种猜测，他撇着嘴角怪样地笑了一下。

　　下午，年轻人苏连克喝醉了，躺在石头房子里没出来，他嘴里在说着胡话："……她不会来了，她还会来的……她不会来了，让我死了吧，活着还有什么意思……老天爷要人活着就该叫人幸福，不该叫人受罪，可这个鬼地方有什么，有石头，有寒冷，有寂寞……"

　　胡石听了，就笑了。中午他朝他要酒喝，他很大方地把自己剩下的那半瓶子酒给了他喝，并拍拍他的肩说："这就对了，老弟，女人算什么东西，只有酒才是男人最亲的东西，只有它才永远不会背叛你。"结果他没喝下去几口就醉了，像一摊烂泥，被胡石扶到里屋炕上去。

　　到了晚上他酒劲儿才醒过来，走到外面去，老万和他的狗坐在篝火旁。

"你好些了吗?"

他点点头,走过去坐了下来。他们一直没有说话,各自在想着心事。

夜间车过来时,老万站起身来。他没有动,他不再抱任何希望了。

列车开过去了,空荡荡的车厢里只有几名很少的旅客。连列车员都显得无精打采,一切又都宁静下来。

老万走回来时说:"我一定要把草莓找回来,她已经七年没有回来陪她妈过年了。"

他听了依然没有动,依然低着头坐在那里,像尊木雕像。老万走进屋里去了。

"天真冷!"老万躺下去时说。

"是不暖和。"炕上躺着的人醒了,迷迷瞪瞪附和了一句。

门给风刮开了。雪花飘进屋里,谁也没有起来关门,他们在等"亲孩"关门。"亲孩"哪里去了呢?

"我可挺好的。"胡石说,"什么也不用去想,只求老天爷让我过这样的日子我就知足了。"他又很快睡着了。

"你这些年变成了心肠石头一样硬的人,你不再像个南方人了。谁都知道,什么都抓不着你的心了。"老万讥讽道。回答他的是一阵呼噜声……

静静的寒夜里,外面传来了狗吠一样怪异的哀嚎声音。

"这是什么声音? 谁在那儿?"

"是苏连克在哭。"

"几点了?"

"快天亮了。"老万一直睁着眼，没睡。

"嘿!……真是个怪人!"胡石咕哝了一句，翻了个身。

"他早晚会习惯的!"

两个人先后睡着了。门没有关。

爱情赌局

　　于大朋将让胡路派出所管片民警张生脑袋当西瓜砍下来的时候，是一个阴雨霏霏的夏日晚上。于小朋在新城监狱里向我们叙述这段往事时，也是一个阴雨霏霏的下午。

　　囚犯们不能到大地里去干活儿，也不能在院子里做操，孙管教就索性把于小朋交给我了。他三十左右岁，个头不算高，穿着统一的灰色囚服，四年的监狱生活使他面容看上去有一种窖藏白薯的苍白，当然他的体质也是我所见到的犯人里比较瘦弱的一个，初次见面他目光有些怯生生地望着我。从他身上看不到于大朋的影子，那个想象中的江洋大盗。我递给他一支红河烟，他迫不及待地吸了起来。他是从入监以来唯一没有亲人来探望的囚犯。孙管教告诉我，他的家人都不在了。这种孤独感会使他有一种倾诉的欲望，我想。果然，在吸了几支烟后，他渐渐地进入了角色。

　　于大朋那天晚上到鸿宾楼里请片警张生喝扎啤，开始并不是一个阴谋。于大朋只是天真地认为自己是想要回属于自己的两万块钱。那天傍晚于大朋在家里热得实在待不下去了，就走到街上去纳凉。于大朋先是蹲在一个西瓜摊上吃西瓜，吃西瓜时他想该把自己新婚不久的妻子王琼一起叫出来。可是这个想法很快就被另一个烦恼的想法打乱了，四个大人住在两间的平房里真不像话，上有老爹下有自己的兄弟，别说做那事，连夜里起夜都很不方便。于大朋就想尽快搬出去住，可是这需要一笔钱买房子。想到这里于大朋就给张生打了传呼。张生在管区里，说他八点钟才有空到鸿宾楼来。于大朋就又蹲在瓜摊上吃西瓜，于大朋边吃边等得心焦。为了这两万块钱的事于大朋曾找过张生两回，张生吞吞吐吐说叫他再等等看，说还得请示分局。他当时挺生气地说："不就是两万块钱吗，要搁从前还不够老子点两把炮的呢……"张生就定定地拿眼瞅他。于大朋憋住了要往下说的话，垂下了头。真是英雄气短，于大朋在这之前还从来没为两万块钱的事上过火。那件事做成之后于大朋实际上是给自己断绝了财路。看过一些港警片之后，于大朋明白了张生实际上是让自己在做卧底。于大朋不恨张生，于大朋太爱王琼了。"即使是为了王琼也要闯出一条新的生活道路。"张生这话也许不是骗他的。

于大朋是差十分钟八点离开了西瓜摊去鸿宾酒楼的。离开西瓜摊时他趁摊主没注意，顺手牵羊把切西瓜的片刀揣进白衬衫里。于大朋这样做只是下意识地做一下防身用。蹲在那里吃西瓜时他的右眼皮跳了两下。自从那次"砸局"案件发生后，于大朋一直猫在家里，很少一个人晚上上街来逛。按照蓝道上的规矩，做这种事情是要断子绝孙的，何况他挑的是哈尔滨来的大行头。

于大朋赶到鸿宾楼五号单间雅座时，张生已支着他那颗大脑袋等在那里了。张生的大檐帽挂在墙上。于大朋阔绰地点了一桌菜后，张生说："你就省点儿吧。"只要了四个拼盘，两人喝起扎啤来。喝了很久于大朋才提起两万块钱来。

"哦……哦，这个……我问过所长了，所长说他也问过局长了，局长说奖励这么多钱的事局里还没有过先例，不过作为立功表现可以对你以前的事既往不咎。"

于大朋显然没有听懂张生的话，他还在向张生说："我需要这笔钱，我要买房子搬出去住，这么热的天我不想让王琼和我挤在那间破房子里受罪。"

张生像不明白似的瞅着于大朋，那个以前花钱如流水的于大朋哪里去了？一丝快意从他的嘴角边掠过。他心里好久没有这么痛快过了，他独自喝了一大杯扎啤。上次抓赌案之后，他也立了功，所长今天告诉他他很快就要晋升警长了。

"你要买房子是吧，我个人可以借给你一万块钱，我只有这么多了，不过是看在王琼的面子上。"

于大朋不吱声了，于大朋眼神复杂地看着张生，嘴里憋了好久才说出一句：

"张生你欠着我的了。"

张生就笑了，张生被啤酒弄得脖子都红了。

"于大朋你听着，我媳妇都被你撬走了，怎么说是我欠着你的了呢。"

"她不是你媳妇，她只是你女朋友。"

"好，好，就算是女朋友，你也不该那么做呀，是不是?"张生很宽容地摇晃摇晃脑袋，张生的大脑袋就在于大朋的眼里摇成了大麻团，弄得于大朋心里乱糟糟的。这个麻团渐渐解开他就觉得这是一个阴谋，他以前是小看了这片警了。

张生的嘴里还在说着话，张生的头就轱辘到酒桌上，那张翕动的嘴唇似乎还在说："王琼是我媳妇，是你把她夺走的，于大朋你欠着我的。"

于大朋走时没忘记从这个掉了脑袋的警尸身上解下腰间的五四式手枪来，并把五号单间的门反锁上了。

于大朋慌慌张张回到家中，他没有先进自己的西屋，而是去了东屋，对他爹和于小朋说："我杀人啦！我把片警张大脑袋杀啦……"于小朋听了顿时把一泡尿尿在了裤裆里。他爹脸一沉说："还不快点儿换换衣服和你媳妇到外地去躲一躲，走得越远越好……"于大朋本想自己一个人出去躲一躲，可他又不忍心丢下新婚的妻子，再则老爹在他耳边耳语了几句什么，他才走进西屋来。王琼看着他白衬衣溅着的血点就知道出事了，于大朋没跟她说是杀了张生，于大朋跟她说是杀了一个追杀他的黑道上的人，叫她赶快收拾一下东西跟他走。王琼二话没说收拾好东西，带上家里凑的一千块钱，连夜跟他出逃了。于大朋从这个阴雨霏霏的晚上开始了亡命生涯，而他的新婚妻子那会儿刚刚怀孕。

于大朋带着王琼并没有往外省逃，他们逃进了山里，在小兴安岭一个临近乌拉嘎金矿的小山村假扮一对农民夫妇住了下来。于大朋当时想王琼有身孕，再则山里比城里安全。一年后当王琼给他生下儿子路生时，于大朋这才告诉王琼，他在家里时杀的不是黑道上的人，而是张生。王琼就睁大了眼睛，半天才说了一句："你好狠。"于大朋说："你要是恨我就恨我吧，我也不想连累你，你要离开我也不挡你，只是把路生给我们于家留下吧。"王琼听了就像第一回被他破身时泪眼婆娑地哭了，边哭边说："我们都到了这种时候你还讲这种话呀？我妈妈早就找人给我算过命，说我命里该着有这一劫。唉，我认命了。"于大朋就搂过王琼又亲又啃，刚刚出了月子的王琼把孩子放在一边，迎合着于大朋酣畅淋漓地做了一回房事。完事后，两个人光着身子像被搁浅在沙滩上的带鱼一样躺在山里阳光充足的火炕上。那时他们脑子里除了幻想走出山去到南方过幸福生活的打算外，差不多都想起了从前在城里生活的情景来。

于大朋和王琼认识得很偶然。那天于大朋在王琼家住的楼区一个赌友家打牌，中间于大朋出来到楼下一家食杂店里买烟。看见王琼和张生在一起，于大朋就在心里认定这个漂亮的女孩儿就是自己未来的老婆。于大朋那几天手气一直不顺，这使他相信自己要走桃花运了。此后于大朋不断到那个赌友家去打牌，也经常到那家老妇人开的食杂店里去买烟。于大朋知道了那个女孩儿是老妇人的二女儿，也知道了她二女儿的对象是这个管区的片警。不过那个大头警察一开始和王琼走在一起就叫他觉出一种别扭来，就像有一条毛毛虫在他背上爬，爬得他心里痒痒的。小店里出售的中华烟、红塔山烟都是假的，于大朋每回都整条买。这让那个老妇人对于大朋很是刮目相看。

"他们是小学同学。"老妇人有些难为情地向人解释道。看得出来那个小片警到店里来老妇人并不太热情，甚至有些冷淡。有两回小片警有空来店里找姑娘出去，老妇人都以她得守铺子为由推掉了。小片警很有些失意地走开了。

更多的时候小片警是没时间陪姑娘逛马路，出入歌舞厅、饭店的，当然去这种地方是需要花钱的。而小片警抽的烟都是低廉的牌子的。

在一次同学聚会的酒店里，主持聚会的同学去吧台上买单，服务小姐告诉说王琼的表哥已买过了。众人就把羡慕的目光投向王琼，问她表哥在哪里发财。王琼脸红了。当然那一刻她也感受到虚荣心带来的荣耀。

事后，她找到那位"表哥"，劈口就问：

"你在追求我？"

"是的，一点儿没错。"他耸耸肩。

"我有男朋友了，他是个警察。"

"他就是分局长，我也要和他赌一场。"

王琼没有听懂他说的什么话，问他："你说什么?"于大朋又这样说了一句："我说他的脑袋是不是太大了。"

王琼听明白了，恼羞成怒地说："你也是癞蛤蟆想吃天鹅肉。"

于大朋是把爱情看成一场赌局的，赌牌过程也是刺激的过程，不把关键牌抓到手是不能和牌的。

三个月后一个星期三的上午，那是一个充满欲望的星期三上午，老妇人一般都在星期三上午去批发市场上货。王琼一个人坐在柜台后边百无聊赖地在翻看一本街头上买的杂志。他走进来了，随后又回身挂上了店里的门，把窗板也放了下来。

"你、你要干什么?"王琼看清楚了是他，显得很吃惊。

他一句话也没说，凶狠地把王琼从凳子上抱起来往屋里走。王琼又踢又挠，他依然一声不吭解开了王琼的裤子。他没想到王琼的反抗是这样的强烈，可他还是做了……王琼嘤嘤哭起来，边哭边说："我会到派出所告你强奸的。"他说话了，一字一句地说："为了你我挨枪子也不会眨眼睛的。"王琼依旧不甘心地哭。他走到外边柜台里拿出一把水果刀来，递给王琼："你恨我就杀了我吧。"王琼没接，他在手里把玩着，随后牙一咬把刀子扎在自己的右大腿上，血溅到床上来，和王琼身下的血融在了一起。王琼不哭了，王琼慌了，叫他赶快把刀子拔下来，他不拔，问王琼恨不恨他，王琼赶紧摇摇头。他这才拔了刀，王琼找来纱布药水给他包扎好了。王琼把那条带血的床单撤掉了，王琼说："我们两个人的血融在一起了。"他满意地笑了。

他和王琼正式处朋友后，那个小片警就不再来店里找王琼了，也没有找于大朋的麻烦。这是一个月后于大朋的那个赌友家被派出所抓了赌后于大朋想到的。当时于大朋没有在场。

一天，张生在楼拐角处堵着了于大朋，张生斜睨着眼睛瞅着他说："有一桩事情你干不干？"

于大朋问："什么事？"

张生就贴近他的耳边说了那桩事，并答应事成后派出所可奖励他两万块钱。于大朋那一阵子手头正紧，正所谓情场得意，赌场失意。于大朋需要这笔钱，就点点头答应了。第二天于大朋从哈尔滨招来了一伙蓝道上的高手，在城郊黑鱼泡支了一局。赌得正酣时，警车将他们包围了，当场缴获赌资八十多万元。于大朋和那伙人一起被押上了囚车，拉进了看守所里。他关了一周后才被偷偷放出来。事后想想于大朋觉得脊背上直冒冷汗，当时张生要是买通了看守所里的人，偷偷走漏一下风声，里面的人整死他他都不知道脑袋该朝向哪边。而外边的这个女人还会是属于自己的吗？……唉，唉，女人。应该说于大朋走上亡命的旅途都是由追求这个女人引起的……

于小朋在叙述到这里时叹了一口气。监室外面的雨住了，他也停止了叙述的话语。犯人们拿起各自的饭盒到食堂里去吃饭了。"今天晚饭我会多吃两个窝窝头的。"于小朋说。他有一种释放后的轻松和兴奋。这是好久没与人说话的缘故。孙管教来找我去吃饭，我也离开了这间充满浓重狐臭味的监室。

"他家里真的再没有什么人了吗？"吃过晚饭后，坐在孙管教值班室里我这样问道。

"没有啦，"他知道我说的是于小朋，摇摇头，"死的死，出走的出走，可怜的人！这一切看来都是他哥哥造成的，他本来是个本分的人，入狱前在市场上摆个调味品摊位，小生意做得也不错。为他哥哥弄了个包庇罪，得在里面待上六年了。"

"他不恨他哥哥吗？"

"恨？他报答还来不及呢。入狱前他一直在抚养哥哥的孩子，他和他哥哥从小感情就很好，他俩从小就没了娘，是他哥哥一直在照顾他。上学时受同学欺负，他哥哥知道了就把欺负他的同学打得鼻口蹿血。这哥儿俩，一个温顺得像一只绵羊，一个凶狠得像一头豹子。"

"他成家了吗？"

"成家了。"

"那他媳妇怎么不来看他？"

"那个娘儿们，早就跟别人的男人跑了，女人都是这么水性杨花。"孙管教生气地说道。

"为什么，他们的感情不好吗？"

"这你该去问问他。"孙管教突然拉上被子蒙头想睡觉了，我幡然醒悟，我触及了一个敏感的话题。来监狱采访的当天，宣教科长安排孙管教陪着我时告诉我，孙管教上个月刚刚离婚，原因只有一个，他半个月才能回去一次市里的家，而他又不可能把老婆工作调到市郊来。

第二天是星期六，监狱里比平时相对宽松些。早上孙管教接到法院一个电话，他匆匆请假走了。犯人没有在院子里走正步操，院子里阳光很好，不少犯人很有秩序地在院子里搭晾被褥。于小朋也在搭晾被子，我走过去。

和于小朋同一监室的那两个犯人昨天我已经认识了，他俩也和于小朋一样属于宽管的犯人。矮个头胖乎乎那个十九岁的农民是因为奸污了邻居的姑娘而被关进来的，判了六年徒刑。原来是搞对象，发生了性关系后他不干了，就被姑娘的母亲告了。那个细高个挺精明的青年是个城里人，因为和几个哥们儿到夜总会里去嫖小姐，完事后没给小姐钱还把人家打了而被告发了，判了七年徒刑。他俩见我和于小朋坐在院子里，也围了过来。

"……你女人为什么不来看你呢？"

"女人都是骗子，都是水性杨花的骗子。"于小朋坐在日头影里，愤愤不平地说道。我没想到他的口气竟会和孙管教如出一辙。

"我看是你那东西不行吧？嘻嘻……"高个子青年与矮个子农民嬉笑着说。

于小朋脸红了，老老实实承认道："是的，进来四年，我还没有跑过一次马呢。"

这话让我很吃惊："你们没有孩子吗？"

"没有。我一直把我哥的孩子当成我自己的孩子养着，在当地派出所报户口时我也报的我是他生父。"

"现在那个孩子在哪里？"

"被那个不要脸的女人给领走了，送回到他妈妈身边去了，当然她得着了五万块钱的好处费。这个贪心的女人，我真是瞎了眼，当初我怎么会娶了她。我对不起我哥哥，我哥临死的时候特意在狱里写遗书给我，叫我无论如何也要把他儿子带大，他是我们于家唯一的根苗了……"于小朋的眼圈发红了，他对自己女人的怨恨多半是缘于这个孩子。这倒是我想听一听的事情了。

……于大朋夫妇在外逃亡了一年多后带回来一个不满一周岁的孩子。当时于小朋已经成家，娶的也是同在自由市场上摆摊的四川妹子杨春花。这杨春花其实于大朋也认识，那是于小朋刚开始蹲市场时，于大朋没事就去市场上转转，一是帮兄弟上上货，

132

二是碰上市场的混混儿来欺负于小朋的摊床，他给打打场。一来二去就认识了和小朋邻床的四川妹子。于小朋也常帮杨春花照看一下摊床，应该说这个杨春花也长得不错，胸脯、臀部鼓溜溜的，媚眼作态颇有几分让人怜惜的味儿。于大朋看出这点儿意思后就跟自己兄弟说了："你如果有意思我就去跟她说说。"

"你以为人人都像你呢。"于小朋涨红了脸，他以前也听说过哥哥的几段风流韵事。

于大朋是真心帮着老实的弟弟做这个媒，把她介绍给弟弟做媳妇，见弟弟没动心，他也就没太往心里去。

忽有一日，于大朋帮着杨春花到她租的一个仓库去拿货，忽然被一阵雷雨隔住了，两人站在仓房里避雨，杨春花说冷让他抱紧，于大朋就抱紧了她，一直把她抱到床上，把她做了。于大朋没有想到风情万种的杨春花还是个处女，这多少让他有些不好意思。

于大朋认识了王琼以后就不再到摊床前转了，杨春花开始还向于小朋打听。有两次竟跟于小朋来到了家里。于大朋听说了怕王琼知道这件事情，就私下揣了一万块钱，找到杨春花的住处。杨春花说："我不要钱。"于大朋说："那你就要我的命吧，我用我的命赌赌看这是不是天意。"杨春花就哭了，哭成了个可怜兮兮的泪人……

于大朋没有料到于小朋最终还是娶了杨春花做老婆，两人刚一见面都有些不自然。倒是杨春花先开口叫了他一声"大哥"。

杨春花并不知道于大朋杀死派出所片警的事。于小朋告诉她大哥大嫂这两年在外做生意。当晚于大朋夫妇把弟弟、弟媳叫到他们屋里来，说打算挣到一笔钱后，到广东南方去发展，带着孩子很不方便，想把孩子留在家里让他们带着。不知是出于以前的情谊，还是见钱眼开，杨春花满口答应了，这让王琼很是感动，她摘下自己手上祖母绿戒指给这个刚见过面的弟媳戴上了。第二天一早他们就匆匆走了。

后来于小朋才从于大朋给他的来信中得知他们"挣到一笔钱"的意思是准备劫一笔钱到南方去过幸福生活。那次回来于大朋已结识哈尔滨两个从前认识的黑道上的朋友，他们是张氏兄弟俩。

他们已谋划好到于大朋待过的乌拉嘎金矿一带去抢劫金子，抢劫金子后到南方去倒卖。当天到了哈尔滨后，于大朋找到了一家小旅馆将王琼安顿下来后，就去找了张氏兄弟。张氏兄弟老大开着自己的桑塔纳连夜出了省城。

事情并不像他们想象的那样顺利，他们奔波了一夜赶到乌拉嘎金矿，天已大亮。他们在于大朋住过的小山村潜伏了一天，夜里摸到矿上去，杀死了一户矿工人家，翻箱倒柜地才在一个箱底里翻出几粒沙金。回来出伊春山区的路上又遭遇了警察。本来是几个交警在公路上正常执行公务，当时他们慌了。张老大回头问于大朋："怎么办？"于大朋想也没想说一句："闯过去！"一踩油门轿车冲了过去。警察们愣了一下，随后一台警车跟了上来，他们开出十多公里也没甩掉警车。由于是山路，桑塔纳跑不过那台越野吉普。于大朋就叫把车停下来。警察见前边停车了，也把车停了下来。从车上走下来三个警察。"兔崽子，我看你还跑不跑啦。"走在前面的警察笑骂了一句。在距离五米远的时候，前边桑塔纳的车门突然打开了，于大朋举枪站了出来。啪！啪！啪！前边两个警察应声倒地，后边的一个见状不妙撒丫子往回跑，嘴里叽里哇啦拼命喊叫着什么。于大朋定定地瞧瞧枪筒，他没有想到张生这把五四式枪会这么好使。他阴笑了一下坐进了车里。

他们逃回了省城，第二天就听到了风声。抢到的金子不够到南方去，他们连夜逃往了大连，在这座旅游城市里暂时住了下来。他们做了几起活儿后，第二年开春后又打算到广东去。这时王琼对于大朋说她不想跑了，她累了，她想到辽宁兴城老家去做点儿服装生意。于大朋想想她新城也回不去了，再让她跟着自己这么奔波也于心不忍，就同意了，点给她一万块钱说先给她做本钱，不够等以后有了钱再给她寄。两人泪眼兮兮地抱头分别了。

一晃五年过去，于大朋再次回到新城时，身边已带了两个保镖，一律的黑墨镜，米色风衣大氅，皮马甲两侧是双把来福式手枪。他们是一大清早摸进于家老宅的。于小朋出来倒尿被三个迎进来的陌生人差点儿撞了个满怀。他刚要张嘴喊什么，嘴就被捂住了，进到院子里打头的那个人摘下了墨镜。"大哥?"于小朋暗暗叫了一声。

白天于大朋告诉于小朋叫他媳妇不用到市场上蹲摊了，杨春花就留在家里给他们做饭。在他们父子、兄弟唠嗑儿的时候，那两个保镖寸步不离地在院子里盯梢。于小朋就感觉他大哥现在已经很不一般了。吃饭时，杨春花问了一句："大嫂咋没跟着大哥一起回来。"于大朋说："她在辽宁兴城开了一间时装精品屋，一时走不开。"其实自从那次分别后于大朋一直没有见到过王琼，只是汇过两次钱给她。路生已经六岁了，他们父子刚一见面时，于小朋想让他改口叫爸爸，于大朋冲他使了个眼色："还是叫大伯吧。"吃过晚饭后，于大朋把于小朋夫妇叫到老爸西屋里去，啪地打开一个方形保险箱。几个人眼睛一亮，里面装的全是成沓子的钱。"这是十万块钱，一半留给我兄弟抚养路生用，另一半留给我老爸养老送终用。"于大朋把这十万块钱分成两半，于小朋犹豫了一下，杨春花从后面捅了一下他的腰眼，他接了。另一

135

半拿给老爹，老爹慌忙摆手，"这是你的逃命钱，我不能要。"于大朋也没有再同他争执，收起了钱箱。

从西屋出来，于小朋说："我到院外去看看。"就走出去了。院子里的那个保镖还躲在暗处警惕地留意街上的动静，于小朋就到大门外放哨去了。

于大朋走进东屋去看看路生，路生已经躺下睡了。于大朋就坐在床头前端详起路生的睡相来。路生长得像王琼，这就让他不由得想起王琼来。听说她现在的服装生意做得不错，于大朋曾写信叫她到南方去，她拒绝了，她说她在那里生活得很好。生活得很好是什么意思呢？……他打算这次到东北来回去时到她那里看看。八年了，他现在做梦还常能梦见张大脑袋跟他说："王琼是我的媳妇，是你把她夺走的。于大朋你欠着我的。"他现在想想觉得很好笑，王琼谁的媳妇也不是了。

"大嫂和你分手了吧。"不知什么时候杨春花刷完碗进来，站在了他身后。

他一惊，女人真是很敏感。

"你在做黑道上的生意？"她又问。

"女人不要问这些。"他冷冷地打断。

杨春花不说话了，她突然把灯拉灭了，屋里顿时一团漆黑。

"你要干什么？"他又一惊。

杨春花依旧不说话，她开始脱衣服，黑暗中她脱光了身子，白条条地站在他面前。他垂下了头，不敢去看她。

"你该明白他的好意。"杨春花一字一句地说。

"是俺兄弟叫你这样做的？"他不能相信。

"不是，是我自己自愿的，他阳痿。"

"不，我不能，他是我亲兄弟，我不能对不起他，你赶紧穿

136

好衣服。"他粗气地命令道。

"那你就对得起我吗?"杨春花身子一软跪在了床头前,嘤嘤哭泣了起来。他默默起身走了出去。

第二天天没亮于大朋就起来了,他们要赶大早走,于小朋也起来了。在院子里替他们瞭望。于大朋单独在院子里跟他说:"你也该要个自己的孩子啦。"于小朋脸红了,说:"我不行,我对不起她。"于大朋就想起杨春花昨晚说的话来,看来杨春花没有骗他。他不由得叹了一口气。"看来这是天意呀,以后就让路生做你的儿子吧。"于小朋就怔怔地瞅瞅于大朋,似乎没听懂他话的意思。

"我昨晚又梦见张大脑袋了,他还跟我要王琼,你说这是不是很有意思。"于大朋想笑笑,可是他没笑出来。

吃过早饭他们就上路了,走前他去东屋看了一眼路生,路生还在睡着。他对那个流露着淡淡忧伤的女人告别时说:"我兄弟是个老实人,希望你好好待他,还有路生,只要我不死,就还会回来的。"

杨春花当然明白他说回来的意思,她那一刻心情很复杂,既希望他还回来,又希望他永远别回来。

于大朋走后的第二年,结束了他的逃亡生涯。在一次抢劫广州一家珠宝行时被逮捕了。消息传到新城,公安局的人找上门来时,他老爹的心脏病发作,送到医院没三日就一命呜呼了。于小朋被以包庇罪、窝藏赃款罪逮捕了。广州那边很快就审案结案了,于大朋在临执行死刑前,留下一封遗书,是写给小朋的,叫他终生代养好路生,不要提他是他的生身父亲,也不要叫他与王琼见面。那时于小朋已被关押在新城看守所里了,这封信自然叫杨春花压了下来。因为那会儿杨春花已和市场上一个卖羊肉的四川老乡好上了。

于小朋在看守所期间，杨春花曾去看过于小朋两次。杨春花只字没提他大哥那封遗书的事，而是说了另外一件事，说王琼来找过路生了。

"什么？她来过，你让她见面了，她要干什么？"

"她要领走路生……"

"路生不能给她，他是我们于家的独苗。从小到大她一天也没伺候过路生……"

于小朋后来就给杨春花跪下了，说哪怕她改嫁也要先帮他带一段路生，他出去会报答她的。他那时就想到了杨春花会改嫁。杨春花见状支支吾吾算是答应了。

可是自从那次探监后杨春花再也没有去看守所看过他。直到判刑前，一个好心的管教才帮他打听到，杨春花和那个四川老乡私奔回四川了，走前以抚养费为名向王琼要了五万块钱就让那个女人把路生领走了。于小朋听到这个消息昏厥了过去。醒来他痛哭得像个孩子……

于小朋在监狱大院阳光地里叙述到这里的时候，脸上露出一半痴迷的神情。嘴里又在喃喃地说道："女人都是骗子，哪怕是为了我哥，她也不该这么做。"

"女人都是为了自己活得舒服。"那两个强奸犯又在一旁插嘴道。

于小朋的刑期是六年，再有两年就可以出狱了。我问他出狱后有什么打算。

他先是摇摇头，后来目光怔怔地瞅着前方说："去向那个女人要回路生，他是我们于家的根，也是我哥临死前交代的。"

"傻×。"那两个强奸犯走开了。

"可是她毕竟是他的亲生母亲哪，如果告到法院，路生也会判给她养的。"我也摇摇头。

"那我不管，我抚养了他六年，我一定要把路生带大。"他脸上露出一副孩子般执着的神情。我知道我再说什么也没有用了。这是他活着的希望。

下午，孙管教从家里处理完事情回来了，他神情很沮丧。他说法院把他们的孩子判给他妻子了（应该说是他的前妻）。我很同情他，他的心情此刻并不比这里的犯人心情好多少。他们每个人毕竟或多或少还有一种指望呀，哪怕是虚幻而渺茫的，就像于小朋，你能打破它吗？

傍晚，我心情郁悒地离开了灰色的新城监狱。

回家匆匆

　　我没有想到，在火车临开车前十五分钟，妻失踪了。临下楼前，我对妻说："这里打车不好打，我和雨先下楼打车你收拾完了马上下来。""哎。"妻嘴里应着，手里正往下捡中午我们吃剩下的包子。我决没有想到这几个冰凉的包子正是妻错误的开始，否则的话我会强行塞进我的肚子里去的（当然一回家我就激动得吃不下东西）。出门前我对妻说把这三个包子扔掉。妻显然没有听我的话，从农村走出来的妻珍惜每一粒粮食似乎达到了一种病态的地步。她把它们用干净的塑料袋装好送到了楼下二楼老宋太太家。雨小时候在上幼儿园之前曾让老宋太太带过。之后，妻就站在她家里同老宋太太唠了一会儿嗑，妻完全忘记是来干什么了，直到老宋太太问起雨来，她才慌慌张张问了一句："几点啦？"宋太太说："一点一刻了。"她转身不容多说什么匆匆下楼走了。

　　一点三十分去省城的火车，两张早上买好的快速子弹头列车票安安静静躺在我的裤兜里。妻的兜里干干净净一分钱也没有。这并不是因为我的吝啬，而是缘于妻的粗心和糊涂。每次出门妻总是丢钱，最多一次丢过五百元。妻就索性不带钱了。不带钱有不带钱的好处，这就是说妻必须和我紧紧走在一起（妻一上街就辨不出东南西北），哪怕是上厕所也要过来朝我要那五角钱。不知道的绝对会认为我是一个十足的吝啬鬼，为此我曾遭到过街上姑娘们的白眼。妻显然是忘记了这样的事实。妻走下楼来没有看到我们的身影，慌了。她匆匆拐进了我家楼后一个食杂店里，朝那个漂亮的少妇借了十元钱。这个少妇以前常找妻到她们医院里开药，后来因为吃了她家店里的一瓶假酱油，我们再就不到她家店里买东西，也就很少来往了。她很痛快地借给了妻十块钱，并在妻出门时问了一句："够不够？"她一定看出了妻的焦急，并在心里很同情妻，诅咒我这样的男人，这年头哪还有十元钱管人家张口借的。

从我家这里打车去车站十元钱。不过妻并没有打车，妻还不习惯打车。写到这里我也挺感到脸红，妻跟了我这样的男人活得多可怜呀。因此妻就没有看到在我家楼前临街站着打车的我和雨，妻从楼后楼区小道绕了一里多地走到公共汽车站牌去坐公共汽车。完全可以想象妻坐在公共汽车里焦急的样子，妻不断地催促乘务员和那个司机："快点儿，快点儿，快点儿好吗？"妻招来了不只是乘务员和那个司机的白眼，妻还招来了众多乘客的白眼，从我家汽车站到火车站有三站地的路程，总不能不让人家上下车吧。"嫌慢，嫌慢咋不去坐的士？"妻不吱声了，妻的心跳在飞速加快。

公共汽车总算进站了，妻不等停稳就跳了下去。那趟子弹头快速列车已开进了站里。广播里正在催促这趟车的旅客赶紧上车，列车马上开车了。妻没有犹豫，直奔闸口冲去。闸口上的检票员下意识地问了一句："票？""在……在前边！"妻随便往前一指检票员就放她过去了。妻狂奔到车厢门口，那个恭立在车门下穿红衣服的乘务员甚至还扶了妻一下，车门就在妻身后牢牢地关上了。列车轻飘飘开离了站台。

这是春运的高峰期间，窄小的过道里都挤满了人，妻瘦小的身影在人群里挤来挤去。她从中间的车厢挤到最末一节车厢，又从最末一节车厢挤到第一节车厢，说出来不会叫人相信，她哪来的这么大的力量！平时在家坐公共汽车都要晕车的，这趟时速高达一百五十公里的子弹头火车让她的眩晕症哪里去了，并且还两次越过了列车长、乘警的检票。这趟新式列车刚开通时我到省城去校对一部书稿曾数次乘坐这趟车，深知检票是非常严格的，可妻竟两次躲过了车长的检票，我想一定是妻抓狂的身影让列车长也感到吃惊了。

子弹头快速列车三时整缓缓驶进了省城车站，她的三姐夫并没有在补票室里堵着她（在上车前我给在哈的她三姐打电话通报了情况），妻又像一条狂奔的鱼一样从检票闸口游了出去。看来我们铁路部门管理是多么不完善啊（即使在春运高峰期），多么不尽如人意啊，多么叫人担心啊。接到她三姐夫说没接着她的电话，我们大家都把心提到嗓子眼里……

现在该说说我和雨了。本来这次春节回家途经哈尔滨时，是想带雨到冰雪大世界玩一玩的。从省城转车到我父母家山区去的那趟火车是晚上九点，卧铺票是事先打电话叫三弟在汤旺河驻哈办事处订好的。这样我们至少可以在哈尔滨逗留四五个小时。下楼时，雨还是兴高采烈的，帮我拎着一个手提方便袋，里面装的是路上吃的东西。我则扛着一个鼓鼓囊囊的黑旅行包，足有五六十斤。

　　站在我家楼前街上等车，我嘴里还悠闲地吹着口哨，两手插在裤兜里。我是提前二十五分钟下楼的，打车十分钟就可以到车站了，因此我并没有太着急，当然也没有出租车的影子。等到一辆夏利出租车过来时，我截住了它，并叫雨回去叫她妈妈。雨很快下楼来了，说她妈妈没在家里。我一听关上车门跑到楼单元门口，大声往上喊着妻的名字。二楼老宋太太推门探出头来说："她走啦。"我一听脑袋就大了，急忙转到楼前来，坐进车里叫司机先开到公共汽车站牌去，站牌下并不见妻的影子，叫司机打了个弯儿又到楼前找一趟，司机有点儿不太情愿，我小心赔着说好话，结果车最终把我们拉到车站时还是多收了我十元钱。那会儿我已顾不得和他计较了，因为下了车我看见车站里那列火车刚刚开去。我急得满头大汗扛着黑旅行包牵着雨的手匆匆往候车室里跑，我相信妻一定在里面焦急地等着我们，因为她没拿车票呀。可是没有，等我找遍了候车室也没有看到妻的身影，我又跑到广播室去，请广播员给广播一下。候车室里播出了妻的名字，可是妻并没有出现。

　　我沮丧地向看东西的雨跟前走去，她也有点儿疲倦了。"妈妈找到了吗？"我摇摇头。我又走到售票窗口去退这趟车的票，在拥挤嘈杂的旅客人群当中我看见一个熟悉的执勤警察的身影。十年前我曾在这个站前派出所里做事。我走过去与他打招呼："你还在这里吗？执勤室在哪里？我想请你帮我照看一下孩子和东西，我爱人不见了。"他往一间没有写着执勤室的房间随便一指，"在那边。"他显然没认出我来或装作不认识我，把我当作一般旅客看待了。可我不是一般的旅客，我的确认识他，那时他老

143

婆和他打离婚曾闹到我们派出所过。我没工夫同他计较就朝那间屋子走去，屋子里有几个年轻的警察在打扑克，我一个都不认识。我对他们说："我爱人不见了，我想把孩子和东西放在这里，我回家去找一趟。"其中一个冲我点点头，我就把东西放在一边，又叫雨坐在靠墙的长椅子上等我。八岁的女儿懂事地冲我点点头。

我又从火车站重新打车回到家里。家里空空荡荡的，妻并没有像我想象的那样回到家里来。

第一个电话铃声响起来的时候，我以为是妻打来的，我有点儿欣喜若狂奔到电话机前，对着电话机大叫："你在哪里？"

"……是我，你是王老师吗？"

"你是谁？"

"我是章玉林，谢天谢地你还没走。"

"我正要走……"

我想起来了，这个人就是几天前市里一家杂志社找我给他们办的小作家班讲课的那个人，本来该我讲的课安排在这两天，我说这两天我动身回家探亲，他们就给我安排往后讲了。

"请您帮帮忙，救救急，市里今天请讲课的那个作家老师病了，您替一天好吗？"

我说："不行。"

"讲课费好商量。"

我说："不是讲课费的事。"

"那是什么事？车票订好了可以退掉，我们负责给您订。"

我说："我老婆丢啦！"

他听了肯定吓得一咋舌，电话里出现了忙音……我撂了下去。

　　坐在电话机前，我先是给省城汤旺河驻哈办事处的 D 主任打了一个电话，告诉他我可能晚点儿过去拿票，我没有说什么原因，是不想让他知道今天我们有走不成的可能，那样他就会把票转手给别人了。早上通电话时我还告诉他我们三点钟一到哈尔滨就去他那里拿票。

　　接着我又往她三姐家里打了一个电话。妻三姐家在省城住，我想如果妻一到了省城会和她家联系的。本来中途路过省城是没打算到她三姐家去的。不想到她三姐家是不想麻烦他们接站和在她家里吃饭。这里当然有着一种固有的偏见，她三姐和三姐夫都是大学教师，我和妻去他们家里是有限的几次。最后一次吃饭的印象是在她家里，为出去到道里市场买一只烧鸡给我们吃，他俩足足争论了一个早上。那是我们新婚不久去她家里。那会儿他们家还在那所大学筒子楼里住，几家人家合用一个厨房和一个厕所。吃饭和上厕所都成问题，也就很容易让人变得斤斤计较了。

　　"你们吵架了吗？……"电话那端传来了她三姐冷冰冰的询问。他们都放寒假在家。

　　"没有，我和雨先下的楼，我想一定是走两岔去了，她没揣着票，我想如果她上了车的话，一定会在出站时被截到补票室的，她出不了站口。"我赶紧打断了她三姐的猜测，告诉她这趟车到哈站的时间。

　　"好吧，我会叫付志（她三姐夫）去站里等她。"

　　接下来我就坐在电话机前了，这个时候只有守在电话机旁了，我想起了哪部外国电影里的一句话，如果她没上去车，她也会往家里打电话的。可是电话机像死去了一般寂静。一直到三点一刻，她三姐夫才从省城哈站广场上打来电话，告诉我没有接到妻。

"票和孩子没在她手里，她不可能上车。这是一般人的正常思维。"他显然在车站外面站半天了，冻得嘶嘶哈哈，他是一位大学逻辑学讲师。

"不过她要是确信我和孩子上车了呢？你最好再仔细找找看。"我仍不死心，"正常思维是这样的，不过她要是不正常思维呢？"

"除非是你们吵架了……""我们没吵！"我打断他，我不愿意在电话里再就这个问题辩论下去，他喜欢辩论，可眼下不是辩论的时候。"好吧。"他答应我再找找看。

一个小时后，她三姐再次打来电话，并没有给我带来预想的消息。

"没有接到她……我该怎么办？如果在天黑前她再不出现就要耽误回家去的那趟列车了，票已经买好放在办事处那里了。"我对着话筒喃喃自语道。

"我劝你还是打消今天回家的念头吧，赶紧打电话叫人家把卧铺票退了，我担心我妹妹这么久了还不往家里回电话，会不会发生意外……"

"意外？你指的是什么？……"

"比如车祸……"她犹豫了一下说道。

"车祸？不可能，从我家到车站这段路我已跑过两趟了，没见路上有交通事故发生呀……"我一听脑袋又大了，仔细回想起回家路上的情景来，最后还是摇摇头。

"不过我还是劝你先告诉人家把票退了好，春节高峰期车开后再退要加收百分之五十的退票费。"她很理性地跟我说，之后挂了电话。

谢谢她考虑得这样周到，不过我脑袋确实乱了。我该怎么办？要不要告诉家里人一声？早上也跟家里通过电话，告诉了家里人明天到家。家里人一定会去接站。我几乎是下意识地操起了电话，我先给三弟家挂了电话，票是他联系 D 主任买的，还想让他跟 D 主任说说把票留到开车前十分钟行不行。我是不好意思再向 D 主任张口了。电话里"嘟——嘟——嘟"响着长音，没人接。我又往父母家里挂了电话。"喂？"我没有想到的是接电话的竟会是三弟。他说他正在帮着家里扫灰。我想起来今天是小年，我们家通常是在腊月二十四这天扫灰的，看来家里是为迎接我们回家而把扫灰的日子提前了。我一时怔怔地拿着话筒不知说什么好。

"……你听我说，你嫂子在今天我们临上车时不见了……"

"不见啦？"他打断了我的话。接着又从电话里传来了母亲在旁边小声的询问声。他捂住了话筒显然没有在听我说什么。

"……不过我想再等等。等到天黑前你嫂子再不出现请你再告诉 D 主任把票退了。"

"那不行，那太晚了，你知道搞到这两张卧铺票有多难吗，如果你们走不了最好早些告诉人家退票。"三弟责怪起我来。

"那就麻烦你告诉人家现在把票退了吧。"

"退票？"

"对。"

"什么时候再订票，明天，后天……"

"我哪里知道，你嫂子什么时候回来我也不知道！"我冲电话里发起莫名的火来，摔下了电话。

三弟冷冰冰的语调叫我心里发毛，一定是母亲向他说了什么。还是在一个月前，家里就叫三弟打来电话问我们今年春节什么时候回去，到时候好为我们订票。当时还没定下来具体日期，只说差不多得年跟前吧。确定下来动身日期后就打电话告诉了家里。不想一周前妻医院病人忽然增多了起来，护士倒不开班了，妻同我商量能不能晚两天走。我说："医院绝不会因为你走而少几个患者的。"妻就同我吵了起来，我当时考虑到票到这时候难订，订好了再改除非铁路是咱家的。正争吵中，母亲来电话了，叮嘱带孙女回来时多穿点儿衣服家这边今冬特别冷。母亲显然听到了我们的争吵声，就说他二嫂如果单位里走不开，就叫我领着雨回来就行了。我说不行我们三口已三年没回去过年了。说这话时我差点儿掉泪。后来妻终于和单位好说歹说，请下了假。

家里显然也在认为我们是在怄气，我知道我现在说什么也没有用了。放下电话后我才想起雨来，雨还在车站上，就打算出门去车站接雨回来，我对今天能走成已不抱有任何希望了。现在已经是下午四点多钟了，冬日的下午天黑得早，窗上已结上了模糊的窗花，如同我此时灰暗的心情一样。

"丁零零……"电话铃声再次响起来吓了我一跳，我以为这回是妻打的。接起来一听，是大嫂打来的，她已从家里听说了我这边的情况。

"你大哥叫你再等等，不要着急，等到开车前再告诉退票也不迟……你大哥已跟 D 主任打过招呼了。"大嫂说。

"那好吧，我等到七点钟……再打电话告诉你们退票。"

"祝你们好运！你大哥还说等着明天给你们全家接风呢，不会有什么事的……"

"谢谢。"我放下电话，竟有些感动。

大哥现在是林业局副局长，刚才我之所以没有给他打电话是怕打扰他。每次回家总是他找车去车站上接我们。三弟能当上区民政局副局长也是借了大哥的光。

我的心情慢慢平静了下来。七点钟坐火车去省城赶那趟车还来得及，七点以后恐怕就来不及了。现在我只有老老实实守在电话机旁等。

天色在窗外渐渐暗了下来。墙上的石英钟在沙沙地走着……这个时候我在心里惦记更多的是雨。她在车站上会不会等得着急，她毕竟只有八岁啊。我试图往车站执勤室打个电话，可车站执勤室是铁路专线电话，打不通。

六点一刻，电话终于响了，这个时候不会有谁打来电话了，我拿起了电话大声吼道："你到底干什么去啦？"

打来电话的不是妻，是她三姐，她依旧冷淡地说："她去了办事处，你和雨赶快坐火车来吧。"

"她去了办事处？她是一个人找到那儿的吗？"我简直不敢相信自己的耳朵。她在家去一趟百货大楼都发蒙呢，可她竟在偌大的省城里找到了 B 林业局驻哈办事处。那个地方连我找都费劲呢。

我飞奔着下楼，打了一个的士就向车站驶去。刚好六点四十分有一趟去省城的快车。我去执勤室领雨时，屋里只有一个我不认识的值班警察。他先是斜睨着眼瞅我说："你再不来的话，我们可要贴寻人告示了，这种事在车站发生的可多啊。"我不好意思地连连点头向人家称谢。随后他又向我羡慕地说：

"你女儿可真乖，她竟在长椅子上睡了一下午。"

我看雨时，她是刚睡醒的样子，中午出来时梳好的头发已散乱了。我扛起了黑色旅行包，牵着女儿的手走出执勤室门槛的一瞬间，我有种流浪汉的感觉，女儿也像个没娘的孩子，脸上流露出一副孤寂寂可怜兮兮的表情。

……

八点一刻，我和雨坐的这趟列车缓缓驶进了省城哈站。走出检票闸口，在黑暗的人群中我看见妻和她三姐、三姐夫正站在接站的人群里。雨扑了上去："妈妈。"

"票拿到手了吗?"

"拿到手啦。"妻大松了一口气，她满脸一副虚脱的苍白。

"走，我们找个地方吃点儿东西，就直接到候车室等车吧。"她三姐夫靠过来说。

距我们要上的那趟车开车时间还有近一个小时，打车十分钟就到他家了，可他并没有邀请我们去他们家。

他把我们带到候车室楼下一个自助餐厅里，说这里又干净又便宜。可事实上并没有像他说的那样便宜，每人五元钱管吃饱。点了四样菜后，服务小姐要我们付六十元钱。三姐夫与她争执起来，说他以前在这里吃过，并不是这样的。服务小姐说那是以前的事情了。我付了钱，又要了四瓶啤酒，说今天是小年，难得聚在一起吃顿饭。三姐和三姐夫就将杯子倒上了酒随同我举了起来，干了一杯。我这才感觉到肚子真是饿了，不管不顾吃起来。妻吃得很少，她显得很安静。三姐和三姐夫一直再没说话。喝完，吃完，我们又默默在红塑料椅子上坐了很长时间。车进站了，我们起身向楼上候车厅里走去。我打了一个饱嗝。

在楼梯上，三姐夫贴近我身边说：

"真奇怪，你真是好性子，我以为你一见面就会向她发火呢？"

我耸耸肩，莫名其妙地一笑：

"是吗，我对自己也很奇怪……"

我朝那边看了一眼，在临进检票口前，她三姐在向她说着什么，大概是在说等回来路过哈尔滨时再到她家去玩两天，她家里刚装修了新房子，再不是以前和人家合住的那个筒子楼了。妻疲倦地笑笑，说："好吧，到时看看再说吧。"

嗡嗡的拥挤不堪乱糟糟的候车室里，苍白的灯光下，她俩的身影都显得有些不真实。

发生在永塘村的一桩案情

乡村警察老吴牵着驴从永塘村子里走过是一个秋日的下午。村子里很宁静，坑坑洼洼的街道上除了打盹的鸡们、猪们，很少见到人了。村人们都到大地里干活去了。吴警察背剪着手走得很斯文，驴也慢条斯理走得很斯文。温情的阳光把他俩的影子映到地上，一前一后慢悠悠地走着。吴警察有四十七八岁，国字脸，浓眉，长眼睛，黝黑的皮肤皱纹里夹杂着一些灰土。吴警察除非到镇上去办事，平日在村子里很少穿警服。村子里的人都把吴警察看成一个地地道道的农民，因为他除了和他们一样吸自家地里种的旱烟外，还做得一手地道的好庄稼活儿。

村长老远就一眼把吴警察认出来了。他是先认出了驴。村长站在自家院子里张了张嘴巴怔在那里了。"这驴日的……"从村长嘴里含糊不清地吐出一句。

接着吴警察就走到近前来。驴认出了自己的家门，先他一步走进了院子里。村长拉过缰绳，抚摸着它长长的耳朵，左看看，右瞧瞧，像瞧自己的孩子。吴警察就站在门口上，等着村长看完。

"找到啦?"村长瞧完,扭过头来。

"找到啦。"

"在哪儿找到的。"

"在永乐乡牲口集市上。"

"谁干的?"

"一个外乡的牲口贩子,他偷了十多匹牲口了,好马都贩到外地去了。这匹毛驴他认为没人会注意到它了,就被当地的乡警逮着了。"

"该杀的,这回该判刑了吧。"

吴警察点点头。村长递给吴警察一支白沙烟,吴警察摇摇头掏出自己口袋里的旱烟袋,装了一锅旱烟叶蹲下吸了起来。村长走到驴棚里给驴槽倒草料去了。村长说耽误他做一夏天的水豆腐了。村长是春天到派出所报的案,村长说这十里八村都吃他的豆腐。言外之意是让他们给上心点儿。

吴警察不想分享村长的好心情,吸了一袋烟就离开了村长家。

吴警察走出村外,在村西头池塘边上的草地里看到孙贵的哥哥孙妮子在放马。几匹漂亮的枣红马散放在草地里,而孙妮子却蹲在池塘边上钓鱼。吴警察心想孙贵真放心把这么好的马交给孙妮子来放。孙贵家的马不是用来干庄稼活儿的,而是用来拉脚的。孙贵在村子里开着食杂店。"孙妮子,小心你的马,别让人偷跑了。"吴警察走过去关照他一句。

孙妮子抬头看了看他,说:"你把我的鱼都吓跑了。"

"嘻嘻。"有人朝他笑。是孙妮子邻居家的女娃赵香香。赵香香在放鹅,一群雪白的鹅曲项向天歌地在水里自由自在地游着。赵香香嘴里还嚼着泡泡糖,吧嗒出很响的声音来。

孙妮子身上穿着只有村里女人才穿的红衬衫。这让他想起他在村子里的外号"假妮子"来。四十岁的人到现在还没有成家，还和他弟弟一家住在一起。这男不男女不女的孙妮子，有人在村里倒是给他提过亲，可是都没成，有人就传说他那东西废了。

不过走开时，他还是尽职尽责地叮嘱一句："孙妮子，小心看好你的马。"孙妮子没有再扭过头来。

吴警察再次来永塘村是第二年开春的时候，为一起邻里纠纷。起因是孙贵家的院墙在春天里用砖又砌高了一截，足有两人多高了。这样高的院墙倒和他们家盖的小二楼挺般配，不过却挡住了邻居家的采光。邻居赵富家只有在下午才能见到点儿西斜的阳光，上午和晌午都被孙贵家高大的院墙壁挡死了。赵富就找到村长那里。村长说等他抽空去孙贵家说说。可是等孙贵家的院墙壁砌完了，也没见村长的动静。村长很忙，他一春天每天要做出两板豆腐来卖。这样就在一天夜里，孙贵家的院墙突然被扒开了一道豁子，是呈半月形扒开的。孙贵就一大早找到派出所里来，孙贵说他家的院墙被人扒开了一个洞。

"丢了什么东西没有？"初听时吴警察吓了一跳。

"没有。"孙贵摇摇头，"是有人故意这么干的……不过我那是从镇上窑地花两毛钱一块买的上好的红砖。"

吴警察来到了孙贵家，在墙里墙外没见到一块红砖的影子。此时射进赵富家院子里的阳光像个半圆形的月亮，挺苍白的。

"你把院墙弄得这么高做什么？"

"防贼。"孙贵说。

"这样会挡了别人家的阳光的。"吴警察站在暗影里很公平地讲。

西院邻居的门嘎吱响了一下，赵富扛着锄头走进自家院子里来。他刚刚下过地回来，挽起的裤角上还沾着露水。

"吴警察来啦。"

老吴点点头，算是打过招呼了。老吴的眼睛瞅着他走进自家低矮的草房门前去，将锄挂在了墙上。房门开了，香香迎出来，她给父亲端出一盆洗脸水，从她身后跟出来一股白汽，并飘着蒸白薯的香味。老吴吸了吸酒糟鼻，想起来赵富的女人是前年得病死的，是他给注销的户口。

孙贵的大女儿背着书包走出来，走到墙壁洞边上喊一声："赵香香。"

"你等一下，我就来。"门里应了一声。

孙贵的女儿就倚在墙壁边上等。她丝毫没有理会她的父亲在这个早晨领警察到家里来干什么。她像往常一样等着赵香香一块儿去上学。赵香香比她大两岁，蹲了两年级和她同在一个班级里，是小学六年级。

吴警察在赵富家的院子里并没有发现什么线索，甚至连一块砖头都没有找到。赵富吃过饭又上地去了，孙贵也没时间陪他，孙贵说一声他得去镇上上货就走了。

吴警察站在孙家的院子里待了一会儿。孙贵的女人进进出出在收拾家里的活计，这女人人高马大的，乳房鼓鼓的在吴警察眼前晃来晃去。收拾毕，她就站在前屋的食杂店柜台前了。

"孙妮子呢？"一早上他没有看到孙妮子的身影。

"这废物又去玩鱼了。"孙贵的女人答。

吴警察走过村子西头的池塘边，果然看见孙妮子在那里钓鱼。他依旧穿着一件花衬衫挺专注地坐在那里。水中的渔线动了两下，他将梨木鱼竿提起来，一条曲里拐弯的泥鳅被钓了上来，他摘下鱼钩，将泥鳅握在手里把玩着，泥鳅滑溜溜在手里扭动，他嘴里"嗬，嗬"发出这样含糊不清地叫喊，直到两只白鹅争相伸着脖子游过来，吴警察才听出他嘴里是发出的"鹅，鹅——"叫声，一只白鹅先扭着屁股摇摆地走上岸来，孙妮子就将泥鳅伸到它的嘴里，白鹅梗着脖子向天伸了两下，一条泥鳅转眼间就从它的嘴里扭曲着不见了。孙妮子嘴里发出"嘻嘻"的笑声来。吴警察认出那是赵香香家的白鹅。

永塘村里的小学校有两间泥房在雨季里成了危房，危房教室是六年级两个班。学校里已向乡里打了报告，乡里一位主抓安全的副乡长就把报告转到了派出所里，叫派出所派人去看一下，如果情况危急就勒令叫学校停课把学生从危房里撤出来。所长就把这件事交给吴警察去办了。"净这烂腚眼子的事。"所长说。所长这几天正为小舅子的婚事闹心。女方家开始要彩礼只要两千块，后来不知为什么又要到五千块。

吴警察去永塘村小学校是一个阴雨蒙蒙的下午。小学校离永塘村有五里远的路程。吴警察走到小学校时看到泥泞的校园里聚了不少人，有学生，也有家长。他们都围着校长在说着什么。村长也夹在里面。吴警察先到那两间学生家长指点给他的危房教室里去看了看，里面除了滴滴答答的雨水外，空空荡荡的没有一个人影。这让他稍稍放下心来。他又走出来，朝人群和雨水围着的校长走去。瘦小的校长成了落汤鸡，他不断抹着脸上的雨水，向学生家长解释着什么，大概是要家长们捐款把这两间房翻建一下，等乡里拨款看来是没有指望了。众人听了就像这天色一样脸色阴沉得难看，就有家长要领着学生退学回家。是村长这时给校长解了围，村长招招手说："大家不要吵了，有人愿意出钱帮着把这两间危房建起来。你们说这是不是一件好事情呢？"大家听了果然静了下来，一齐把目光向村长那边投去。特别是校长，刚才他还阴云密布的脸上，现在突然绽放出一道惊喜的闪亮。村长身旁站着孙贵，他一脸忸怩的微笑。校长连忙抢过去，握住了他的手，嘴里"啊啊……"地张着，头点得像鸡叨米。大家散去了，校园里平静了下来，只有雨还在磨磨叽叽地下着。

村长这一消息并没有阻止几个要退学的家长，这其中就包括赵香香的家长赵富。吴警察和村长一起往回走，在路上遇见了赵富和赵香香。他们父女和几个要退学的学生家长走在一起，大人们还在路上议论着学校和校长的一些事情，孩子们则默默低头跟在后边。雨水将赵香香的红格衬衫淋透了，她胸前凸现出两个发育成小馒头状的乳房来。

"香香还退学吗？"村长问。

"退。"走在前面的赵富回过头来回了一句。

"如果你强迫她退学可是违法的。"吴警察说了一句，他想起刚刚颁布的一个法律。

"她已经十七岁了，这个年纪该在家里做些什么了。是她自己不愿念了，是不是这样的香香？"

香香看了看吴警察，又去看了看她爹，点点头。

"真可惜，香香再有半学期就要小学毕业啦。"孙贵不无惋惜地摇摇头。他是在心里想香香退学后，谁和自己的女儿做伴一起上学去？

等他们走远了，孙贵问吴警察："我家的院墙调查出谁扒的了吗？"

"没有。"吴警察摇摇头。

"这不是秃头上的虱子明摆着吗？"

"可是得拿出证据来……"吴警察也觉得蹊跷，那么多的砖头咋会一下子不见了呢？他差不多找遍了村子里的各个角落。

关于学校危房的事，暑假过后吴警察又去了一趟学校，果然看见孙贵带着一个施工队在那里施工。六年级的学生还在放假。这让他放下心来。

回来，走过村子西头的泥塘边时，他看见有几个男同学在水中光腚洗澡。在那里他没有看见孙妮子的身影。他以前曾告诉过校长，学生除了暑假外在校外出了安全问题是要由学校来负责的。一个男生一个猛子扎进水里，半天没有出来，吴警察担心地站下了。等他露出水面来，手里好像捞着了一块什么东西，他看了一眼甩上岸来，是一块红砖。吴警察走过去……他有点儿发呆地站在那里了。

足足的日头偏向晌午了，他想起来早上临出门时所长交代给他办的一件事，后天他小舅子结婚，叫村长那天给留两板豆腐办事用。吴警察抬脚向村子里走去，快走近村长家门口时，他远远地看见赵富匆匆打村长家院子里出来。赵富脸色阴沉沉地低头走着。他显然不是到村长家来买豆腐的。

吴警察的身影移进村长家的磨房里，磨房里的光线阴暗，潮湿，墙角还有一只蜘蛛在拉着网。新磨出的豆浆清香味儿和窖藏的马铃薯味儿，一齐钻进他的鼻孔里。村长正忙着，头没抬说了一句："来啦。"

"嗯。"

那头灰毛驴被戴上了眼罩，一圈一圈拉着石磨，吱呀吱呀响着。转到他跟前时，它还打了一声响鼻。看来它还认识他。

他向村长说了后天他们所长要两板豆腐的事。村长"哦，哦"点头答应了。

临出门时，他不经意地问了一句："赵富他干什么来了？"

"嗯，嗯……"村长看了他一眼，低下头去一边刮着磨槽里的豆浆，一边说："……他说他家的丫头让老孙家的孙妮子给睡了，要私了，要我去找老孙家要一笔钱，算是打胎费……"

"打胎？"

"我叫他趁早打掉这个糊涂的念头，这样栽赃骗钱可是缺德的，你不为自己着想，也该为自己的女儿想一想，她还是个黄花姑娘，将来还咋嫁人……"村长火气很大地说。

吴警察在门口停住了脚步，觉得门外的太阳在头上晃了几晃。

"这难道是真的？"

"我看这是扯淡，孙妮子给他个女人他都不会弄，咋会做出这种事来？"村长不相信地摇摇头，又说，"我看这是在嫉妒，有了钱什么事情都会惹上身的，钱真不是个好东西，钱是个王八蛋。"

吴警察没有再去听村长的唠叨，吴警察拔出脚从村长家走了出来。

在回乡派出所的路上，吴警察脑子里想的是另外一件事情。所长的小舅子结婚自己应该随多少份子钱，是二十块还是三十块？自己早就想跟所长说说调到镇上去做片警，这村子的事情真是越来越叫他理不清了。

回到所里，吴警察先去了所长室里。他没有想到永塘村里的村民赵富竟也会在所长室里，他唯唯诺诺站在所长的对面，显然在同所长说着什么，所长有些不耐烦了，他进去时正好听见所长在说："……不行你就把孩子生出来看看。""可是……"他还想争辩什么，看见有人进来就住了口。所长挥了挥手，这个沮丧的农民就识趣地离开了。吴警察看着他从自己身边走过去，心里暗暗一惊。

"豆腐？"

"豆腐定妥了，村长答应下来。"吴警察的目光望着窗外。

"这个永塘村里的孙家和赵家是怎么回事？不是今天这个来告，就是明天那个来告。孙贵就是上回捐资给小学校建房的那个个体户吗？"

"正是他。"吴警察脸稍稍红了，他知道这是自己的失职。

吴警察回到自己屋里，从墙上取下那个落满灰尘的黑本壳报案登记本，记下了如下一行字：

永塘村发生一起奸污少女案？

赵香香的变化是令他吃惊的，这个十七岁的姑娘披头散发，双手捂着苍白瘦削的脸退缩在炕角里："不要，不要……"她父亲向她伸着手："香香过来，过来。"

吴警察阻止了赵富，他和村长同这个倒霉的男人走到外屋里去。

"唉，今后我们父女俩怎么在村子里做人呀！"他愁苦着脸叹息了一声。

村长也跟着叹息了一声，心想她还是个孩子，今后还怎么嫁人。

吴警察扭开了黑钢笔，听着赵富慢慢讲述："那天下午，我去上地，香香在炕上睡午觉，门大敞着，有人就进来了，用被子捂住了香香的头……"

"是香香跟你讲的吗？这是什么时候的事？"

"大约是两个月前，香香不来事了，她害怕了，我追问她，她吞吞吐吐跟我讲了这些，她说她也没有看清是谁……不过让我猜到了，你们为什么不去问问那个畜生。"

其实，孙贵家吴警察已经去过了，赵富说的"那天下午"孙贵去镇上拉货去了，孙贵的女人也有事回娘家了，家里只有孙妮子在看家。吴警察把孙妮子带到派出所里。可是孙妮子除了嬉笑外，什么话也不说。孙贵找到派出所里来，说捉奸捉双，捉贼捉赃，拿不出证据就得放人。他们只好在当晚又把孙妮子放了回来。

吴警察和村长走出赵香香的家，看见邻居孙贵家那堵墙还在残破着，他不明白孙贵为什么这么久了还不把墙洞堵上。

晌午他过村长家里去吃了豆腐饭。饭后他和村长又去了孙贵家里。孙贵没在家，孙贵的女人正坐在前屋柜台里合眼打盹。村长说买一包烟，这个胖娘儿们激灵一下就醒了。

"孙妮子呢?"他随口问了一句。

"这个废物又玩鱼去了。"她总是把钓鱼说成是玩鱼。

"他天天后晌去池塘边吗?"

"差不多是这个样子的……除了吃、睡，他还会干什么呢?"肥女人歪头想了想，实在想不出他会干什么来。

趁着吴警察去楼上孙妮子住的屋里，村长接过烟来的时候，顺手摸了一下她肥大的乳房。"死鬼。"肥女人嗔怪了一下道。

"那妮子可要把娃生下来了。"

"真有了?"

村长点点头，"会不会是孙贵干的?"

肥女人听了吓了一跳，脸立马白了："别瞎说，这可是要坐牢的。孙贵那天去镇上拉货了。"

"这就奇怪了……"

"这真是一件怪事。"

吴警察从梯子上走下来，肥女人就住了嘴，村长也挺规矩地站到一边去，他嘴巴上已叼上一根白沙烟。

吴警察和村长一前一后从孙贵家走出来。在路上村长贴近吴警察问了一句："查到了什么没有？"

吴警察摇摇头。

"说出来你也许不相信，有一天孙贵到外地去上货，他夜里竟钻到了弟媳妇的被窝里，可是什么事也没发生，他一动不动躺到天亮。"

"是孙贵的女人跟你说的？"

"村子里人人都知道这件事情。"村长模棱两可地说了一句。

赵香香的身子一天一天显怀了，吴警察的脸色一天比一天愁眉不展了。自从吴警察到赵富家调查过这件事后，赵香香就再也不出大门了。

吴警察把情况向所长做了汇报，所长听了半晌无语，眼睛瞅着窗外一块庄稼地，自言自语道："看来这件事要麻烦。"

吴警察说道："她还是个孩子……"

永塘村小学校危房改建完工了，学校给孙贵开了一个表彰大会，少先队员给孙贵戴了大红花。孙贵从学校走回来，脸上红彤彤的像喝了喜酒一样光亮。吴警察在村外的道上遇见了孙贵，两人不约而同地停下了脚步。

"赵香香的肚子一天比一天大了。"

"这和我有什么关系呢？"孙贵斜睨着眼睛瞅着他说。

"他家原来是想私了这件事的，想让你们孙家出一笔打胎费，可是你没干。"

"我为什么要干呢？这不关我们孙家的事。我没告她家诬陷罪是考虑到我们是多年邻居的分儿上。"

"现在科学手段越来越高明了，孩子一生出来就可以做亲子鉴定。"吴警察眼睛瞅着别处说。

"那就去做好啦。"

吴警察刚要抬脚走，孙贵又叫住了他，"吴警察，我家院墙查出来是谁扒的了吗？"

"查出来了。"

"谁？"

"他——"吴警察往泥鳅塘边一指，那里只有孙妮子在钓鱼。岸边上散放着孙家几匹漂亮的枣红马。

"他？他为什么要扒自家的院子呢……"孙贵吃惊地看着他，不太相信地微微一震。

"这我也正要问问你。"吴警察意味深长地看了他一眼说，缓缓地走开了，日头将他的身影拉得很长。

这天晚上吴警察又在村长家里吃的饭，村长给他做的是泥鳅钻豆腐。泥鳅是下午两个村民给他送来的，装在一个铁桶里，噼噼啪啪乱响。

"这东西可是好玩意儿，大补。"村长说。

"补什么？"他问了一句。

"补男人那东西……"村长嘿嘿笑了。

村长的女人将饭做好，端上桌。小盆里盛着泥鳅钻豆腐，做熟的泥鳅都钻进白嫩嫩的豆腐里去了，吃了几口他忽然觉得一阵恶心，就跑到院子里去干呕了几口。村长跟出来：

"你没事吧？"

"没事……"借着屋子里的灯光，他看到地上有几条蹦出铁桶的泥鳅在蜷曲地扭动。他又一阵觉得要吐。

"你看它像什么？"……恍惚中他没有听清村长在问他什么。

赵香香在乡卫生院产下了一个男婴，就没有再回到村子里来。有人说她疯了，被赵富送到外县精神病院去了，还有人说她被赵富送到外乡亲戚家去住一段日子。

婴儿是赵富抱回来的。赵富没有抱到村子里去，他直接抱到了派出所里来。所里正在开会，赵富把襁褓放到所长面前的桌子上，说了一句："这就是你们要的证据。"就疯疯癫癫地走了。所里的警察都愣住了。

这个比耗子大不了多少的婴儿裹在一件破棉被里，粉红色的小脸挤满了皱纹，"咩咩"地哭着，叫得人心里阵阵发毛。

"我抱回家去吧。"吴警察走过来对不知所措的所长喃喃地说。

所长瞅瞅他，又瞅瞅婴孩，对他点点头走了出去。

亲子鉴定是一个月后吴警察去省城公安厅技术处做的。婴儿满月后，吴警察获取了孙妮子和赵香香的血样，就抱着婴儿去了省城。那个女技术员显然对这个抱着孩子来做案件鉴定的乡村警察有些吃惊。在抽取血样时她说："其实抽取怀孕初期时的羊水也可以做亲子鉴定的。"吴警察听了，就嘴巴张了张，呆在那里了。

吴警察从省城回来后，孙妮子就被逮捕了。

孙妮子被判了七年徒刑，在法院宣判孙妮子奸污罪的同时，又宣布了另一项法院裁决，判决孙妮子支付婴孩十六年抚养费六万元。法院在执行这项裁决时去了孙贵的家。孙贵说家里除了一套孙妮子的行李外，别的家产都不是孙妮子的。法院的人只好讪讪地走了。

　　婴孩依旧留在吴警察家里抚养，吴警察的女人每天给她喂羊奶。一年后，吴警察又来到永塘村上，他打算跟赵富商量商量把小孩送回来，这毕竟是他的亲骨肉。可是没等进村他就打退堂鼓了。他在村西头的泥塘池边上看见了赵香香。赵香香披头散发站在那里，看见有人过来，就疯疯痴痴对着水中说："俺的孩子淹死了……"

　　吴警察站着看了好一会儿，就转身走了回来。在回来的路上，他想起了省城里那个女公安技术员的话："你们这帮乡村警察啊……"他心里有点儿发酸。吴警察就想自己是不是该退休回家务农了？

　　后来在吴警察还没有申请退休时派出所发生了这样的事，他们所长被撤换了，原因是在处理永塘村这起奸污案件时获取证据不当，被依据《行政诉讼法》起诉了。

　　吴警察依旧是永塘村这片的管片民警。

快乐的鸭子

　　下乡的第二年，我被分派到西下洼子屯去放鸭。我想，这既可能与我的年龄有关又可能与我的家庭成分有关。我出身上中农，且不久前听说省城的父亲被关进了"牛棚"。母亲在来信中告诉我，父亲在最新的一次政治运动当中站错了队，因此，那一年我的心情灰暗极了。

　　不过后来让我稍稍感到安慰的是，我倒愿意同鸡们、鸭们打交道。我想鸡们、鸭们总不至于出卖我吧。我恰恰是在接到母亲那封倒霉的来信后，被人告了密，被连长撤掉了通信员职务的。这以后每回收到家里来信，我都躲到鸡舍里去读。遇到高兴的事（当然这种时候很少），我就不禁读出声来，遇到伤心事我就默默流一会儿眼泪。圈栏里的鸡、鸭见了，怔怔地瞪着眼瞧着我，流露出一种同情的目光，像看着一个不懂事的孩子。那一年我只有十六岁呀，由于缺乏营养，身子单单薄薄的，支棱着一颗大脑袋，像个没长开的孩子。

　　西下洼子屯是个只有二十来户人家的小屯。屯子四周水草丰茂，很适合养鸡呀、鸭呀、猪呀，因此这里除了我们连的鸭舍外，还有三连的一个猪舍。负责猪舍饲养的是两个北京知青，他们两个家庭出身更不好，高个儿李北京出身是地主，矮个子黄北京出身是富农。因此干这种又脏又累的活计就是理所当然的了。他俩干得很卖力气，有时裤脚也不挽就赤脚跳进猪栏粪池里掏粪，黑兮兮的粪便溅了他俩一身一脸。我知道他们这么做的目的，就是想在老兵面前表现得好一点儿，希望有探家的机会，老兵能准许他们回去一次，他们俩已经有三年没有回家了。

"真是两头又蠢又笨的猪……"老兵在阳光下看到了，常常眯缝着眼睛这样说。老兵左脸腮下有一块锃亮的枪疤，那是他在朝鲜战场上挂的彩，老兵转业前就是大尉副营长了，可现在他只是我们西下洼子饲养班班长。他还终日穿着那件摘去肩牌的旧军官服。

"工作队快下来了吗?"老兵似在问我，又似自言自语地说。老兵的眼睛眨动着，他的眸子里闪过一道诚惶诚恐的光。接着从老兵站着的背后黄泥巴土屋里传出一个女人猫似的叫声，接下来是一串含在嗓子眼里的呼噜声。老兵转身走进屋去。老兵的老婆患中风偏瘫在炕上躺了两年了。

鸡舍里除了我之外，还有一个当地女知青，叫刘云娥，大我五岁，长得五大三粗的，矮腿，粗腰，丰臀。一条又黑又粗的辫子齐到屁股蛋。那天我走进鸡舍时，她正对着鸭栏练嗓子："爹爹挑担有千斤重，铁梅你——应该挑上八百斤——咿——咿!"我像栏里的鸭子一样，听呆了，站在那里半天没动。从鸡舍小窗口射进一缕阳光，照在她半面脸上，使她那张大饼子脸看上去半明半暗。那柱光线移到我身上时，她看见了我。"咦，哪来的小笨孩?"我生气地说我是来这里工作的。"咯、咯……"谁知她听了后像母鸡下完蛋一样咯咯笑了起来。她的笑声和她的歌声一样难听，刺激得我耳根发痒，她那条长辫子在她的背上一颤一颤像蛇一样扭动起来。

"别笑啦！"我恼羞成怒恶狠狠地喊了一句。她突然停下来，瞪大两只眼睛望着我。随后她指挥我拎起一个大号饲料桶去后院拎料，等我满头大汗拎着那个比我矮不了多少的饲料桶回来，她又指挥我往鸡槽、鸭槽里拌料、撒料，结果我拌撒了一地。她接过桶去熟练地把饲料倒到槽里。这会儿她好像换了一个人，迈着鸭步，两只手灵巧地在鸡槽、鸭槽里搅动。一千多只鸡、鸭探出头来，发出一种奇妙的好听的啄食声……我又听呆了。看她的样子简直就像个指挥千军万马的将军。……等我走出鸡舍时，背后传来她说的一句："瞅瞅你的手，简直像鸭掌一样笨呀。"

我和那两个北京知青住在一个屋里。为此我要忍受他俩身上散发出的猪屎味。他俩诚惶诚恐地每天早上晚上变着法子使用肥皂、香皂洗脸洗脚，可还是能够闻到一股猪屎味。"他俩会不会变成猪呀？"每天看到他俩和猪栏里的猪亲热地滚在一起，我会这样吃惊地想。到后来，他俩也不是那么勤快地洗脸洗脚了，常常是晚上拖着疲倦的身子走进屋来，衣服也不脱一头扎倒在炕上睡了过去，甚至还打起了呼噜，这使我很难相信他俩神秘地告诉过我的话，他俩的父亲在北京都是高干，只不过眼下还被关在"牛棚"里。这一点我倒很同情起他们来，同病相怜，我想起了我的父亲。

没过多久，我就和我的"伙伴们"熟悉起来了。我不再是笨手笨脚的样子了。我会把饲料桶里的饲料很均匀地撒在槽子里了，听到鸡们、鸭们"咕咕——呱呱——"满意的叫声，我心里得意极了。白天我会因自由的冲动驱使我也脱光了衣服，一个猛子扎下水去，等我露出头来，望着天上的白云、水塘边的树影静静地想着心事，直到远远的一个人影走过来，那是老兵。他刚刚去屯外给他老婆抓药回来，我慌慌张张穿好衣服，站到他面前："报告班……长我正放鸭。"他并不看我，只是对着满水塘自由自在的鸭子看了一眼，嘴里阴沉地说了句："工作组要下来了。"而后转身走了。天阴了，我领着鸭子们讪讪地回来了。

工作组秦参谋进屯来的时候是秋天的光景。老秦背着行李卷从屯西头路口走进屯来的时候，有两只鸭子很不识时务地从坑里摇晃着肥笨的身子跑出来，走到老秦的脚前，"咻溜"蹿出一泡稀屎。老秦踩了一脚，老秦站下来。他向一个拾粪的老乡打听饲养场怎么走，那老乡告诉了他。秦参谋手搭凉棚向屯子里望了一眼，嘴里自言自语道："庙小神灵大，池浅王八多……"随口又问了那老乡一句："你在给生产队拾粪吗？"那老乡见他是陌生人，就答："不是，是给俺家自留地拾粪。"老秦听了，脸就黑了。

下午，从屯子里传过来一阵锣鼓。正在屯西头泡子里凫水的我和鸭们听到了，脖子伸得一惊一乍的，远远地看到上午拾粪的老乡脖子上挂着破粪筐，被老秦、贫协主任、刘云娥等人押着在游街，不时地有口号声传来："狠割'资本主义尾巴'！"这以后，散落在街上的猪粪、鸡粪、鸭粪再也没有人去拾了，西下洼子屯里充满了一股猪粪、鸡粪味。有的老乡私下里说："这个吹牛皮的家伙狠割了资本主义尾巴呢！"我听了就憋不住暗笑。

工作组老秦从连里下来以后，把我们在猪舍、鸡舍干活的几个知青吸收为"依靠力量"，每天晚上都带我们到各屯子去巡逻。天气渐渐凉了，有一天晚上在猪舍猪草堆里捉住了两个偷情的男女村民，两个头都顶了一蓬猪草，这间猪舍的猪都站一边哼哼呢。第二天游街时，老秦说他们两个不但是"破鞋"，还是两个

"教唆犯"。好长时间我没弄明白老秦说的"教唆犯"是什么意思，后来我看到猪舍里的公猪追得母猪满圈跑，我才明白了。

白天，秦参谋就带着李北京、黄北京、刘云娥到一块收割过的庄稼地里去辅导摸、爬、滚、打，苦练杀敌本领，常常听到猪栏里猪们饥饿的嚎叫声。我呢，不冷不热、若即若离地参加着运动，多数时间宁愿同鸡鸭待在一起，我可不愿意我的鸡鸭饿着肚皮。

"他这是在胡闹！……"望着烟尘飞扬的庄稼地，老兵脸上露出了讥讽的神色。远远望去，那两个年轻人像两头笨猪，在地里拱来拱去，而那个姑娘则像鸭子似的摇晃着肥大的屁股，倒腾着短腿奔来跑去。老兵觉得他的军人素质受到了莫大的污辱。

猪舍里传来猪们饥饿的叫声。我发出一阵哧哧的尖笑声。

秦参谋在冬天到来的时候，结束了他的"军训"。老秦的工作转向了政治学习，老秦每天都把我们集中到鸡舍里学习一次，读报纸或是读《毛主席语录》。老秦把这叫作"抓革命、促生产"。学习的时候老兵也无一例外要参加的。这不同于"军训"，这是政治态度问题，老兵正是因为政治态度问题才被贬到这儿来当班长的。当然这种政治学习可苦了我的那些鸡们、鸭们。冬天的日子里，一千来号鸡鸭要被老老实实关在笼子里。鸡们、鸭们还是在很耐心地听老秦读报，鸡们神态很安详，像我一样闭目打盹，像在思想着什么。缺少耐性的是鸭子，后来每当老秦念完一段语录时，鸭子就"呱呱"叫开了。老秦停下来，瞪了一眼那只叫得正欢的灰鸭子，嘴里道："这熊小资产阶级鸭子!"老兵插话了："不，它是无产阶级鸭子，它不下蛋。"

刘云娥"咯咯"如同母鸡下蛋一样笑开了。

老秦瞪了刘云娥一眼，同老兵辩论开了，老兵说："这可是你搬起石头砸自己的脚。"老秦脸憋得像公鸡冠子,低下头不吱声了。

原来有一次老秦给我们讲解一段列宁的话:"小资产阶级是自发的,随时随地都会发生的。"老秦当场指着鸡笼、鸭笼给我们举例说,"小资产阶级就好比这母鸡、母鸭下蛋一样,随时随地都会发生的。"这话让老兵记在心里了。

老秦对那几只叫得欢的鸭子充满了仇恨。有一回在院子时给鸡鸭"放风",那几只特别能吃的公鸭吃完了自己槽里的食,就站在母鸡槽里去吃。老秦看见了,黑着脸走过去,抓起两只公鸭脖子,"嘎、嘎——"公鸭在他手里扭动着脖子,痛苦地扇动着翅膀,那一刻我痛苦地闭上了眼睛,心里乞求他快点儿松手。而他则恶狠狠在手里用力攥着,而后凶凶地向一边抛去,地上飘落了一地鸭毛,"我让你们这几个狗地主欺侮……贫下中农。"老秦把鸡们说成了贫下中农。那儿以后,那几只公鸭一见着老秦就远远地跑开了。

鸡们并没有因被老秦划定贫下中农而有好日子过,没过多久,发生了鸡瘟,我想可能是因为冬天鸡舍里空气不流通,再加上我们整天在鸡舍里学习,人进人出的传来了病菌。左面大排栏里的鸡眼看着一只一只死掉了。早上喂食时还好好的,到了下午就蔫了,头一点一点地垂去。刘云娥不笑了。我们真像死了一个伙伴一样难受。老兵脸铁青着,默默地吸烟。李北京和黄北京对看了一眼,眼睛里流露出恐慌的目光,神色黯然。

傍晚,我和刘云娥把死去的鸡尸拎出来,走到野地里挖了一个坑埋上了。回来的时候我心里默默地流泪了,可怜的鸡啊!什么时候才能结束这可怕的瘟疫呀?

老秦除了政治学习外,待在鸡舍里的时间越来越多了。秦参谋在和刘云娥配唱练嗓子了。连里已正式下来了一个通知，要饲养班出个节目，春节到连里团里去汇报演出。秦参谋和刘云娥排练的是《红灯记》选段，老秦唱李玉和，刘云娥唱李铁梅。老秦是公鸭嗓。老秦每唱过一个片段后，那几只公鸭子又跟着叫起来，老秦不再去管鸭们的叫声了，因为他这会儿正在手把手纠正李铁梅的动作，李铁梅的小手已握在他的手里，他正在顺势（戏中动作）把她往怀里拉……可怜的那些幸存的鸡，它们正痛苦地闭上了眼睛，它们这会儿的思想一定是：与其痛苦地活着，还不如死去的好。

我没有鸡的思想那么超脱纯洁，我的思想有时就是这么低级卑下。我从鸡舍气孔窥探到了这一幕……走过猪舍时，看见公猪趴在母猪身上。李北京和黄北京坐在那里吃吃地笑，一脸的灿然和诡秘。他俩没发现我，尽管我思索的身影在一边站了好久。

回到宿舍里，我问他俩："为什么你们俩不去演李玉和?"他俩听了怔了一下，而后惶恐地看了我一眼，装作该干什么干什么去了。他俩身上又散发出一股难闻的猪屎味，我很难过，摇摇我硕大的头。他俩的纯正京腔京调我都听过，很好听。在老秦没上来之前，他俩都偷偷摸摸唱过《红灯记》片段，当然是半夜里偷偷唱过的，恐怕只有猪舍里的猪会听到他们的歌声，我想刘云娥是不会听到的。

矮个子黄北京在春节前收到了一封家里来的信，他惊喜地拿给我和李北京看过：他父亲从"牛棚"里出来工作了。"不管怎样，今年春节我要和老兵说说看，争取请假回去一趟。"他小眼睛兴奋地眨动着。"别做梦了，这种事由不得老兵说了算，得由连里团里来定。"李北京讥讽地打消了他的这个念头。小个子在黑暗中想了一会儿，才躺下来睡觉，这一夜他翻来覆去的，我知

172

道他还没有放弃他的想法。

黄北京偷偷准备起来，并且又往家里写了一封信。等他再次收到家里的来信时，离春节只差五天了。"这回有希望了！"他看过信后在宿舍里朝我们大嚷大叫起来，我和李北京都很奇怪地凑过去，"猜猜看，原来咱们团的团长还在我父亲手下当过兵呢！"原来前些日子黄北京无意中向老兵打听了些团长的情况，并在上封信中告诉了家里，他父亲在给他写这封信的同时，也给那位团长写了封信，准许他回家探亲。这一下我和李北京都觉得他有希望了。果然当天晚上连里就给我们饲养班打来了电话，通知黄北京立即动身回家探亲。

黄北京是第二天一大早走的，我和李北京起早送他去兵团车站，看着他背着大包小裹像个臃肿的鸭子似的走上车，又从车门口伸出头来。李北京突然走上前去紧张地说："黄胖，你还会回来吗？"黄北京眨眨眼，答非所问地说："别难过，大李，我会去你家摸摸情况，你等着，我写信告诉你。"其实我俩似乎都清楚他这一去有可能再也不会回来了，看他的兴奋神情简直就像一只要飞到天上的鸭子摇身一变成了天鹅了。"还有你，鸭司令再见，祝你好运。"

春节到了，秦参谋和刘云娥去连里、团里演出了。西下洼子饲养场里只剩下了我、老兵和李北京，陪伴我们的是猪舍里剩下的几头猪，一时间饲养场里显得冷冷清清的。李北京整天待在宿舍里蒙头困觉。我呢，还到清静下来的鸡舍去遛遛，大年三十晚上我就是同鸭子们一起过的年。

春节刚过几天，刘云娥回来了，秦参谋没有回来，"秦参谋呢？"我问刘云娥。"他回去看他老婆了。"刘云娥突然口气很冷淡地说道。敢情这秦参谋也是有家的人。秦参谋没有回来，我想我和我的鸡鸭们又可以消停几天了。现在刘云娥很少动手搅拌鸡鸭食了，除了吊嗓子，她很少再到鸡舍来，她的嗓子比以前更粗了，我不知道这是不是这一段在外演出累哑了嗓子的缘故。而且我还发现她的腰身也比以前粗了。"瞅什么，小笨孩？"刘云娥对我落到她身上的目光有了足够的警惕。

我还有个发现，就是栏里的那几只公鸭越来越喜欢叫唤了，常常在你不注意的时候，伸长了脖子，一齐仰脑袋："呱、呱——"

"叫什么叫，你再叫也是个鸭子。"我不知道是在说鸭子，还是在说刘云娥。

过了几天出现了更奇怪的事情。刘云娥有一天在院子里喂鸡被一只鸡叨了手（这在以前可是从来没有过的事情），接着又被斜刺里冲出来的一只公鸭拧住了裤脚，它怎么也不松口。

"天哪，小笨孩，快过来！"

我走过去拉开了公鸭。谁知刘云娥走开后，那只鸭子又追了过去，长长的鸭嘴又向刘云娥腿下伸去，刘云娥向宿舍奔去，那鸭子在她身后紧追不舍。远远看去就像两只鸭子在一前一后摇晃着笨身子奔跑，直到宿舍门紧紧关上了。

过了两天，秦参谋从家里回来了。刘云娥在场院里见了，亲热地迎过去，刚要接过秦参谋手上的一个黄旅行兜，秦参谋冷冷地躲开了，说："革命不是请客吃饭，不是绘画绣花，不能那样！……"刘云娥怔住了，仿佛不认识似的看着秦参谋从身边走过去了。这情景被坐在鸡舍里的我看见了，我在同情地想，李玉和怎么不认识李铁梅啦？

刘云娥的肚子在春天阳光的照耀下像气吹的一样大了起来。人们都脱去了冬装，这样刘云娥的肚子就彻底暴露在人们的眼皮底下（鉴于刘云娥对鸡鸭们的恐惧，老兵已将她调换到猪舍喂猪去了）。群众的眼睛是雪亮的，李北京悄悄地报告给了老兵。老兵正在给他老婆煎药，满屋飘荡着一股苦药汤味。老兵险些将炉子上的汤药盆打翻，脸上痛苦地悔恨说："我早看出来他肚子里头有根花花肠子了。"

老兵当下报告给了连里，连里又报告给了团里。很快，团里派下来一个专案组，秦参谋被隔离审查了。审问工作是在鸡舍里进行的。审问进行了一天一夜，专案组的人不允许任何人进入鸡舍，可怜我那些鸡们、鸭们，也跟着陪审了一天一夜。

第二天秦参谋被带走了。走过屯西头水塘时，我正坐在青草坪的岸上放鸭，鸭们纷纷从水泡子里摇晃着身子跑上来，冲着过路的行人"呱、呱——"叫着。

秦参谋胸前挂着一个牌子，上面写着"骗奸女知识青年秦××"。他们已在屯西游完了一圈街。游街中，老乡纷纷围上前去看，老乡里就有去年秋天秦参谋来时游街的那个拾粪的老汉。他往秦参谋身上吐了一口唾沫，说了一句："日你妈的。"

一行人走出屯子，走没了影子。刚才还热热闹闹的小屯子平静下来。鸭们重新走下水去，在暖洋洋的春水里静静地荡游着。突然寂静的屯中传来一声炸响——"爹爹挑担有千斤重，铁梅你——应该挑上八百斤咿——咿！——"

那是刘云娥。刘云娥疯了。

时　　差

　　一来到这个小镇上，宗浩就跟方晴说找一家房间里有电视的小旅馆住。

　　这是一个旅游小镇，街面上不乏有像模像样的旅馆，但都人满为患了。这个季节还是个旅游旺季，到这里来的外地游客还很多。即使不人满为患，住在街面上的旅馆也让宗浩心存顾虑。他怕碰见熟人，这个念头只是一瞬间从他心头闪过而已。

　　在费了一些周折后找了两个小旅店，但都因为房间里没有电视，而叫他俩失望地离开了。更叫宗浩讨厌的是小旅店里散发出的脏兮兮的气味和老板不怀好意的眼神，它们像苍蝇一样叮在他俩身上飞来飞去。

　　他俩从第二家小旅店走出来时，那个色眯眯的瘦子老板还在他们背后这样说了一句："你们再也找不到比我这里更合适的旅店了，多便宜啊，单间一宿才六十块钱。"

　　他俩的确转悠得有些时候了，除了疲惫，肚子这会儿也饿得咕咕叫了。昨夜坐了一夜的火车，下半夜两点钟在那个叫北安的车站下的车，天刚亮他们就转乘一辆旅游中巴往这里赶，真想找个旅馆住下来好好睡一觉。在当街的一家小饭馆里吃饭时，老板娘在起开一瓶冰镇啤酒后告诉他们："出去顺着小镇正街往东走，在镇外有一家'温泉'疗养院，那里兴许会有住的地方。"

他俩找到了这个叫温泉的疗养院。它掩映在一片绿树丛中，四周十分安静。小镇上的嘈杂喧闹声在这里也听不到。如果不是经当地人的指点，他俩是无论如何也找不到这里来的。这本是一家省地质部门开办的疗养院，可能因为每年来这里疗养的职工不多，就将院子里其中一幢红楼对外开成了旅馆。

"你们是来旅游的?"

"是的。"

"算你们走运，刚好有一对夫妻今天上午离开了，倒出了一个单间。"那个负责登记的女服务员这样说了一句，"用你们俩谁的身份证登记?"

"用我的吧。"方晴已抢先掏出身份证来，并从坤包里掏出了押金。

宗浩只好把掏了一半的身份证缩了回去。他本来是想开两个房间的，可是她竟然连问也没问他们一句什么。宗浩惶惑不安地瞧她一眼，她的字写得像中学生，还将"晴"写成了"睛"。

她带他俩走上二楼去，高跟鞋在楼梯上发出一阵"咯、咯"清脆的响声。

"房间里有电视吗?"这样便宜的宿费（每宿两人才九十元），让宗浩突然想到房间里会不会有电视?

"当然有。"女服务员回过头来看了他一眼，这是她第一次看了他一眼，显然他的问话让她觉得奇怪。

打开房间门，不大的房间正面桌上果然摆着一台十四寸的彩电，灰色的外壳已有些陈旧了。宗浩放下行包，走过去把电源插上，又扭开按钮，一阵"沙啦沙啦"响过之后，出来了模模糊糊的图像。他赶紧调到体育频道，还不错，尽管声音有些沙哑，闪耀着雪花点，不过还能看。他松了一口气。

房间里摆放着两张单人床，天蓝色方格床单刚刚换过，还带着一股浆洗的肥皂味。

"暖壶里的水我已经给你们打好了，有什么事情就喊我一声。"那个一直站在一旁的女服务员丢下一句，拎着一铁皮圆圈钥匙"咯、咯"地走下楼去。

宗浩把门带上并反锁上了，方晴就扑过来，紧紧拥抱住了他，嘴一边亲吻着一边说："可算到地方啦，从现在开始你只属于我一个人的了。"宗浩想说什么也说不出来了，他的嘴被紧紧地堵上了……他只好反手把电视机的声音开大。

等方晴亲吻够了才放开他，对他说："亲爱的，你睡一觉吧，我去冲个澡。"方晴知道他睡眠一直很不好，加上旅途的奔波劳顿，他苍白的面容告诉她，他眼下最需要的是睡个好觉。

这等旅馆房间里是没有洗澡间的，公用洗澡间在一楼。那个服务员已经告诉过他们了。方晴收拾了一下披散着头发走出去了。

也许是因为真的太累了，也许是他真的太需要睡个安稳觉了，他睡着了，而且一直睡到傍晚五点钟。他好久没睡过这么好的觉了。

他醒来后，看见方晴端着一脸盆刚刚洗过的衣服走进来，那里面还有两件他脱换掉的衬衣和长裤。他有些不好意思，在家里从来是他自己洗衣服的。方晴往窗台前一根晾衣绳上搭晾衣服，那根白尼龙绳一定是先前住在这里的那对夫妻留下的。方晴湿漉漉的头发里散发出一股好闻的香波味儿……

178

"住在他们这里的旅店里，夜里不会有警察来查夜吧。"他问，话一出口他就有些后悔了，他看见方晴白净的脸庞绯红了起来。

"不会的吧……"方晴迟迟疑疑地说，交给他一个绿塑料硬牌，说是刚才那个女服务员送来的，疗养院出入证。凭这个可以在这里自由出入，包括去餐厅用餐。

吃过晚饭后，宗浩一个人走到院子里长廊凉亭里去，在房间里躺睡了一个下午，他想到这里来透透气。白天十分燥热，这会儿凉快了下来。大院里很安静，疗养员们这个时间都去温泉泡温泉澡了。他站在凉亭中间向远处张望，四周是黑黢黢的岩石山，听这里的疗养员讲，这些奇形怪状的黑岩石山都是几千年前火山喷发流出的岩浆形成的，地下的泉水含有多种矿物质，他喝过这种拔凉的泉水了，带有一股涩涩的腥锈味儿，常喝可以治病。

"她是你的老婆吗?"刚才在餐厅里就餐时，一个黑小伙趁方晴去窗口买啤酒凑过来问。他剃着光头，头皮和皮肤都是黑黑的，像非洲人，宗浩知道这都是整天在这里泡露天温泉澡晒的缘故。他装作没听见没有去理会他。他知道他想问什么，方晴比他小十二岁，而他比实际年龄还要老相些，如果走在街上，一定会有人把他们当成父女。

天黑下来以后，宗浩返身走回房间里去。走过一楼服务台前时，看见那个长腿服务员姑娘伏在桌子上在打盹儿。晚饭前他和方晴一起出去时，她说了一句："如果你们有什么贵重物品，可以放到楼下来保管。"他赶忙说："……我们没有，谢谢。"

房间里电视开着，方晴还没睡，还在等他。明天上午奥运会开幕，电视里大多是有关这方面的报道，亚特兰大的时差正好和这里相反。"睡吧。"宗浩关了灯，关了电视，对方晴说了一句。

黑暗中一阵窸窸窣窣的脱衣声，宗浩先自在外边的床躺下了，用被头蒙上了眼睛。可是他仍能感觉方晴还坐在对面的床上。"你怎么还不睡?"他没动地问。"我、我……"方晴的声音在微微颤抖。黑暗的屋子中潜伏着一种使他陌生的东西。"我想到你床上去，可以吗?"方晴压低了像蚊子似的声音说。"……好吧。"他迟疑了好久对那个声音说。方晴灵猫一样蹿到他这边来，她只穿了一件薄薄的睡衣，一下子脱去睡衣，就露出光滑富有弹性的胴体来，身体在发烫、发抖。他再也没有多想什么，紧紧搂住了她……久积沉默的岩浆一旦爆发出来，就会变成一座活火山的。这是白天刚到这里来时，听一个导游说的。

直到精疲力竭，方晴依偎在他怀里甜蜜地睡去了。而他则在黑暗中静静地睁着眼睛，久久未能入眠……

宗浩在给方晴打电话时，他能感觉到方晴在电话那端的激动。她声音略带沙哑，有一种喜出望外的惊喜："我们是去五大连池游玩吗……""对。""就在这一周之内吗?""对……"他有一丝的犹豫。"那真是太好啦!"他和方晴认识的两年中，方晴曾几次提出过想单独和他出去旅行一次，哪怕省内的近途旅游也行，但都被他以工作忙走不开为由拒绝了。他不想他们的关系弄得太招人眼目。即使是在 C 城，他们单独见面的机会也很少。尽管方晴自己有一套单身公寓。在单位里宗浩是一个很检点很谨慎的男人，再加上这么多年对妻子的照顾，几乎是单位同事里公认的模范丈夫了。就在一年前主任还跟他说过，他们西宾农行分理处还缺一位副主任，论资历论能力，分理处还没有第二个人可以和他竞争。主任的话曾在他平静的心里激起一丝涟漪，这么多年来由于照顾妻子的缘故已让他丧失了一个男人对职位升迁的欲望。可是他很快又平静了下来，他不想为这件事去巴结任何人，这一来不符合他做事的性格，二来他的经济条件也不允许他这么做，为了给妻子看病，他差不多花光了他们这么多年辛辛苦苦攒下的所有积蓄。

他和方晴正是在妻子住院的那家医院认识的。方晴是那里的主治医生。这个一度显得心事重重的男人开始只是让她觉得好奇，他对妻子的照顾可真是无微不至啊。大热的天他总是亲自跑来为她端屎倒尿，其实这个本来可以由病房护士来做的。送饭过来时，他也不像别的患者家属从附近的饭店订来可口的饭菜了事，而是亲自在家里厨房做好了，然后满头大汗地用保温饭桶端来。她在她们这个病房从来没有见过丈夫这么悉心照料妻子的。因为妻子的病，他们一直没有要孩子。是什么东西让他们夫妻之间保持这种"亲密"的体贴呢？

妻子禾禾那次手术出院后，作为答谢，宗浩请了包括主治医生方晴在内的几个医生护士吃了一次饭。那天晚上吃完饭从饭店出来，在送方晴回住处的路上，方晴说了一句很让这个男人吃惊的话："你真的心甘情愿这么去做吗？从来没有为自己想过吗……"

他怔怔地望着她。

"她可真是一个幸福的女人啊！"方晴羡慕地说。

方晴的话让宗浩后来回味了好久。

早上起来，他眼里夹带着一丝血丝，这是由于昨天夜里没有睡好的缘故。方晴也有些不好意思，拉开窗帘时羞涩地看了他一眼。窗外有些阴天，到吃早饭时就下起雨来，雨点噼噼啪啪打在窗玻璃上，发出一种质感很强的声音来。房后，层层叠叠的树叶在抖动，是那种阔叶的山杨树，青褐色的树干，鱼纹状的结斑像人眼睛。城里见不到这种山杨树。

上午九点钟转播奥运会开幕式，吃过早饭他就守在电视机前了。从别的房间里也传来电视机沙沙啦啦的声响。方晴又找出一些衣物拿到水房去洗，她好像总有洗不完的东西，这是不是做医生的洁癖？他的思绪一会儿在这里，一会儿又飘向别处。禾禾不喜欢任何体育赛事，她只对那些滥俗的电视剧感兴趣，她的病也让她的神经变得十分衰弱，晚上经不起一点儿熬夜了。宗浩在大学里就是个体育迷，他自己也不清楚为什么会喜欢上不爱运动的禾禾的。一个月前他跟禾禾说他想出门旅游一次。禾禾对他说"你去吧"。禾禾并没有问他到哪里去。不喜欢运动的禾禾也没有想到这期间有奥运会。上一届奥运会期间他在哪里？他好像和禾禾在乡下，在禾禾的一个妹妹家里。那年夏天禾禾的妹妹来信邀他们到乡下住些日子，说对禾禾的病有好处。他们就去了。禾禾的妹妹家在乡下有三间大瓦房。她们姊妹俩住西间，他和连襟住东间，电视放在东间里，是一台日本东芝大彩电。他的那个连襟在村子里拉脚跑运输，经常夜里不回来住。

"姐姐的病让你辛苦啦。"一去到那儿，禾禾的妹妹就这样难为情地对他说。他对禾禾的妹妹也颇有好感，她比她姐姐长得漂亮，而且很通情达理。出嫁前曾在他家里住过一段儿，他甚至还想在城里给她介绍个对象来着。

"姐姐的病一定花了不少钱吧……"她又这样关切地问了一句。

"……哦，哦，还行。"他不想就这个话题谈论下去。他知道他这个连襟是个小气得连一分钱都想掰成两半花的人。他不想给他们增添什么顾虑。

有禾禾妹妹的照顾，他那段日子常常看电视看到通宵达旦，白天再去睡觉，他很感激禾禾的妹妹这样周到的安排，后来才知道这样安排有一半是为了他。

方晴从水房里端来了洗衣盆，她一边蹲在地上搓着衣服，一边看着电视。她不知道又在哪里找来了一块搓衣板，她这个样子倒像一个乡下女人洗衣法。

"那是谁在点燃了火炬？他的手怎么不停地抖动。"方晴手臂上沾着白白的肥皂沫儿。

"拳王阿里。"

"他不是得了帕金森综合征了吗？"方晴拂了一下胳膊上的肥皂沫儿。

"是的，只有美国人才会想到让他去点燃火炬……"

现场直播到下午一点多，正式赛事要等到午夜以后。下午宗浩和方晴一起到镇上走走。细如牛毛的雨丝时断时下，小镇四周的山峦笼罩在一片绿蒙蒙的雨雾中。在小镇的西山脚下是几眼药泉水汇集的泉水湖，于清凉之中透着几分幽静。

在屋子里关了一上午，疗养员们来到这里后，纷纷脱衣跳进了湖水里去。

"下来吧。"有人冲宗浩招手，宗浩水性不错，他来到湖边脱去衣衫只穿一条短裤，一个猛子扎下去，游到湖中心的一块黑岩石上。"下来吧。"有人又冲方晴喊，方晴摇摇头，方晴不会水。她欣赏地看着宗浩，他的胸大肌很发达。

到了傍晚，雨还在氤氲地下着。吃过晚饭走回房间去，看见服务员房间门还敞着，她在看电视。从门里露出她那鹤一样交叉的长腿。

"你怎么还不睡？"他一连打了好几个哈欠了，方晴冲澡回来，看见他头支在床边，眼睛朝着电视。

"我不想错过下半夜的一场篮球。"

下半夜一点三十分，男篮小组赛中国队首场对安哥拉队。这是宗浩最喜欢看的项目。

"你睡吧，到时间我叫你。"方晴说。她刚洗过的头发里散发着一股好闻的香水味。

他迷迷糊糊睡着了，醒来果然看见方晴眼睛还在盯着电视。"到了吗?"他迷迷瞪瞪地问。"还没有，你再睡会儿吧。"方晴说。宗浩看了一下表，已经是下半夜一点了，就不想再睡了。电视里正在转播一个射击项目，有中国选手王义夫，电视画面很静。也许是下半夜的关系，国内的解说员声音有些发困。

宗浩有些过意不去地说:"你睡会儿吧。"

"我不困，这会儿倒精神了。"方晴说，挪过身子坐到他的床边上。

"他就要拿冠军了。"方晴一脸兴奋的神色指着王义夫说。

他不会拿冠军的。他有一种预感。

果然最后一枪他打失手了，只打6.5环……"哎呀，真是太可惜啦!"方晴张大嘴巴惋惜地惊叫了一声。

画面切到男篮比赛赛场上，场上比分很激烈，比分从一开始就不相上下，到下半时最后三分钟时，比分还咬得挺紧，这时前锋郑武在三分线外接球，果断在边角发炮，三分命中!"好样的，郑武!"宗浩一下子从床上跳了起来，挥舞着双手，情不自禁一下子将方晴抱了起来。凭这个进球，宗浩预感到中国队可能获胜，果然中国队最后以三分险胜。连安哥拉队那个小个子络腮胡子教练也无可奈何失望地冲自己的队员滑稽地耸耸肩。好长时间宗浩和方晴都记住了这个小个子满面胡子的教练滑稽的表情。

"看你高兴得像个孩子。"方晴盯着他说。她还从来没有看见他这么高兴过。

乡下夜里时常停电，巴塞罗那奥运会上中俄女篮决赛转播也是在下半夜。突然的断电让宗浩的大脑变得一片空白。他的连襟出车没回来。禾禾的妹妹举着蜡烛走进来，她只穿着一件粉红色睡衣，摇曳的烛光晃动出她性感的身材。她比她姐姐漂亮，从见到她第一眼宗浩就在心里这么认定。

"她睡着了吗？"

"是的。"

她把蜡烛插到一个空瓶子里，并没有马上回西屋。而是在那张铁床上坐了下来，铁床发出"吱"的一声。

"姐姐的病让你吃苦了。"她幽幽的目光看着他说。

"这没什么。"他心不在焉地说。

"你从没有想过和俺姐离婚吗？"

"没、没有。"他不明白她为什么说这个，还是很坚决地说。

"那俺要谢谢你啦。"蜡烛像是被风吹灭了，屋子重新陷入黑暗中，一阵窸窣声，在黑暗中露出一个白色的胴体来。

"你要干什么？"

他怔了怔，这是他没想到的，乡下女孩儿都保守，谷米第一次到他家，不习惯在室内上厕所，听到马桶水声响都要脸红，每次解手都要到小区的公厕去上。

突然来电了，把谷米的身体暴露在灯光下。好在宗浩已把眼睛移到了屏幕上……谷米何时从屋子里走出去的他也没有留意。

下午不转播奥运会，宗浩就带方晴到镇西边的山泉湖边游泳

185

去。方晴也喜欢上了游泳，她白皙修长的身材穿上游泳衣在一群晒得皮肤黝黑的男人中间很引人注目，只是她还不敢下到深水里去。那个"黑小伙"主动过来教她蛙泳，游到湖中心去的宗浩见了折回身游回来。宗浩告诉方晴浮水时脑子里不要有什么杂念，可方晴控制不住杂念，身子情不自禁地往下沉，她喜欢让宗浩从水里抱出来的感觉。

晚上在餐厅里就餐，大家还在议论谁为中国代表团拿了第一块金牌。有位疗养员一边呷着啤酒，一边摇摇头有些遗憾地说："我还以为射击王义夫会拿第一块金牌呢。"

黑小伙说："他太老了。"

宗浩脑子里忽然闪出王义夫打完最后一枪蹲在地上，他妻子跑过来拥抱住他的情景……他也为王义夫感到遗憾。

这晚是周末，疗养院礼堂里举行舞会。宗浩不会跳舞，但还是被方晴拉着去了。宗浩勉强地随方晴走了慢三步，就坐在边上的椅子上休息了。这时过来一位男士请方晴跳舞，方晴就和他下去跳了。方晴舞姿优美，和她在水里笨手笨脚的样子判若两人，轻盈得像一只蜻蜓。宗浩看了一会儿，就走回房间去了。

晚上电视里不转播奥运会比赛节目，宗浩闷闷地坐在椅子上无聊地调换着台。无意间一个栏目引起了他的注意，那好像是某省的法制频道，在讲一个银行职员贪污公款在逃两年被抓获的案例。宗浩怔怔地睁大了眼睛，女主持人涂着浓重口红的嘴唇在他的黑眼仁里一张一合的。

"你怎么先走了。"方晴什么时候进来的他也不知道，方晴脸上渗着一层细汗。

"我也不会跳舞，坐在那里就像个白痴……"

"你生气了吗?"

"没有。"

"你在看什么?"

"奥运会专辑。"他已经调换了频道。

方晴走过来挨着他的肩膀坐了下来,她身上散发出一股好闻的香水味儿,不过却让他感到不舒服。

"你和那个家伙跳得像飞了起来……"

方晴怔怔地看着他。

宗浩也不知道自己为什么心情一下变得这么糟糕,躺下后他是和方晴分开睡的,躺下后他也久久没睡着,黑黑的夜幕中有什么东西又溜进了他的脑子里,是刚才那个涂着浓重口红的女主持人,她的嘴在黑暗中一张一合的……主任告诉他下半年总行要来分理处稽核账目,这不过是每年例行的稽核。可是他当时还傻傻地这样问了一句:"为什么总行要来人稽核?"主任奇怪地看了他一眼。

纷乱的思绪被一双温柔的手悄悄移过来抚摸平了,她也没睡,他将她压在了身下,直到身体透支大汗淋漓地睡去……

小镇上的日子依旧。如果不是后来发生的一件事,他们还会在小镇待下去。小镇的宁静,小镇的惬意,让宗浩感到这次旅行生活比预想的要好。那天下午他和方晴像往常一样从黑岩池游泳回来,从镇上走过时,刚刚走到街中心有一个人在人群里叫住了他:"宗浩,宗浩,真的是你吗?"宗浩回过头去,看见一个人在微笑地望着他。这个喊出他名字的人虽然有一丝面熟,却想不起来他是谁。不等他想起他是谁来,他又问了一句:"你也是来旅游的吗?"他还有意无意地向宗浩身边的方晴点了一下头。宗浩"嗯嗯"了两声赶紧走了。刚好有一辆农用汽车开过,卷起的尘土把他和那人的身影都遮住了。走过去时,宗浩才发觉头上沁出了一脑门子汗。

回到住处，宗浩还在想着这个人是谁。慢慢地想起来了，这个人可能是他以前结识的一个朋友，因为好多年不来往了才让他忘记了他的名字。这一点也不奇怪，因为禾禾的病，他这些年不太参加朋友圈子里的应酬活动，自然就疏远了。由禾禾，他突然想到这个人既然是他早先的一个朋友，会不会认识禾禾？或许还参加过他们的婚礼呢。那他一定会认出下午依在他身边的女人不是禾禾，这样一想他又惊出了一身冷汗。在朋友圈子里谁都知道宗浩是不会离婚的。

想到这里时，宗浩在睡下前，跟方晴说："我们明天离开这里吧。"

"为什么？我们不是说好要待到奥运会结束吗？"

宗浩没有说为什么，宗浩在吃过晚饭后给家里打了个电话，禾禾一听到他的声音就显得十分高兴，问他现在在哪里，一切还好吧，他说还好。他问禾禾单位里有没有人往家里打过电话问他去了哪里。

禾禾说没有。

他搁下电话后才稍稍放了心。

当初他跟主任请假要到外地休假一段时间，主任并没有问他到哪里去。他们分理处每年都有一个疗养指标，以前他都让给别人去了。主任只是不经意地问了他一句："带着禾禾一起去吗？"他脸红了，回避着主任的目光，近来他越来越害怕与主任的目光接触。

宗浩从没有想到自己有一天会对经手的成捆钞票动心。尽管报纸媒体上越来越多报道金融银行系统内部犯罪的消息，可宗浩向来对这些报道是不屑一顾的。贪欲是一个银行职员的最大天敌。可宗浩没想到人除了贪欲之外，还有另外一种东西会让他欲罢不能。

禾禾的病再次发作让她奄奄一息了。医生告诉宗浩必须给她做手术。

"手术费多少钱？"

"五万。"

宗浩像所有那些拮据的病人家属一样，这时候流露出的是一种无奈。

当宗浩把钱拿来时，还听到一个小护士在背后议论："不愧是在银行工作的……"宗浩的脸迅速地红了。没有谁会把这句玩笑话当真，只有一个人有些疑虑地默默地望着他，那就是方晴。

打完电话回到房间，方晴问他："家里出了什么事吗？禾禾有什么事吗？"

宗浩摇摇头，说："我们往北走到大兴安岭林区去，这个季节到那里去也一定很好玩。"

方晴脸上的一丝疑云很快消散了，她开始往背包里收拾东西。

次日上午他们离开疗养院时，在院子里又碰见了那个黑小伙。他问他们要走吗。

宗浩点点头。

"可惜下午有一场女篮半决赛你们看不上了，祝你们好运。"

又坐汽车到了北安车站，看到新林去的火车是下午三点的，他们就先买好了车票，出来在站前一排灰旧的饭店棚子前找了一家饭店吃点儿饭。

老板娘站在门口上，嘴里吐着瓜子皮。透过窗子看见模模糊糊的屋内有一台小彩电。他们问在她这里吃饭，可以看电视吗。

"没问题。"老板娘很痛快地笑了。

进去后才发现这间前脸屋子后面还连着旅店，中间挡着一道布帘。

在宗浩看电视中间，老板娘在屋子里走来走去（已过了招客的饭时），她有一搭无一搭地问："去什么地方？""新林。"方晴答。"他是你男人？"老板娘看了宗浩一眼又看了方晴一眼。方晴模糊地点点头。"他可真是个球迷。"

这场球中国女篮到底输了，宗浩早上出来就有预感，他有点儿眼睛发呆地看直播画面消失。直到方晴提醒他一句："我们该走了。"宗浩才慌慌张张起身。"走不了再回来呀。"身后传出一直没说话的那个老板娘的声音。刚才她一直站在挡帘旁眼睛在游荡地望着他们。

穿过杂乱的小站前广场，检票口上已空空荡荡了，两人拎着包就往铁栅栏门内闯。"票，票！"检票员拦住了他们，方晴匆忙找起票来。可是没等找出票来，那列往北去的列车已经开动了，他俩不顾一切跑到月台上，尾车已经开过去。一个站上男客运员和一个警察追过来，警察拦住了方晴在问着什么，宗浩回头见了突然紧张起来，那个站上客运员朝他这边走过来："你们到哪里去？"

"C城。"宗浩指了指停在第二道上方向往南的列车。

"那怎么还不上车，马上要开了。"

宗浩听了就越过铁轨向那列车厢跑去。那边的方晴见了先是很诧异，而后明白过来什么，停止了找票。向宗浩一指，那个警察回头看了看就放过了她，她穿过铁道向车厢跑去了。警察走开了。

坐到车厢里，宗浩突然有一种宿命的感觉。他们补了到C城的火车票。车厢里人太多。方晴没有再问他什么，有些疲倦地把头倚在靠背椅子上。

宗浩习惯性地把提兜放在靠窗口的椅子上，身子靠在上面。

过了两站地后，列车长和乘警过来验票了，宗浩下意识地往窗口靠了靠……他们只是例行公事地走过去了。

这些日子来的情景像过电影一样从宗浩脑子里闪过。眼前这个女子曾像妻子一样照顾了他。如果不是碰见了那个"熟人"（宗浩到现在还想不起来他的名字），他们本来还可以在小镇上再住上些日子，一起出去游泳，一起待在房间里看电视……多么惬意的时光啊。

车厢里的人还在议论着奥运会中国代表团得了多少块金牌。坐在宗浩对面的一个男子就问他中国女篮这场比赛看没看，结果怎么样。

宗浩一下子清晰地想起了上车前离开的那家小饭店，桌子上到处落满了苍蝇，一大堆没有刷净的盘子浸泡在洗手池子里，穿着脏兮兮的白罩巾的女服务员倚在门框上剪指甲，还有那个像巫婆一样的老板娘。她们好像都知道他俩会赶不上去新林的车，他俩还会回到店里来的。还有月台上盘问方晴的警察。事情正是这样一瞬间让宗浩改变了主意。

"输啦。"宗浩一下子心情沮丧起来。

这是一趟夜间行车，到达C城是清晨5时40分。晨雾中站在安全白线上的客运服务员和旅客好像都没有睡醒。宗浩和方晴从检票口走出来，两个人像陌生人一样站在了外面。

"再见……吧。"宗浩说了一句。

方晴迅速地吻了一下宗浩的腮，然后钻进一辆不知何时停在身边的出租车里，出租车无声地开走了。

宗浩摸了摸腮部，而后他返身向候车室的一间屋子里走去，那是公安执勤室。

两个警察正在看电视，电视里正在转播奥运会的一场足球半决赛。

"出去，这不是问事处！"

"……我要自首。"

"什么？你说什么？"关上的门里传来两个警察杀猪一样的号叫。

这个男人毕恭毕敬双手垂立在门口。

屋里的两个警察刚才因为看足球没有到月台上去，差点儿漏掉这个罪犯，不，不——他是罪犯吗？这该死的狗日的足球。

三棵树车站

　　走出三棵树车站检票口，我的心情沮丧起来。由于我所乘坐的列车抵达本站晚点的缘故，我已错过了开往伊春去的那趟当日唯一的火车。就是说今夜我要在哈尔滨城郊这个中转站上过夜了。这是我始料不及的，今夜可是除夕夜啊，远离父母、亲人、朋友……一个人在旅途中过年可是我平生想都没想过的事情。

　　三棵树老式黄色候车票房寂寞地矗立在模糊的夜色里，冷清、孤寂的寒风扫荡着地上的残雪、纸屑和废车票。不大的站前广场一下子变得空旷起来，失去了以前路过这里曾见到的旅客拥挤、小贩叫卖的喧嚣景象。这种时候还有谁会到这里来？流浪汉、乞丐……孤独失望加上无声的夜色吞噬的沮丧感顷刻间拥塞了我的心头。我茫然地依靠在冰凉的铁栅栏上，想不出该到哪里去。远处，传来了零零星星的鞭炮声……

　　"先生，住店吗？"

　　这个时候我还不打算一个人待到冷冷清清的旅店里去，摇摇头。依旧竖着大衣领子倚在铁栅栏上没有动。

　　"一个人过年会很寂寞的哟。"她在向我诱惑，挤挤眼睛。一

193

股浓烈的胭脂味钻进了我的鼻孔。我掏出一支烟来，点燃了。她识趣地走开了，样子有些失望。这个夜晚她拉不到几个客人的。我忽然萌生出一丝同情，她的俗气打扮一看就知道是从乡下进城来谋生的女子，这种时候还不回乡下去过年，异乡异客，生活啊！

"先生，吃饭吗，去喝一杯怎么样？"

差不多吸了两支烟的工夫，又从死去了一样的夜幕里冒出一个男人的声音来。看来只有到酒馆里去打发消磨这难挨的除夕时光。我拧灭了烟头。这个矮小的男人殷勤地过来帮我拎提包，我警惕地阻止了他，手碰到了他一条空荡荡的袖管上，我打了个激灵，"你是个残——"

"残废。"黑暗中，他眨眨眼睛，笑笑，替我作了回答。

我叫他在前边带路，几分钟后，我们来到他的火车头小饭馆里。他冲里面喊了一声："来客啦。"

里面迎出来一个胖女人，接下我的提包，把我引到里边一张空桌上坐下来，随后又给我倒了一杯劣质茶叶水（不过茶叶倒是新换的）。我慢慢饮了起来，并留意到屋子里已坐了几位客人。通过搭讪，知道他们也是和我一样滞留在三棵树站上的旅客。

屋子中央生着一个铁煤炉子，里圈的炉盖已经烧红了，呼呼作响的炉火驱走了进屋前寒意的寂寞，叫人生出一丝温暖一种怯生生家的温馨感来。我脱去了大衣，点了两个热炒，要了一斤酸菜馅水饺，又要了两瓶哈尔滨啤酒，打算痛痛快快喝一顿。什么工作啊，什么领导啊，什么老婆啊，什么烦恼啊，先统统放在一边，今宵有酒今宵醉，何尝不是生活的一种智慧呢？

靠铁炉子边上坐着一对衣着体面讲究的老年夫妇，他们是从台湾来的，要到亚布力去滑雪。炉火映着他俩红红的健康的脸庞,白发童颜,看上去两位老人身体还很硬朗结实。刚才他们已经问过那个矮小的男店主了,明天上午最早有九点钟的火车开往亚布力,这样他们可以安心待在酒馆里度过除夕前半夜了,而不必早早回到旅馆休息。在结了窗花的窗前,坐着一男一女两个从杭州来的年轻人,他们是来哈尔滨观赏冰灯的,并说还要参加冰城在松花江冰面上举办的春节冰上集体婚礼。不用说这是一对十分幸福的恋人。他俩的南方口音我有些听不大懂,不过这并不妨碍我对他俩的推断。他俩一直低头依偎在那里呢喃细语,望着他俩时而露出的天真、羞怯、快活的笑容,我羡慕甚至嫉妒地想,这个世界这个夜晚是属于年轻人的。

和我一样倒霉的是刚刚走进来的一对中年夫妻,他们还领着一个孩子,一个八九岁可爱的小姑娘。由于来时列车晚点,耽搁了他们回省内老家的火车,只好在这个中转站上过除夕了。想想看,家中的亲人正等着他们回去团聚,而他们却不得不在这个陌生的地方留下来,这是多么糟糕的事情呢。因而,那个长着一脸连鬓胡子的中年男人一走进来,就皱着眉头火气很大地抱怨铁路部门的无能:"太不像话了,这种时候晚点有点儿太不像话了!"领他们进来的小个子店主(他穿着一件旧铁路制服),一个劲儿赔着殷勤的笑脸,说:"是不像话,大过年的,可又有什么办法呢,谁叫咱们中国人多呢。现在人也不知怎么的,非到年根底才想起来回家过年,唉。"他安顿好这一家三口人,进里间端菜去了。

大胡子男人坐下后,火气并没有消去,他开始责怪起自己的妻子来,说她不该把假请得这样晚,如果早走两天也不会弄成这样。他妻子听了委屈地小声辩解说,她们医院里手术室护士一般是不允许请假的,她是跟领导说串休单位才准几天假的,她昨天

195

夜里刚刚下夜班……说着她不由得打了一个哈欠，脸上露出一丝倦容来。她有三十二三岁，看上去比实际年龄大些，眼角已爬上了皱纹。生活的操劳已使她无暇顾及修饰自己的容颜了。看得出来这是一个善良贤惠通情达理的妻子。一个男人能摊上这么一个善良贤惠的妻子应该是他的福分（那一刻我很痛苦地想起了自己的老婆），而她的丈夫则是个好挑剔的男人，好像生活处处在和他过不去。直到菜端上来，才堵住这个爱唠叨的男人的嘴。他要了一小白瓷壶烧酒，自管自顾地喝了起来。过了一会儿，他又抱怨起妻子点的菜淡了。妻子恐慌地朝那个跑堂的男店主那边张望了一眼，他走了过来："需要重新加工一下吗？"做妻子的点点头，并说了一句："谢谢。"他们的女儿那个小姑娘一直在用一把瓷羹匙舀汤喝，这会儿停了下来，羹匙放在手里把玩着，不想羹匙从手里滑落了下去，掉到地上打碎了，男人回手给了女儿一巴掌，吼道："这么没有规矩，你当是玩具吗！"小姑娘"哇"地哭起来，引得店里的人都回头看过来，妻子一把护住了女儿，大声说："你要干什么，你到底要干什么？"男人望了望自己的妻子，他的眼睛已被烧酒烧红了。店主从里间跑出来，说："不要紧的，碎了没关系的，岁岁平安……"他弯下身去把地上的碎羹匙捡了起来，还冲桌边的女孩子笑笑。男子端起桌上的酒杯，一口喝了下去，而后低下头去不再吱声了。

　　店里的服务员一定是让店主放假回家了，每道菜烧好后都是由店主端着送过来的。他用右手端着盘子，左手一直插在裤兜里。这是一只空袖管，刚才在车站上接客时我已注意到了。他的女人这会儿正坐在柜台里看电视，靠里间的柜台上放着一台十四英寸的旧彩色电视机。天线已被胖女人调转过好几次了，可屏幕上还不断地下着雪花。墙上的老式挂钟打过八点，电视里正在播放春节联欢晚会，除了老板娘、台湾来的那对老年夫妇和刚刚哭过的小姑娘外，其他人并没有朝电视里看。

屋里客人的菜都上齐了后，这个矮子男店主拎着一瓶啤酒朝我桌前走过来，"不介意我坐下来吧。"我冲他点点头，这种时候我巴不得能有人和我坐在一起喝酒。他为自己做了两个菜：溜肥肠、烧茄子。

"一个人回去过年？"

我点点头。

"老婆孩子咋没跟着？"他漫不经心地夹了一口菜又问道。

"这种时候带着老婆孩子出来岂不是一件遭罪的事情……"我怪味地笑笑。其实我在撒谎，半个月前我就同老婆商量好了，今年春节领孩子一同回山区老家过，可临到动身老婆又说忍受不了我家老屋土炕的冰冷和出外上茅房的种种不便，不和孩子回去了。

外面稀稀落落的鞭炮声平添了几分小店的寂静、寂寞。

"老一套，还是老一套。"他在说电视晚会的节目。

台湾来的老先生和他的太太则看得津津有味，那个小姑娘被冯巩的表演逗笑了，笑出声来，遭来他父亲横扫了一眼。

"在你们那边看不到一年一度的春节联欢晚会？"店主问台湾老先生。

"是哪，看不到现场直播，每年都是过完年后看有人从香港或美国捎回去的录像带。"

"嗨，那有多麻烦哪……"店主摇摇头，转而又问道，"老人家听您的口音是东北人吧……出去了多少年啦？"

"嗯哪，我老家是辽宁本溪人，一晃出去了四十多年喽。这两年每年冬天都回东北来看看雪。"

老人脸上晃动着兴奋的光晕，他眼睛还盯在电视里。店主转过头来悄悄附在我耳边说："我看他准是张学良手下部队里的老兵。"从年龄上看我也同意他的猜测。

那对南方恋人还在那里亲热地低声细语说着什么，桌上放着半瓶红葡萄酒和几样吃剩下的小菜。

邻座的中年男人不知为什么又发起火来，说话声又大了起来。我想他是酒喝多了。他的妻子在小声劝说着什么。

"……回去，明天一早就坐来时的火车返回去。"他涨红着脸说。

"为什么？不去她奶奶家了？"妻子听了像有些不明白。

"不去了，这种时候还回去干什么？"中年男人像是在跟谁赌气。

妻子看了他一眼柔声地劝道："既然出来了，还是回去看看吧。"

"我说过不回去就不回去了。"男人粗暴地说。

不等妻子再说什么，一直眼睛盯在电视上的小姑娘摇摇头说："不嘛，我要去奶奶家，我要去奶奶家。"

"你最好给我闭嘴。"中年男人瞪着自己的女儿。

妻子拉过了女儿，对他冷冷地说道："我看你是不想回去见她爷爷。"

"是又怎么样？难道还想叫我回去听他的教训吗？"男人瞪着一双喝红的眼睛向妻子咄咄逼人地问道。

"你已经三年没回家了，该回去看看了。"妻子小心地劝道，"今年你总不能再说没时间吧……"

男人听了脸涨得更红了，怔了一下，突然像泄了气的皮球朝妻子吼道："是的，我没出息，就该由他来教训，他的另外两个儿子，一个是副区长，一个是科长，而我呢……什么都不是，在他眼里连条狗都不如。"他喝醉了，喃喃地垂下了头。

妻子叹了一口气，说："他不就是那年过年叫你下厨房做年夜饭吗，你何必还为这事这么计较他呢……也许那年过年我该跟你回去。"

"他有两个儿媳妇凭什么叫我下厨房，嗯？还不是看我没出息。"男人抬起头来瞪着醉眼问道。

女人不知该说什么好了，不住地小声叹息起来。"也许那年过年我该跟你回去。"她有些在责怪自己。

店主离开了我的桌子，走过去给那个大胡子男人倒了一杯浓茶，并不动声色地将他桌上的白酒杯换上了啤酒。

屋里寂静了下来，外面的鞭炮声好像密集了起来，礼花在夜空中不断闪亮。那对恋人抬起头来朝窗外张望着，除夕夜啊……忽然从电视里轻轻传出一阵歌声——

> 找点空闲，找点时间，
> 领着孩子，常回家看看，
> 带上笑容，带上祝愿，
> 陪同爱人，常回家看看。
> 妈妈准备了一些唠叨，
> 爸爸张罗了一桌好饭，
> ……
> 老人不图儿女为家做多大贡献呀，
> 一辈子不容易就图个团团圆圆。

我的眼眶有些湿润了。我扭过头去，那中年男人也愣愣地走了一下神，随后深深地垂下头去……

后来看到那男人摇摇晃晃站起身来离开了桌子。他啤酒也喝多了，出去方便了。

店主走过来，小心问他的妻子："他没什么事吧?"

"没、没事，他喝多了，我丈夫是一家工厂里的司机，上个月刚从工厂里下岗，心情有些不太好。"妻子有点儿难为情地这样向店主解释道，并朝我这边看过来一眼。我移开了目光。

"唉，人哪……"店主走回到我的桌旁，摇摇头，给自己倒了一杯啤酒站着喝了下去。中年男人趔趔趄趄从外面回到桌前坐了下来，店主又凑过去，在他们桌前坐下来。

"老兄，想开些，人生就像这说不准什么时候会误车一样，说不定什么时候会遇到为难的事，总得想开些……吸烟吗?"他递给男人一支烟卷，男人摇摇头说不会，可我看出他的两根手指黄黄的，也许是刚戒烟。店主自己叼上了，他仍然用右手将烟放到唇上，又腾出右手从煤炉子里夹出一块火炭，送到嘴前点上了。这时男人和女人才惊讶地发现他一直插在裤兜里的左手原来是一只空袖管。

"奇怪吗，也没有什么好奇怪的，我这只胳膊被火车轧断有十几年了。"他笑笑，似乎在谈论别人的事情，"那时我刚接父亲的班，在车站上跟火车司机当小烧，有一回是个下雪天，司机叫我下去看看车底下大轮轴上的机油是不是冻住了，等我从车底下钻出来，冲司机摆手告诉他可以开车了，不想脚下一滑，身子一下子跌倒在铁轨旁，机车头开过去，我的左胳膊小臂齐刷刷从关节处被轧断了，司机跑下来抱起我时，我已疼晕了过去……一晃二十年过去了，当时我可才刚刚十八岁呀。生活对我来说才刚刚开始，我当时灰心绝望得恨不得钻进火车底下轧死算啦。车站上照顾我，让我到货物处当了保管员，风吹不着，雨淋不着，应该说这是个清闲的工作，就是干到退休也没问题。可是大前年车站裁员下岗，领导找我谈话说让谁下也不让我下，可咱一想算啦，咱一个残废人总不能占着好人窝呀，就主动要求下岗。下岗回家后，同卖冰棍儿的老婆一商量，就开起了这家火车头餐馆。怎么样，老婆，还可以吧。"他冲那边喊了一声，那个胖女人听到了，回过头来冲他一笑。看得出来这是一个生活容易满足的女人。刚才听他谈过了，这女人当初从乡下进城来时，愿望只有一个，就是找个有城市户口的男人，哪怕他是个残废。

子夜临近了，外面的鞭炮声像开了锅似的爆响了起来，屋里却宁静了下来。每个人都有点儿喝多了，包括那位台湾老先生，醉眼眯眯地注视着电视屏幕。刚才热闹的电视屏幕上突然肃静了下来，人们在等待新年的钟声敲响，石英钟秒针在"嚓、嚓"地走着，屋里的人不由自主地都屏住了呼吸……寂静得有点儿叫人心里发慌、发跳。

这时店门被轻轻地推开了，走进来一个围着厚厚围脖的小女孩儿，她红红的棉袄上披上了一层薄薄的白雪。外面下雪了？她手里捧着几束锡纸包着的鲜花。

"买花吗？"她怯生生地问道。

屋里所有的人都转过头去，静静地望着她。

"多少钱一枝？"店主眨眨眼问。

"两元钱一枝，昨天情人节刚过，减价一半。"小女孩儿诚实地说。

"我都要了，你按原价卖吧。"靠窗前的南方小伙子站起身来，走过去掏钱付给她。小女孩儿感激地说了一句什么，转身刚要离去，被胖女人叫住了："等等。"

胖女人从里间端出一碗饺子来，小女孩儿有点儿吃惊地望着她。

"年夜饺子免费的，不收你的钱。"

"谢谢阿姨。"小女孩儿坐下吃了起来。电视里的新年钟声敲响了。一群欢腾的孩子跑上了舞台。而她并没有去看，她肚子确实饿了，一会儿一碗饺子就见底了，老板娘又给她端来一碗。

"大哥，能允许我给你的妻子和女儿每人送上一枝花吗?"小伙子在给自己的未婚妻桌上插一束红玫瑰后，走了过来。中年男人看了他一眼，点点头。

"新年快乐!"

那个女人显然没有料到小伙子的举动，不知所措挓挲着手望着小伙子。待接过花后，她羞涩地小声说了句："谢谢。"一朵红晕浮上了她的脸。

小伙子随后又向那对老年夫妇跟前走去。

"老婆你为什么还不把家里的鞭炮拿出来放呢。"店主有点儿喝多了，冲着自己的女人嬉笑着说。

胖女人进里屋去了，过了一会儿拿出来两长挂鞭炮和一些礼花来。那对恋人和刚刚吃完饺子的小女孩儿欢快地跟着跑了出去。

一长挂鞭炮声响过，中年人一家站了起来，他们要离开回旅店里去了，台湾老先生走到他们桌前来，他拍着中年人的肩膀，说道："孩子，明天还是该回家看看，天下没有哪个父母不惦记自己的儿女的。"

中年男人重重地点点头。他背过脸去，我觉察到他的眼圈有点儿发红……

他们一家三口离开后，老先生和他的太太也过来同店主告辞了。

"明天上午九点钟有车去亚布力。"临别，店主又嘱咐了两位老人一遍。

"谢谢。"两位老人互相搀扶着朝外走去，店主起身一直把他们送到店门外。

"看到了吧，这才是真正的白头到老呢。"店主走回来斜睨着眼睛瞅着我说。

我心虚地避开了头。他走到里间收拾什么去了。

那个小伙子一个人从外面走了回来，他的未婚妻还和老板娘在窗外放着烟花，那女子快活地蹦着、跳着，简直就像个孩子。

我端着一杯啤酒走过去，对独自坐在那里喝酒，眼睛默默朝外望去的他说："祝贺你们，祝你们新婚愉快！你有个漂亮快乐的新娘子。"

他稍稍一愣神，端起了酒杯，可是并没有马上喝下去，神情像换了一个人似的，有些颓丧……

"哦，哦，你说她吗，哦哦，你在说我们吗？"他简直有些语无伦次了，和先前判若两人，我不由得一愣。

"不是这样吗？难道发生了什么……难道发生了什么事情？……"我端着酒杯不知所措地站在那里有些疑惑地问。

他轻轻不易察觉地叹了一口气，良久，用仅能让我听到的声音喃喃说道："她活不了多久了，她患了血癌。"

我大吃一惊，酒杯里的酒险些洒了出来。

"这个……这个……她知道吗？"

"她自己还不知道，我很爱她。她最大的愿望就是结婚时到哈尔滨来参加冰上集体婚礼。我得满足她。"

他和着掉进酒杯里的泪珠将酒杯里的红葡萄酒喝干了。我也将啤酒杯里的酒喝尽了。他很快抹去了泪痕。我头重脚轻地走回到自己的座位，呆呆地坐下了。一时间，屋子里静极了。

南方女子从外面兴奋地跑回屋里来，她的脸蛋被寒风吹得红红的。小伙子站起身来将手捂在她的脸上，抱住了她的头，俯下身去，轻轻亲吻起她的额头和腮部来……

我想我该回旅店里去了。我没有再打扰这对年轻人，悄悄走出了店门。

外面的夜空中飘散着一股浓烈的火药味儿，各家店门前挂出的红灯笼将子夜映成了红晕晕一片。

找点空闲，找点时间，
领着孩子，常回家看看，
带上笑容，带上祝愿，
陪同爱人，常回家看看。
妈妈准备了一些唠叨，
爸爸张罗了一桌好饭，
……
老人不图儿女为家做多大贡献呀，
一辈子总操心就奔个平平安安。

从我离开的火车头餐馆里传出来一阵歌声，是那个残疾的男店主在哼唱。我的眼眶不知不觉又湿润了，除夕夜啊……

煤黑子张

煤黑子张在一个私人小煤窑上班，是一名下窑工。

煤黑子张黑瘦，细条的身个儿，和别的煤黑子不一样的是，煤黑子张每次下井去都戴着一副口罩，从井里出来也戴着一副口罩，只不过进去时那口罩是白的，出来时那口罩就成黑的了。无冬历夏的，天天如此。

有人说煤黑子张矫情，他们这些煤黑子本来干的就是两块石头夹一块肉见不着天日的脏活儿，哪还有那么多仔细讲究？这里的乡下把这样像女人一样讲究的男人叫花秧子货，意思是中看不中用。不过煤黑子张并不像人讲的那样，在井下干活却是肯吃力气的，甚至比那些养家糊口的老煤黑子还认干，从不和人在井下和井上扯闲篇。不知是不是他有意无意地疏远，他们觉得煤黑子张和他们不是一路人。

日子久了，煤窑上也有人挺理解煤黑子张这么做的。那是煤窑上许多年龄大的煤黑子都得了矽肺病，前面说过，这是一家个体小煤窑，煤窑下面工作面环境很差，有两名四十岁上下的矿工就这么脚前脚后走了。工友结伴去医院看他俩时，县医院那个戴白口罩穿白大褂的胸内科大夫对他们说，他俩的肺已硬成一块石头了。大夫拿 X 光片给他们看，他们看不懂。不过他俩临咽气时的样子却看懂了，一个像抽风机一样干抽着把脸抽成了青紫色，一口痰怎么也咳不出来，活活地憋住了气。一个身体蜷曲成了婴儿状，只有进气没有出气了，两手在干巴的胸前死死地攥成了两个拳头，掰都掰不开了。

两个工友死后，大家面面相觑。煤窑矿主就出钱叫大家在镇医院免费体检了一遍，他是怕有人再死在他的矿上，他要出一笔丧葬费。查出有严重矽肺病的矿工，他就辞退了。检查的结果，所有的矿工里面煤黑子张的肺是最好的，用医生的话讲，就像二十来岁的棒小伙子一样活蹦乱跳的。

回到窑上，就有人也效仿起煤黑子张来，下井时也戴上了一副口罩。什么东西怕就怕在坚持上，这口罩春秋冬季节里还好说，可是一到炎热难耐的夏天，煤黑子下井时就在井下把自己脱得一丝不挂，这还嫌热得透不过气来，何况鼻子上再去捂着一块口罩？就有人把口罩扔了，说还是怎么痛快怎么活吧，今天不去想明天的事。结果窑上还不断有被查出矽肺病的，也就不断有被煤窑老板辞退的。

渐渐地，煤黑子张就成了矿上的老人儿。一些留在矿上的和离开矿上的人，甚至很嫉妒煤黑子张地想，他这么多年是怎么坚持的？他脸上好像从来没离开过口罩。有个别老人回忆说，他好像当初到矿上来上班的第一天脸上就戴着口罩。这样一来就让人猜测起他的身世来，这么多年来他从来独来独往，住在离矿上不远的一间独屋子里，从不与谁结伴上班下班，更别说在一起吃饭、洗澡了。当然矿上也没有洗澡的地方，每个人都是带着一张黑脸黑身子回去洗。可吃饭是每人从家里带出来的饭盒，在井下坑道伙在一吃的。只有煤黑子张远远地躲到坑道拐角一个黑暗处去吃。别的矿工见了，就说他小气。煤黑子张听到了，也像没有听到的样子，到吃饭时依旧蹲在那黑旯旮里吃。可是不久发生的一件事，又改变了大家这样的看法。

那是新来的矿工张童下井时没经验，腰上的安全带没系牢就叫人往下放。结果张童一头扎进井底摔死了，一张娃娃脸磕在一块黑煤石上，磕得血赤糊拉的。闻丧讯张童的家人也赶到了矿上，往火葬场送，张童的娘抱着张童的头一路哭得死去活来。由于这次事故是张童自己造成的，老板只管开了两个月的工钱，丧葬费不管。

去了就要火化，煤黑子张看张童的娘哭晕了，就找到火葬场的整容工要给张童美容，和家人告个别。见整容工犹豫，煤黑子张就从自己兜里掏出几张大票钱来塞给了整容工。整容工做得很仔细，足足做了一个时辰，等张童的家人搀着张童的娘走进告别厅里时，一张活脱脱的娃娃脸就出现在大家面前，都惊呆了……过后，张童的娘和家人要千恩万谢感激煤黑子张，可是煤黑子张却悄悄从人群后面离开了。

这件事情再次引起了窑上人们对煤黑子张的关注，可是人们这才惊讶地发现，煤黑子张长得什么样，这么多年还真没有谁认真端详过。煤黑子张今年都快四十了，还是光棍一条，也曾有人张罗给他介绍过女人，但都被他拒绝了。煤黑子张的身世，再次引起了人们的兴趣。有好事者甚至想到了煤黑子张是不是先前犯了什么事，流落到小煤窑上来卖苦力的？在他们花山煤窑相邻的一个小煤矿，县公安局就追查到一个藏匿二十多年的杀人犯。这样一想就叫人不寒而栗了。就有人把这话传到窑主那里去，窑主说，煤黑子张先前是一名乡村民办老师。至于煤黑子张为什么白粉末儿不吃了，跑到这儿来吃黑粉末儿，窑主却没说，或者说他也不清楚。不过想想煤黑子张先前是一个手无缚鸡之力的一介书生，也不会去杀人的。好事的人放下心来就从别处去想煤黑子张。

有人说煤黑子张是因为年轻时失恋了，才跑到这个偏僻的小煤窑上来的。有人看见过煤黑子张没事时曾偷偷从怀里的钱夹掏出一张照片在瞧，那姑娘长得俊俏，挺直小巧的鼻子，一笑起来还俩酒窝。看到的人是黄五，黄五向大家说了，大家就叹惜，惋惜，痛惜，之后就释然了。

不能释然的是黄五，黄五不相信煤黑子张会有这么俊的未婚妻，哪怕是把他甩了的女朋友。因为黄五的老婆很丑，他就嫉妒世界上所有比他老婆漂亮的女人，特别是煤黑子张的女人。黄五在那天偷看到煤黑子张那张发黄的照片后，向人吐了一口黑痰，又这样说了一句："纯粹是癞蛤蟆想吃天鹅肉！"口气不屑地露出两颗溃黄的板牙，好像煤黑子张只有娶很丑的女人做老婆才是天经地义的事。

这话被窑工胡六听到了，胡六听了却不以为然，说："那可说不准，人家年轻时也是一表人才哩，你以为像你天生打洞的煤耗子命。"胡六说这话是有依据的，胡六那天到矿主那儿看过一张煤黑子张来矿上时的身份登记表，那表上有一张煤黑子张的一寸照片，那照片上的小伙子五官周正，面孔白净，特别是那挺直修长的鼻子。胡六当时怎么也想不明白了，这样水光白净的一个人儿，怎么也来跟他们这些歪瓜裂枣一样干这掏耗子洞的活儿？

胡六的话叫黄五听着很不舒服，像吞了一个苍蝇。这两人平时在矿上就好拔犟眼子，这会儿就对上了。

黄五说:"胡六咱俩打个赌怎么样?"

胡六说:"打什么赌?"

黄五说:"你敢去把煤黑子张的口罩摘掉吗?"

胡六翻他一眼:"我凭什么去摘人家的口罩。"胡六有些心虚,矿上还从没见有人碰一碰他的口罩。

黄五又说:"你要是摘了他的口罩,我就叫我老婆做一碗红烧肉给你吃。"

胡六的眼睛就像充了电的矿石灯一样亮了,黄五的老婆虽然很丑,可红烧肉却做得十分地道。连矿窑主都不容易吃到哩。矿窑主曾这样许下愿,如果黄五能叫他老婆给他做一碗红烧肉,他给黄五开三天工钱。就是这样黄五也不接矿主的茬儿。胡六咽着涎出来的口水,又翻了一下眼皮道:"说话算数?"

黄五点点头。

这日下井干完活儿出来,胡六像只猴子一样扒开众人一步蹿到了井口上,他猫腰弓背站在那里,殷勤地给每一个上来的矿工接一下矿灯。挨到煤黑子张上来时,胡六又把手伸出来,煤黑子张犹豫了一下,刚要把矿灯递给他,哪知胡六手一缩向上一扯,煤黑子张脸上的口罩就被他扯掉在他的手里。

所有的人都愣住了,仿佛矿道井口上瓦斯要爆炸的瞬间。

"妈呀——"随着一声惊叫,人群里像见到了鬼似的,炸开了。

煤黑子张像没明白发生什么事似的怔怔地看着胡六,怔怔地看着胡六手里那只口罩,傻啦!接着从那张嘴里,那还是嘴吗?总之从那个红红的肉洞里发出一声怪叫来:"呜嗷——"两只黑手捂住脸蹲下身子去,又狼似的哀号了一声,呜呜哭起来,那是

209

一个男人撕心裂肺绝望的哭声……胡六像被电击着了似的站在那里，一动没敢动。

窑主闻讯赶到井口来，他驱散了围上来的众人。任凭煤黑子张在井口上捂着脸呜呜地哭着，那哭声听起来是那么凄惨、绝望……久久回荡在整个黑漆漆的煤窑上空。

窑主走时重重地叹息了一声，对黄五、胡六等人说了一句："你们把一个人的脸面扯没了啊……"

第二天煤黑子张没来上班，第三天也没有来……煤黑子张从此失踪了，谁也不知道他去了哪里。

后来人们从窑主那里听说了两件事，一件是煤黑子张在离窑上一百多里外的一个山村里教书时，有一次放学送道远的学生回家返回的路上，路过一片苞米地，从地里蹿出一头熊来，那熊抱着苞米秸秆扑向了煤黑子张，舌头一舔他只觉得脸部钻心地麻痛失去了知觉，晕倒滚到了路沟里，被一个过路的乡村医生救下了。等他在乡村医生家里醒来后，发现鼻子没了要自杀，又被乡村医生阻止住了。走时，乡村医生送他一贴疗伤的药膏后，又送他一副口罩。煤黑子张再没回到村子里的学校去，他离开了家乡，也离开了他相恋两年已定婚期的姑娘。

另一件事是，那个未婚姑娘曾在十七年前到窑上来找过他，他下井去了。窑主按照他交代过的话，对那个姑娘说这里没有这么个人。看着那个姑娘伤心绝望地离开了，心硬的窑主心里也一阵发痛。因为煤黑子张告诉过他，如果不是那次意外出事，他俩当年就在八月十五成亲了。煤黑子张后来对窑主说，她见不着自己比见着自己要好。

窑主后来想想觉得煤黑子张说得也对。至少不会那么残忍。

动了恻隐之心的窑主后来也曾给煤黑子张介绍过离过婚或身上有残疾的女人，可是煤黑子张连看也没看就回绝了。窑主就明白了，煤黑子张并不是留恋先前那个姑娘，他是不想除窑主之外再让第二个人知道他的容颜。窑主就想，活着，有尊严地活着，可能比女人更重要。

一九四〇年的乡村潜伏

过晌午的日头晒得人头发晕，连倭瓜地里的蝈蝈都懒得叫唤了，只有李家屯边的老柳树上的知了，在不嫌人烦地鼓噪："知了——知了——"

凤兰一听到知了声，脚步就慢了下来，好看的柳叶眉紧蹙了一下，她心底又浮出李王氏那张寡妇脸，"是只母鸡也会抱蛋，俺活了大半辈子，还没有见过不会下蛋的母鸡呢。"李王氏还有意把她的长杆烟袋往炕沿上磕了磕，烟灰"噗、噗"地乱溅。

也怨不得婆婆这么说，她二十三岁就死了男人，一直拉扯李家这个独苗。凤兰是十七岁嫁到李家的，丈夫李学明比她小三岁。过门的头三年婆婆还不着急，每晚睡觉前还叮嘱她："你男人尿炕，夜里别叫他着凉了。"十四岁的男人还尿炕，叫凤兰脸上也挂不住。不过一早起来，她还是早早把褥子拿到当院里晾晒，那被子上像谁画上去的地图。她知道婆婆心疼丈夫，每次夜里有了房事，早起她都把家里那只芦花鸡下的蛋，给丈夫做个水煮荷包蛋端给他吃，她也给婆婆做上一个。"啪！"婆婆把碗里的荷包蛋一筷子挑出来，挑到丈夫碗里，剜她一眼说："女人家过

212

日子，别这样大手大脚的。"她知道一个鸡蛋在货郎那里可以换回家里半个月吃的咸盐粒子。以后她就只给丈夫打荷包蛋了。

后三年见她肚子还没有动静，婆婆的脸上就挂不住了，经常指桑骂槐地数叨。她耳根里都听出茧子了。在婆婆眼里她可能还不如那只会填乎人的芦花鸡。芦花鸡一下完蛋"咯咯"地叫，李王氏就颤着双小脚下地去仓房里抓一把陈年的小米给它吃。

她呢，更喜欢到地里去干活儿，这样可避开婆婆的脸色。再则，李学明学成了木匠后，地里的活很少做了。春种、夏锄、秋收，凤兰的腿像长在了田里。她把房前菜园子里侍弄的小白菜、芹菜、豆角、黄瓜当成了闺女，把大地里种的苞米、高粱、大豆当成了儿子。她变得手大、脚大了。屯子里的大闺女、小媳妇还在裹脚，而她下地做活儿早就不裹脚了，那手呢，没有一天不沾泥的，被风吹日晒的脸黑黢黢的。这又招来婆婆一阵数落："这哪里像个媳妇家。"凤兰只能把委屈吞进肚去，谁叫自己的肚子不争气呢？她要像表姐王香芝多好啊，第三个孩子都满街跑了。

大晌午的天，干热得很，冒出的汗珠子"噼啪噼啪"往下掉，也是刚才走得急了，这会儿想着心事，她脚步慢了下来，贴在庄稼地边上的影子蔫蔫地往屯子里移。回去该怎么跟自己的男人说扒狗窝的事呢？这两年丈夫把这条大黄狗当成了儿子一样亲。

凤兰是昨儿个回娘家的，由于这么多年没孩子，娘家人也没有好脸色给她看。只有七舅母可怜她，今儿个七舅母带她去县城赶集，七舅母说集上有一个算命的瞎子外号叫赛活仙，算命挺准的，叫她跟去算一卦。她就听了七舅母的话去了，走到卦摊前抽了一个卦签。赛活仙摸着卦签说："是求子的？"她听了手上一哆嗦。赛活仙又说："你家里有一个带毛的。"她又点点头。"是两年前亲戚送到你家来的。"她傻傻地张着嘴。"你家的狗窝犯了说道……"她惊悚悚地听着，怪不得哩。她给赛活仙付了两枚铜板，神情恍惚地跟着七舅母离开热热闹闹的集市，顾不得再跟七舅母回娘家屯了，她就直接急着往李家屯里赶了。

脚步走进家门，看见婆婆正坐在当院的石凳上吸烟，旁边蹲着王香芝在跟李王氏说着什么话。看见她进院，王香芝抬起头来笑着招呼了一声："哟，俺兄弟媳妇回来了。"她嘴里"嗯哪"了一声，看见婆婆把头扭了过去。蹲在院门口热得伸着长舌头的黄狗无声地凑到她脚边来，她下意识地用脚踢了大黄狗一下，大黄狗好生奇怪地瞅瞅她，识趣地停下跟进院的脚步。

"你拿大黄发什么邪气，仓子里的黄烟叶该拿到谷场上去晾晒了。"李王氏背后像长了眼睛，她冲石凳磕打了一下长烟袋锅，起身挪着小脚回屋去了。

"凤兰，俺去帮你。"

凤兰没有理她，她进屋舀了一瓢刚打出井的井水，咕嘟咕嘟地灌下，就觉得走了这一路的干渴躁热消了去，从心底凉快到背腔了。

按说，这王香芝是李王氏的一个远房侄女，凤兰得管她叫堂姑表姐。王香芝只比凤兰大一岁，长着一张瓜子脸，一对杏仁眼，高胸脯宽盆骨，婆婆常说屁股大的女人能生养，这王香芝就一水水生了三个儿子，叫凤兰很是嫉妒，这也是平常她来家里凤兰不愿搭理她的一个原因。还有就是家里这条狗正是她这个堂姐送的。乡下人常说来猫去狗，日子越过越有。听了赛活仙的话，她就想干吗给他家送这条狗呢。

下午去村上谷场晒烟叶时，她没有同王香芝说一句话。

晚上吃过晚饭，到点油灯焐被窝时，自己的男人李学明才回来，他身上带着一股很浓重的汗液和木屑的混合味儿。这是一个矮墩墩的男人。他白天去给邻村的一户要办喜事的人家打炕琴，晚上就在那户人家里吃了饭，嘴里还含着微微的酒气，男人脱掉衣服倒头要睡下时，凤兰开口了：

"俺今儿个前晌去县城集上了。"

"去集上干啥？"

"七舅母叫我算了一卦……"

"算啥？"男人眼皮发沉有一搭无一搭地问。

"算咱们啥时能怀上孩子。"凤兰小声小气地说。

"算卦的咋说？"

"他说咱家的狗窝犯了说道。"

"狗窝？"男人一听到狗窝冷不丁睁开了眼睛，精神了一下。

"你没听人家说过吗，'左青龙，右白虎，前朱雀，后玄武'，算卦的人说咱家的狗窝在房西南墙根儿，是白虎把道，朱雀拦路。要不，咱家先前能出那些怪事吗？母鸡跑到狗窝去下蛋说没就没了，大黄不知从哪儿叼回一只带血的鞋子，还有老来咱家闹动静的黄鼠狼子，咱把它扒了，在院子里别的地方再搭一个，破破就好了，要不俺这心里老犯嘀咕。"

"不行，你这妇道人家，净信这些没影的事，哪来的这些说道？"李学明生气地说。

无论凤兰怎么好言相劝，李学明就是不松口。凤兰急了，一扭脸，一横心自作主张地说："你要是这两天没空，明个俺扒，再在东边搭一个小一点儿的。要那么大干啥？这回为了咱能有孩子，俺不听你的，非扒不可。"

李学明听凤兰说非扒狗窝不可，真生气了，一急说："你明儿个要是敢扒狗窝，我就敢砸锅，咱们就别过了！"

凤兰头一回看李学明发这么大的火，就拉被子盖上头嘤嘤地委屈哭了起来。以前每回她在婆婆那里受了委屈，总能在丈夫这里找到安慰，没想到今儿个为扒狗窝的事，说出这样的狠话来，是不是因为没给李家生孩子丈夫也早从心里嫌弃她了？这样一想泪珠子更是一串串往下掉。

凤兰这一哭，李学明心就软了，两只粗糙的大手磨搓了半天，扳过凤兰的肩头小声嗳嚅地说："凤兰……你别哭啦，你要是觉得犯了说道，明天货郎来，你去扯上一尺红布来家，压在狗窝上就能避邪了。"

"真的……管用？"凤兰半信半疑停住了哭泣，伸出头来。

"管用，红布煞邪，我听前屯子的白喇叭匠说的。"

凤兰脸慢慢展出一丝宽慰来，任身子让男人扳搂了过去，"噗"地一口吹灭了灯，她知道男人又要在她身上推刨子了，这一阵子男人在外跑活计，好长时间没有行房事了，就蒙上了被头。

临睡，李学明忽然想起什么来，又问了她一句："你今儿个头晌去了县城，没听到什么事吗？"

"什么事？"凤兰一愣。

"算了，睡吧。"

第二天早上，她做好早饭，喂过鸡，喂过狗，货郎就来了。听到拨浪鼓响，她走出院子去，货郎就站在屯前胡同口那棵老柳

216

树下了。他戴着一顶瓜皮帽，敞着白衣襟绸衫，一只手里摇着一把蒲扇，一只手里摇着拨浪鼓。有几个村妇、孩子已围上了他的货摊，看见她走过来，货郎像脑后长了眼睛，问道："李木匠媳妇，你要点啥？"

"给俺扯一尺红布。"

"好嘞。"

李家屯离县城有二十多里地，货郎这么早来还是第一次。货郎把扯好的布递给她时，嘴里好像不经意地说了一句："昨儿个县城出事了，你们听没听说……"货郎下乡来卖货，常好说点儿新鲜事。"出了啥事？"有人问。"县警署的警察抓走了两个撒传单的学生。""啧啧，这满洲国闹的，没有一天让人太平的日子。""莫谈国事，莫谈国事。"货郎瞅了她一眼，阻止了那几个妇女议论下去，她抬腿离开了人群。

一走进院子，婆婆的眼睛剜了她一下，"你扯这红布干啥？"不等她答话，低头在长凳子上磨刨刃的男人说了："是我叫她去扯的。"婆婆就不吱声了，不过吃饭时还一直阴着脸。李学明挑了一筷子高粱米饭，问她："货郎没说点儿啥新鲜事？""说啦，说县城昨儿个两个撒什么传单的学生娃被警察抓走了。"李学明眼就往村口上望一眼，那货郎还没走。"是昨儿个的事吗？""嗯，是昨儿个……"凤兰心里就咯噔一下，她昨儿个在县上啦。

吃完饭，李学明说了一句他今儿个还要到邻村去干活儿，就匆匆挑着家什走了。

凤兰收拾好碗筷，把那块红布叠成个方块用石头压在了狗窝上。正巧被来串门的王香芝看见了，问她这是干什么，她把昨儿个上午去县城赶集找瞎子算卦的事说了。王香芝听了一拍巴掌笑着说:"俺的傻妹妹,你还信这个呢。"凤兰听了脸就像那块红布一样红了起来。她拿上锄头下地去了,把王香芝一个人丢在了院子里,心里却在嗔怪地想:还不都是你惹的事。自从大黄来了他们家,她的腿比狗腿跑到这个院子都勤了。

那还是前年刚入冬的时候,她回娘家给爹去上坟,在家住了两天。回来的时候,她一进院就好生吃惊,院子里和她走时变了样,石头草棍儿满院子都是,靠西南墙搭起了一个狗窝。以前丈夫曾跟她说过要养一条狗的话,她没太同意。没想到她没在家这两天,丈夫背着她把狗窝都搭起来了。心里有气,丈夫没在家,只有婆婆在屋,但又不好当着婆婆面说,就先收拾起院子来。

正收拾着,丈夫从外面回来了,他手里牵着一条大黄狗,她一眼认出这条狗是他表姐家的大黄。她刚要问他,表姐脚跟脚从后边闪了出来,"哟,凤兰妹妹回来了。"王香芝快人快语,她没看出凤兰的不悦,又抢先说:"俺表弟早就相中俺家这条狗了,正好俺家也没有东西给它吃,就送给你家吧。"

李学明眨巴着小眼睛凑到凤兰跟前笑眯眯地说:"这条狗不懒不馋,看家护院可管些事了,以后我出去做活儿回来晚了,你和娘在家我也放心。"说着,他用手摸摸大黄的头。叫凤兰进屋给大黄弄点儿狗食。

凤兰知道大黄可是表姐三个孩子的命根子,牵到自己家来就不怕……

"凤兰你还愣着干啥?姐姐都舍得,你还有啥寻思的,就留下吧。等大黄配了崽,我再抱一只不就得了。"香芝说着,从学明手里牵过大黄,把狗拴在了狗窝里。

大黄挺听话，很少像屯子里别的狗那样乱咬乱叫，成了李学明的宝贝。对它照顾得也上心，起早贪黑，不管闲忙，一日三餐一顿不落地往狗窝里送狗食。有了大黄，李学明出去到别的屯子里做活儿，半夜顶着星星回来，凤兰在家也不觉得害怕了，开始凤兰也挺喜欢大黄的，每次上地里干活儿，还带着大黄。只是接连发生了几件事，让凤兰心里犯开了嘀咕。

　　有一天晚上，凤兰刚收拾完碗筷，进屋上炕盘腿坐炕头里纳鞋底，王香芝来到后屋，进屋就对坐在灯影里吸烟的李学明说："表弟，我新搓了一根麻绳，原先拴大黄的那条绳子不结实了，去把它换了吧。"

　　李学明急忙往鞋跟上磕灭了烟锅，拿上新麻绳，和王香芝走了出去。

　　凤兰想：这黑灯瞎火的，哪能让表姐跟着去忙活呢？就放下手里正纳着的鞋底子，下炕穿鞋跟了出来。"咦？"凤兰来到狗窝前一看，新绳子已换好，可两个人却没影了。她心里画了个魂儿，这两人上哪儿去了呢？莫非两个人到前屋婆婆那儿去了？她不愿进婆婆的屋，就回屋先焐好被窝躺下了，她本想等等男人，可累了一天两只眼皮直打架，就睡着了。一觉醒来，鸡都叫头遍了，才见李学明摸摸索索回来，他手上还沾着一股油墨味儿，她迷迷糊糊问了一句："干啥去了？"李学明说他到下屋里去收拾一下墨斗盒，墨斗盒坏了，他怕耽误明早出活儿。凤兰便没有再多问什么。

　　过了两天，这天早上，凤兰起早做饭，饭做好了，端上炕桌，等她再转身回屋时，发现刚刚端上桌的一盘窝窝头不见了，婆婆还没有上桌，李学明已下桌了，他一个人不可能这么快把一盘窝头都吃光啊。她就喊李学明进屋问问他，喊了几声没应声，正纳闷时，不一会儿，李学明从狗窝里钻了出来，头上还顶着一块白霜。凤兰问他，他说拾掇狗窝了，没有听见。凤兰问："那一盘窝窝头你都吃了？"李学明"嗯哪"应了一声。恰巧婆婆在屋里听到了说："你男人在外干活儿饭量大，家里的伙食要尽着你男人吃。"显然婆婆对她这样问已经不满了。她就没话了。

　　春天的时候，家里的那只芦花鸡不见了，找来找去在狗窝里发现了一堆鸡毛。凤兰心痛地跟男人说是大黄吃了芦花鸡。李学明说不可能，大黄昨黑被堂姐家的狗剩牵走了没回窝。"那是谁？"凤兰不解地问。男人说："一定是黄皮子蹿进院来把芦花鸡吃了，吃了就吃了吧，要不它要在你身上作妖了。"凤兰听了脸惊悚地白了，将信将疑，这么巧，刚好昨黑大黄没在狗窝，心里又不由得怨恨起大黄来。

　　打这以后，狗窝里不断发生类似的一些让凤兰疑神疑鬼的事。每当凤兰问起来，李学明不是说凤兰眼花了，就是说凤兰听差了，再不就说凤兰瞎猜疑。

　　有一天后半夜鸡叫三遍的时候，凤兰刚要起来下炕去做饭，忽听院子里好像有人的脚步声，"嚓嚓"地往外走。她迷迷瞪瞪心里一惊，壮着胆子扒开窗帘缝向外一看，这一看可不得了啦，她脑袋立刻"嗡"的一下胀得像柳罐斗那么大。白雾蒙蒙的院地里，她看见两个黑人影，从狗窝里走出来，推开院子门向西走了。她胆战心惊，叫醒李学明，让他出去看看。可李学明像没听到似的，揉了揉眼睛，向外看了一眼说："你眼睛看花了吧，哪有什么人影啊？要是有人，大黄早叫唤了。"是呀，她咋没有听到狗叫声，大黄可一直在窝里呢。凤兰自己也纳闷，难道真是自己看花眼了吗？

对于她的疑神疑鬼，婆婆也斥责过她，说她这都是因为没有孩子闹的。李王氏原本是胆小怕事的人，禁不起她这一惊一乍的。

青纱帐长出来的时候，有人在屯外干活儿捡到过传单，凤兰也捡到过，可她不识字。她觉得这传单当手纸不错，就捡回来要放在茅房里。男人干活回来，看到了这张传单，脸都惊白了，问她这张传单是从哪里来的。凤兰说在屯外的地头上捡的。男人叫她赶紧把这张传单填进灶坑里烧掉。屯子里在伪满洲国成立那年，也有人拾到过日本人飞机撒下宣传"王道乐土"的传单，也没叫男人这么害怕啊。后来她听屯子里传出，山里的"红胡子"下来了，这传单上写着"红胡子"打小城子警察所的事，村民兴奋地悄悄议论着。可没过两天，托古乡保长引着几个穿黄衣服的日本兵和黑衣服的中国警察进屯来，从两户村民家搜出了放在茅厕里的传单，把这两个老实巴交的农民带走了。凤兰才觉得后怕。

天气冷了，又有一天下晌，男人正在收拾狗窝，他给狗窝口上挡上一道破棉被帘。王香芝抄着袄袖走进院来，开口道："表弟，不知你们手头宽裕不，你看这天气鬼龇牙地冷了，俺来借点儿钱买窗户纸糊糊棚，再给三个鬼头买点儿棉花絮棉袄。"李学明听了，嘴里道："啧啧，也真是的，没棉袄叫孩子怎么过冬啊！"示意凤兰进屋拿钱，凤兰尽管心里老大个不愿意，还是进屋从柜子里拿出五十圆伪满洲国纸币出来递给了王香芝。王香芝眼睛瞅着凤兰说："谢谢兄弟家的了，等俺有了钱俺就来还。""一家人还说什么客套话，你一个女人家拉扯三个孩子不容易，

221

能帮衬点儿就帮衬点儿。"李学明像是念叨给自家女人听，王香芝看了凤兰一眼，抄着袄袖，大屁股一扭一扭地走了。

凤兰刚嫁过来时就听说王香芝的丈夫被日本人抓劳工去修公路，半年后害了痨病，没过多久就病死在工地上了。这么多年王香芝没有改嫁，一个人拉扯着三个孩子也真挺不容易的。有时家里有需要男人干的活儿，自己男人过去帮帮她，凤兰也觉得应该的，也从没多想什么。可自从她把她家的大黄送给他家以后，她好像往这院来的脚步比以前勤了。

白天，凤兰往地里送粪，果然听到了屯里人一些风言风语。送粪回来拖着爬犁路过村头时，有个邻家婶婶还好心好意告诉她，让她赶紧给李家生个娃吧，不然是拴不住男人的心的，特别是像她家这样在外面跑腿做活儿的男人。

这日她在屯子里走过，碰见了狗蛋，狗蛋的鼻涕冻出了老长，他身上还穿着一件补丁摞补丁的夹袄。她问狗蛋："你娘咋没给你做棉袄？"狗蛋说俺娘让俺捡狗剩的穿。"那你娘给狗剩做新棉袄了吗？"狗蛋摇摇头。狗蛋娘不是跟她说借钱给三个孩子买棉花了吗？

货郎来屯子里勤些了。每次来都站在那个村口上，正对着李学明家的小院，摇着手里的拨浪鼓。男人对凤兰说："去换点儿盐巴和洋火来。"凤兰就挎着一个小筐篓走出院去了。那个货郎第一次进屯就好像认识她，眼睛从一群挑货的媳妇头上越过来，冲她说："你是李木匠的媳妇吧？"站在人群外面的凤兰点点头。别的换货的女人走了，那个货郎给她挑好货，又从扎把上拿下一个小泥人娃娃，对她说："给孩子拿去玩儿吧。"凤兰脸就红了，小声说:"俺还没娃呢。"那个货郎就说:"早晚会有的,拿着吧。"凤兰要付钱给他,货郎说他认识李木匠,上回他货担坏了还给他修理过,一个泥人不值钱的。凤兰就收下了,她往回走时,感觉到货郎的眼睛还落在她背上。

没过多少日子,货郎再来屯子时,对换盐巴的屯里人说:"盐涨价了,一个鸡蛋只能换半两盐,而且每人只限半两。""为什么呢?"几个年纪大的妇女和汉子嚷嚷。货郎苦巴着脸说:"县城货栈里的盐都被东洋人控制了,限量供应,说是防止流通到红胡子手里。""红胡子?"买货的人不解,货郎瞅了四周一眼,小声说:"就是从东边山里过来的抗联⋯⋯"凤兰一听"红胡子"吓了一跳。等人走光了,她才挎着筐走到货摊前来,挎筐里有十来个鸡蛋,没想到货郎四周瞅了一下,竟给她舀了半斤盐,她暗暗有些惊讶。

回来她没有跟婆婆讲货郎说盐涨价的事,收拾了一下她就下地了。等她晚上回来做饭烧菜往锅里放盐时,明明早上放进盐缸子里的半缸盐,就剩一个底儿了。刚想问问婆婆,被从外面做活儿回来的男人堵在门里。男人说下午表姐过来借盐了。又是表姐,凤兰就赌气把早上货郎说的盐紧缺的事跟男人说。男人好像知道了,犯愁地长叹了一口气,说:"唉,这是什么世道啊⋯⋯"

货郎再来时,货担里已没有了盐巴。货郎说盐得村民凭良民证进县城去买了。围着的人挑完货走后,货郎又照旧送给凤兰一个泥娃娃,凤兰找给他一个鸡蛋他就收下了。

凤兰家里的泥娃娃已叫她在柜子上、窗台上摆了一溜。她听别人跟她说,家里摆上小娃娃,会求来娃娃的。婆婆也这样说,她就信了。

家里柜台上的泥娃娃已经摆不下了，李学明就跟她说，他拿到田里土地庙里去摆吧，土地神会保佑显灵的。凤兰就由着他把泥娃娃拿到土地庙去了。

　　不知是不是泥娃娃显灵了，凤兰肚子有了动静，她有两个月没来那事了。这可叫凤兰觉得满心的欢喜。

　　这天下午，凤兰从玉米地里铲完地回来，刚走出青纱帐，看见小道上摞着一副担子，这不是货郎的担子吗？走近了，果然看见货郎蹲在地上，正在往脚脖子上缠着一条毛巾，听见身后脚步声，他猛地一回头，见是她，满头是汗的脸平静了一下，开口了："李木匠媳妇，我能不能麻烦你点儿事，去喊你家李木匠来，我刚才摔了一跤，扁担摔折了，让他来给我修修。"凤兰看他身边的扁担果然断成了两截，就点点头，抽身快步往屯子里走去。她觉得得帮帮货郎。

　　李学明听凤兰说完，就风风火火拿上一根扁担往村外去了。到了吃晚饭时，他才回家。凤兰问货郎走了吗，李学明说走了。凤兰又问他怎么崴的脚，李学明就叫她别多问了，还叮嘱她不要向屯子任何人说下午看到货郎的事。凤兰觉得很奇怪，但还是点点头。

　　过了些日子没有见到货郎再到屯子里来，凤兰就和屯子里别的媳妇一样着急起来，她觉得该为肚子里的孩子准备小衣服了，家里还缺花布和针线。婆婆也看出她的身孕来，脸上展出宽色，叫凤兰不要再往大地里跑了，地里的活儿叫她男人去做。

　　"这货郎咋还不来呢？"屯头，凤兰和几个媳妇站在那棵老柳树下议论。

"……八成家里遇到什么事了吧。"王香芝也担忧着什么说。

每次货郎来，王香芝都是提着一篮子捡的破烂去换点儿货，猪毛、鸭毛什么的，不值几个钱，也能换到点儿东西。可货郎这些日子不来，她比谁都着急的样子。

以前凤兰夜里睡觉是从不做梦的，头一沾枕头就能睡着。也可能是这两日闲的，这晚她半天才睡着，睡着后又做了个梦，她梦见大黄狗被人打了，滴着血淋淋的头跑回来，一回来就钻进狗窝里没有出来，等她惊叫着费力把大黄狗从狗窝里拖出来，掀开它头上的红布，发现是李学明血淋淋的头……她就吓醒了，惊出了一身冷汗，醒来胸口还怦怦地直跳。歪头去看李学明，男人正轻轻地摇着她的身子呢。

白天，屯子里几个媳妇结伴去县城赶集，也有王香芝，香芝问凤兰去不去，凤兰还犹豫着，婆婆就从裤腰里摸出二十元的伪满洲国券，凤兰就跟着去了。

走过屯外往县城去的那条道时，秋风吹着泛黄的苞米叶子和高粱秸秆，走了一身的热汗就凉爽了。屯外地里的庄稼大部分人家都收割了，路过她家地里时，看到地里苞米和高粱像没娘的孩子一样扔在地里没人管，她就想着回来该跟男人说说往回收了。若不是她怀了身子，往年这个时候她早把苞米和高粱收回家了。

快走到县城门口时，她听到前边的姐妹里有人发出一声惊叫。落在后边的她跟着抬眼往城门上看了一眼，这一眼不要紧，差点儿把她的魂吓掉。城门上木笼子里悬着一颗人头，那人头她们都认识，是货郎的。她笨重的身子摇晃了晃，被表姐从后边托住了。

她是怎么走回来的，不知道。耳朵里一直响着货郎拨浪鼓的声音……

"这么大个人了，出去了这一头晌，咋还空着手回来了呢……"她一进院，婆婆又磕着长烟袋锅在数落。她不想跟婆婆说在城门看到的一幕，她现在惊吓得还有要呕吐的感觉。

隔天，屯子里传开了货郎的事，说货郎是跟"红胡子"有关系的人，货郎的担子里还藏着送进城的传单。货郎前些日子还在高粱地里打死了一名跟踪他的密探。尸首埋在庄稼地里被人发现了。

"真是活作孽啊，真是作孽啊，人的命还不如一只蚂蚁，咋说没就没了呢……"婆婆颤着她那双小脚，屋里屋外地数叨着。

凤兰越来越显怀了，李王氏找来了屯里的接生婆，接生婆给她按了按肚皮，掐指给她算了一下日子。婆婆叫她大门不出二门不迈，每天在院子里晒阳阳，千万别动了胎气。她就听话坐在院子里晒阳阳。人一闲下来，就容易犯困，这晌午的日头一落到头上，她就打起盹来，晚上她也愿意坐在院子里乘凉，很晚才走回屋去睡觉，院子里飘荡着一股新收割回来做柴火的苞米秸秆味儿……那天接生婆走时，看了看狗窝和狗窝上的红布，对李王氏说："她生产时，不要让她看见家里带毛的。"

这天傍黑，李学明刚出外做活儿回来，王香芝过来说她家的饭桌子坏了，叫表弟过去给修修。李学明一听，披上外衣就和王香芝匆匆走出院去。

凤兰边垂着头坐在院子里乘凉，边等男人回来，好半天也没见男人回来，她就犯困坐在院子里打起盹来，迷迷糊糊中听房山头的黑影里有小声的说话声："你白天送进去了吗?""没有，白天她一直坐在院子里，俺没法进啊。""那，这可咋办，唉……"

226

是男人犯愁的叹息声。"要不，这事还是跟她说了吧。"这是王香芝小声说话声。

"不行，我怕她嘴不严实，说漏了嘴可就……"

"我观察她好久了，她不是肚子里不能存得住事的人，说了反倒好，要不她老在心里画魂儿，她要是把这些向你娘说了，你娘可是胆小怕事的人，说不定会惹出什么乱子来。"

"看找个什么机会，先跟她透露点儿，别惊着她，更别叫俺娘知道。快去吧。"

凤兰一激灵醒了，她站起身来寻着声向房山头墙找去，可是房头黑影地里空空的，奇怪，明明听声是从这里发出的，咋这会儿不见了呢？难道会是自己听差了吗？

她转身又蹑手蹑脚地退到院前的狗窝前来，刚要重新坐在凳子上，忽听狗窝有动静，她一哆嗦，自己觉得头皮发炸，抬腿就要往屋里跑——

"别怕，凤兰，是俺。"身后一个人影从狗窝里钻出来，紧撵两步伸手拉住了她后衣襟，她胆突突回头一看，拉她的不是别人，正是王香芝。王香芝向婆婆的前屋看了一眼，看她傻傻的样子，贴着她的耳根说："又出说道了吧，走，到屋里俺给你破破。"凤兰就像木头人似的被她扯着拉进屋里，关上门。凤兰惊魂未定地瞅着她。

王香芝一把把她搂进怀里，这才神秘地说："俺的傻妹妹，这么久让你犯嘀咕了吧，这狗窝可真是有说道的，不过你可得要答应俺，说了你不要向任何人讲，包括你亲娘，这事要是走漏出去可是要掉脑袋的。"

凤兰一惊越听越糊涂，不过她还是战战兢兢地点点头。王香芝把嘴巴凑过来，贴着她的耳根悄声说："这狗窝底下有个地洞，狗窝里有个入口，是咱抗日地下组织秘密地下室，油印传单、开会、临时掩藏伤员都在这里……"

凤兰听得张大了嘴，直吸冷气。

"其实你还为咱抗日地下组织做过事情呢。"表姐温和地看着她说。

"我?"凤兰一愣。

"你忘了货郎每次来咱屯子，你常在他的货摊上买小泥人，他是交通员，他的小泥人里就藏着从城里带出的情报，还有你换回的盐也叫你男人转给青纱帐里咱抗联的人，上回我来你家借钱是用来买印传单的纸钱。"

凤兰傻子一样听表姐这样说，又惊又怕。

"记住这事跟谁也不能说，在你婆婆面前你还装作像从前一样什么也不知道。"

凤兰赶紧鸡叨米似的点头。

日子不知不觉快到农历八月十五了，凤兰很少出屋了。一是身子重，二是自从上回她听王香芝的话害怕把眼睛往狗窝上看了，更害怕李王氏问起她什么来。

八月节的前一天，李学明要去西土城子屯做活儿，西土城子屯是凤兰的娘家，他顺便给岳丈人家捎点儿过节礼物。凤兰说："你再去七舅母家里一趟，把上回舅母托人来说给小孩做的虎头帽取回来，我怕是这两天就要生了。"男人摸了摸她圆鼓鼓的肚子，又伏下矮墩墩的身子，听了听，"哎"了一声上路了。那应声像是答应给她肚子里的孩子的。

男人说好八月节头晌回来的，晌午一过，凤兰眼皮跳了两下，心有点儿发空。早上她在擦箱柜台上的泥娃娃灰时，心里想着事，一个泥娃娃叫她碰到地上，摔碎了。

下午她的肚子就疼得受不了。婆婆赶紧颠着小脚去叫接生婆了，又叫表姐过来照看着她点儿。表姐过来了，问学明还没回来。凤兰焦虑痛苦地摇摇头。表姐说："你别着急，俺叫大黄去迎迎他吧，兴许他是在路上了。"表姐就去狗窝唤出大黄，拍拍大黄脑门，大黄就"嗖"地蹿出了院子。

凤兰痛得冒汗了，接生婆还没找来。表姐要出外看看，凤兰死死地攥着她的手不让她走，"……你告诉我，他是不是去做那种事情了……"凤兰淌着虚汗摇着表姐的手问。表姐望着这个挣扎在生死线上的女人只好点点头。凤兰脸就唰地白了。

约莫一袋烟的工夫，听见大黄在外面扒门，王香芝挣开凤兰的手去开门。大黄嘴里叼着一顶血淋淋的虎头帽子，凤兰顺着炕沿看了一眼就晕了过去。

那天的事情是后来表姐断断续续向凤兰讲述的……

那天上午李学明从西土城子屯回来的路上，就发现他被人盯上了。他穿行在没收割过的高粱地里，绕了起来，他没有朝托谷乡李家屯方向走，而是走了通向别的屯子的方向。这附近乡里屯子李学明以前都来做过木匠活儿，他都熟。绕过了两个屯子，他也没有甩掉后面的"尾巴"，他就把木匠挑子扔了，朝刘罗锅屯方向走去，快到刘罗锅屯时他跑了起来，他知道刘罗锅屯边上庄稼地里有一口井。

见他跑起来，后边的人也跑起来，后边的人边跑还边喊了一句什么，他没听清。后边的人就开枪了，打在了他的腿上，他拖着那条受伤的腿还在往前跑，血渗出他的黑裤子，滴答了一地。跑进那片庄稼地时，他又中了一枪，这一枪打在他的肚子上，他跟跄摇晃了一下跌倒了，而后捂着肚子还在往前爬，用尽最后一点儿力气爬到那口井沿上，他把手里一直死攥着的虎头帽子，奋力朝红高粱地里扔去。后边的人追上来，他张着身子"扑通"一声坠下井去……

大黄叼着血染的虎头帽进屋后，凤兰就昏了过去。等她被表姐掐人中醒来后，她的两腿裤管就流血了。

"哇——"的一声婴儿叫，凤兰生了。

"是儿子。"院子里传来刚刚推开门进来的接生婆对李王氏惊喜的说话声。那说话和脚步声在凤兰听起来都十分遥远……

"初一的娘娘，十五的官，老太太您好福气哟！"

穿越城市上空的黑鸟

纪红是在那次跟他通完电话后似乎无意间跟他说起商场广告牌掉下来砸死人的事。尽管纪红口气平淡，他还是听出了她的心悸。那家商场他去过，就在繁华的街面，原来是一家不起眼的超市，后来被外地一家大商集团收购了去，变成了大商新玛特商城，重新翻建成了一座四四方方顶天立地的大厦。人在下面走就像一群蚂蚁。

这样雷同的商场他在别的城市也见过，他们这座城市东城区也有一家，连那四面墙上悬挂的巨幅广告牌都是一模一样的。那幅广告牌他似乎也有印象，乳白色底色，一个妙龄女郎，虽不是特定的明星，却也叫人过目不忘，黑黑弯曲的头发，睫毛很长的眼睛，微张着红红的嘴唇，露着洁白的牙齿，半侧着脸贴着一瓶举到腮部的化妆品瓶颈，那一半的瓶颈比一个人还高。微笑地冲着一个接一个从她面前走过的行人，一副小鸟依人的样子。

现在纪红在电话里说："那个广告牌像大鸟一样从空中飞落下来……怎么会这样呢？"纪红在电话那端喃喃地说。"怎么会这样呢。"他在电话这端也跟上一句。商场还没到开门时间，一清

231

早，广告牌掉落下来砸死的是一个商场里打更的更夫。那更夫每次纪红做活儿晚了，都给她留门送她走出来。那老头儿是乡下来的，人很和善。纪红说她再也不敢很晚才离开商场了。

纪红在这家商场的三楼拐角开着一家锁边店，是租赁的。纪红每天要做的活计，就是顾客在这家商场里买到的裤子拿到她这里来锁边，锁一条裤子两元钱。这种活计是计件的，商场里卖出的裤子越多，她挣的也越多。纪红以前不做这个，她以前自己开过服装店，因为陪读儿子，纪红就把东城区胡同口里的那家服装店盘了出去，在西城区这所重点高中的学校旁边租了间楼房，跟儿子和母亲住在一起。自从多年前纪红把母亲从乡下接到城里来以后，就一直和母亲住在一起。纪红的父亲过世早，她对父亲没什么印象。三个人在一起住，除了每个月的房租，每月的花销也不小，主要是儿子的花销，学校三天两头就要交钱，什么各科课外资料费、老师课余辅导费。所以纪红每天要拼命做活儿。让纪红心累的不是这个，让纪红心累的是儿子的学习。纪红的儿子上高二了，近来考试的排名越来越差了。和人说起这个来，纪红好看的柳叶眉常常情不自禁地皱了一下，让人想起她也是一个十七岁孩子的母亲了。如果不是又高又膀的儿子来找她，没人会相信她有这么大的儿子。乡下女子结婚早，纪红二十岁就结婚了。纪红虽生在乡下，身材、皮肤一点儿也不比城里女孩儿差，鹅蛋形脸上从不用化妆品，人显得很年轻。

纪红给林奇的印象除了那种天然不着修饰的俏丽外，还有她那种从容淡定的神情。林奇是一次到她的服装店里给裤子锁边认识纪红的。那个夏日的傍晚，她临街的店里敞着窗子，一堆布料堆上放着一本翻卷了书皮的书，他随手拿起来翻了翻，是一本小说《呼兰河传》。他以前看过。纪红坐在一架新式缝纫机后在

232

"咯噔、咯噔"扎着裤子边，一头自然弯曲的黑发搭到了她肩胛前来，随着缝纫机的轧轧声在微微抖动。裤子边扎完了，他还想再待会儿。

"这是你看的?"

"嗯。"一双黑亮的眸子抬起来。

"你是新来这里开店的吧。"以前他从这条街上走过，并没有看到过这家叫纪红的服装店。

"是的，我是新搬来的……"

"老家是哪里的?"

"呼兰。"

林奇对那地方那条河的印象也是从萧红小说里知道的，后来就从纪红的讲述中对那条河渐渐熟悉起来。纪红向他说起一些老家的事情来，她说起父亲的死，就像在说别人的事情一样。她父亲是他们那里乡下十里八村挺有名的成衣匠。有一年秋天河南岸村子里有一对要结婚的青年，要他父亲过去给裁一套新婚穿的衣裳。他父亲就坐船过去了。回来时船翻了，那年秋天呼兰河里涨水，上游冲下来一股急流让河道陡然增宽了。船翻在河道中间，人也被冲走了，尸体叫村子里的几个青壮农民打捞了一下午也没有找到。纪红放学回来看到院子里一群人在围着母亲，母亲在哭。有人告诉她她爹走了，她就上前拽着母亲的衣袖说了一句："为什么不去找爹啊?"那一年她刚九岁，村子里死了人她见过的，总要被装在油成紫红色的棺材里钉上棺盖，再在村头地里埋了才算死了。而她爹没有，她爹死后家里人只是在河岸埋了几件她爹生前穿的衣服，做了个空穴。

林奇也不知道她为什么跟他说起这个来，林奇倒是被她脸上从容淡定的神情所打动了。她的服装店林奇后来又去过几次，他

233

在市群众艺术馆搞创作，不太坐班。搞艺术的人穿的服装有些花哨儿，喜欢别具一格。买不到合适样式的衣衫，林奇就买了衣料拿到她的衣店来做。那天第一次来他就看出她的手很巧，给人设计的服装总是很独特。大概是秉承了她父亲的手艺。她给林奇裁剪的服装穿在身上总是叫他很满意。出去采风时，别人见了总要问他的衣服在哪里买的。那时林奇脑子里就浮现出那双手很巧很白皙的女子身影来。心里说，恐怕你们想买也买不到的哦。

林奇过纪红店里取衣服，有时也会带上一本杂志，或《读者》或《小说月报》什么的，他看过了，取过衣服杂志就随手丢在这里给她看。下回他再去，纪红就会跟他说起她看过的某篇小说，说得叫林奇刮目相看。现在像她这样年纪轻轻的女子谁还看这类文学杂志？纪红喜欢读书，他开始还以为是因为她儿子翰的缘故，她儿子翰那会儿刚上初中，语文有阅读和作文的课业要做，而这恰恰是翰不擅长的，她儿子喜欢理科作业。纪红就买来大量课外阅读书籍给翰看。纪红知道他在群众艺术馆搞创作，也曾问过他，该给翰看哪些书。他一时语塞，倒不是他不可以推荐一两本课外书籍给她儿子看，只是觉得现在中学生课业够多的了，没有时间去看课外书。再说作文的好坏也不是非得看课外书看来的。纪红的儿子他见过，白白净净的，长得眉眼很像纪红。放了学就背着沉重的书包走进店里来，放下书包，推开裁衣平板上一块边角，就摊开一堆书本坐在那里写作业。这边纪红蹬着缝纫机咯噔咯噔响……

纪红的丈夫他一直没碰到过，听来到店里唠嗑的邻居老太太们说，纪红的丈夫常年在外边给人家跑车配货拉脚，风闻丈夫在外面跟别的女人有染，纪红也是一副从容淡定的样子，并不像别的女人那样要死要活的。纪红的男人每年只过年时才回来一次，回来就把一沓钱扔给了纪红，白天倒头就睡，等过完了年就又走了。孩子学习的事连问也不问，整个家里的事情都落在纪红一个人的身上了。而纪红从前在乡下家里面是最小的，从小到大没操过什么心。这一定是那些老太太从纪红的母亲那里听说的。纪红的母亲常和这些老太太在一起闲唠嗑儿，纪红的服装店是临街的一间门脸儿房，门脸儿房后边连着两间平房是后接的屋，纪红的母亲和儿子翰就住在平房里。纪红的母亲五十多一点儿，瞅着老相些。她每天在后屋里给女儿和外孙做完饭吃了，收拾完了，就走到前屋里叼上一棵旱烟和那些老太太闲唠嗑儿，到做饭时，又走到后屋忙活去了。有母亲在这里帮助做这些，能让每日忙活得都顾不上吃饭的纪红稍微喘口气。所以纪红就不打算让母亲回到乡下去了。

只不过每年每到纪红父亲的忌日，纪红总要陪母亲回去的，到家乡那条呼兰河边上父亲的空坟前去上上坟。其实在城里夜晚的十字路口上也是可以烧烧纸的，可是纪红和她的母亲从不这么做。纪红和她母亲一样认为活人可以糊弄，死人是不能糊弄的。所以无论多忙纪红都要陪母亲回乡下去一趟。

这趟街上除了纪红的服装店，还开着许多家店铺，如理发店、修理铺、小超市、复印打字社什么的。纪红的服装店旁边挨着的是一家卡拉OK歌厅，一到晚上就叮咣咣地响起来，进进出出一些理着怪发型的年轻人，也有一些喝得醉醺醺的中年男人，怀里搂着年轻女人，扯着嗓子在那里吼……这样嘶哑的跑了调的歌声常常要响到下半夜去。这么晚了，别的店铺都关门了，只有纪红还坐在她的店里做活儿，只是这个时候没有顾客来了，纪红是把白天收下的活儿连夜做完。歌厅里那些跑了调的歌声就像夜鸟一样钻进她的屋子里来，在她的屋子里乱撞。

其实纪红没事的时候除了看书外，也是喜欢听流行歌曲的。那天林奇向她推荐一本书时，纪红一听书名就在手机里轻轻叫了一声："《挪威的森林》？我听过这支歌。"林奇一愣，这本小说的书名的确是村上春树借用的那首外国流行音乐的歌名，只是林奇没有听过这首歌。等纪红去书店把这本书买来，纪红又把这首歌的原唱歌曲在手机里哼给他听，林奇惊叹她的模仿能力，林奇大学毕业后就把那点儿英语底子丢光了，而纪红只是一个中学没念完的初中生啊。

林奇向她推荐这本书看，是希望她能够从父亲早亡的阴影中走出来。每到秋天纪红都很忧郁，这一点熟悉纪红的人都能看出来。每年的七月十五前，她都要和母亲回老家呼兰乡下去的。她离开乡下好多年了，只有在这一天才回去，在父亲的空坟前上上坟，七月十五的晚上又和母亲站在河岸上，往河里放河灯，河灯是她和母亲亲手做的。这一天晚上河岸上是十分热闹的，十里八乡那些亡人的家里人都站在河岸上往河里送河灯，一排排河灯放进河里又一排排向下游漂去，随后打着旋儿在漆黑的河面上渐次熄灭，那是被亡人收走了。小时候跟母亲去河边放河灯，纪红想有给父亲送去的河灯照着，被河水冲走的父亲会找回家来的。只有在他们乡下老家还保留着这样古老的祭奠亲人的习俗，而城里是没有的。纪红说她喜欢这样每年回去看父亲一次。

林奇曾问过她："那你为什么还出来？"

"当然是为生活啊。"纪红说。

可林奇觉得不是，至少纪红心里还有一种让他也说不清楚的东西。

纪红说她十七岁就在外边漂着了，先是在她们的那个小县城，后来又到了大城市里。以纪红这样安静的性格，好像不应该这样的。可是她总觉得自己就像一只被放进河里的河灯一样，被什么牵引着不断往前漂……自从长大后，她从哥哥姐姐嘴里听说到爹死去的情形后，她就害怕待在乡下了。

每晚闹闹哄哄的歌厅，有一天夜里出事了，是在刚入冬的时候。一个年轻人在和一个中年男人为唱一支歌抢话筒的时候，发生了口角。结果年轻人手持啤酒瓶子把中年男人脑袋打开了瓢，没等送到医院那个中年男人就死了，年轻人跑了。第二天警察找上门来，把歌厅老板带到派出所去询问，歌厅也封了。接着警察又找到她的服装店来，问她昨晚都听到了什么，她发愣地摇摇头说什么也没听到。警察又问她昨天夜里那会儿在店里吗，她说在。警察就奇怪地说："隔壁争吵了那么长时间，都打死人啦，你咋什么都没听到？"她说她真的什么也没有听到，她耳里塞着耳塞在听歌她能听到什么啊。警察随后拿出两张照片来，一张是那个年轻人的，一张是那个中年男人的。问她见没见过这两个人，这两个人常来吗。她又一次惊慌地摇摇头，她没留意过。警察就泄气了不再问啥了。

过了两天，警察又来过两次，好像她总会在那么晚的夜里能听到什么，总会看见过那个年轻人和那个中年男人到歌厅里来。因为她店里的窗户和歌厅门紧挨着。最后一次来问把她问烦了，她说："你们都去抓凶手啊，老来问我还让不让我做生意了。"两个警察面面相觑，灰溜溜地走了，此后再没有过来找她。

这天晚上她不敢那么晚才关门了，早早出去把门关上了，出去关门时还往邻屋歌厅门口下意识地望了一眼，歌厅的门上白纸封条还在封着，每晚灯红酒绿的歌厅一下子被封起来，黑乎乎的有些死气沉沉，门口的雪地上还有几滴冻硬的血斑，一定是那个被打死的中年男人的血滴到雪地上的。她赶紧移开了眼睛回到屋里去，半天没有回过神来。那个中年男人她以前似乎见过，有一次身旁还拥着一个比她小得多的女子，走过她的屋前时还停了一下脚步，往她的屋里望了一眼，好像在问那个女孩儿要不要给她做一套衣服。那女孩儿有些不屑地往里瞧了一眼，打了他一下肩胛，浪笑着说了一句什么走过去了。怎么人说没就没了呢？那个男人的年纪让她想起她的父亲来，不管多么胡来也不该这么死呀，丢下老婆、孩子可怎么办呢？纪红想。

歌厅门口雪地上的那点血迹停留了好几天才除去，纪红早上晚上出去开门关门都能看到，一看到血迹，那个中年男人的面孔就浮现出来，仿佛他还躺在那个屋子里。直到过了好几天歌厅被允许重新开了业，老板叫人把门前雪地上的血迹清除干净了，她出去倒水时才敢眼睛朝那里看。不过重新开业后，歌厅的生意大不如从前了，没有多少人来这里唱歌了，大概是听说了里面死了人。

隔壁服装店的生意也跟着冷清了下来。纪红不再像以前那么忙了，有时间坐在窗台后面看书了。不过她神情看上去有些郁郁寡欢，好像并不完全是因为生意上的事。林奇走进去过两次，纪红也是有一搭无一搭地跟他搭话。纪红坐在窗后的面孔看上去让他有些陌生。

日子就这样慢悠悠地推着，冬天就过去了。

开春的某一天，林奇再去纪红的服装店里，纪红已不在店里了，服装店里换了新主人。租住的是一个年纪比纪红大的女人。林奇就问纪红哪里去了。新的店主看了他一眼说："人家到北京发展去了。"林奇这才想起纪红有一次无意中跟他说起的话，说她从前在老家有一个好姐妹在北京做服装裁剪生意，生意做得挺好，来信叫她也过那边发展。当时纪红只是随口说一句而已，纪红并没有真的打算去，因为她还放不下儿子翰，她放不下翰的学习，那会儿翰刚上初中。现在她的儿子已经上初三了，正是学习要紧的时候，难道她现在就放心下她儿子学习了吗？他从新店主嘴里了解到，纪红走前就在翰的学校跟前租了一间房子，让她母亲陪翰去住了。

林奇有点儿奇怪纪红走时没有和他说一声，当然这个念头只是想一想而已。时间一长，纪红和她的服装店也渐渐从他心里淡忘了下去。他不再去那家服装店里裁衣了，每次从那家换了牌匾的服装店门前走过，他也不再往里看一眼了。

大约是这一年的中秋节前后，有一天晚上林奇和朋友吃完饭回来走在这条街上，他突然接到了纪红打给他的电话。手机接通了他喂喂好几声，那边才说话。他听出是纪红，纪红说她现在站在北京四环外朝阳北里过街天桥上给他打电话。她刚刚送去一份活儿回来，她在天桥上站很久了，看着下面一排排来来往往亮着红灯和黄灯的车流，突然觉得很孤寂，不知该给谁拨电话，就给他拨了电话。"没打扰你吧？"他赶紧说："没有，没有。"纪红说她现在很想家，站在北京街头天桥上，竟然不知身在何方，这里看不到月亮，月亮都被高楼挡住了，还有马路上亮得如同白昼的街灯路灯，家那边有月亮吧？他抬头向上望了一眼，正有一轮圆月照在头上。他说："家这边的月亮很好。"纪红说今年鬼节她也不能回乡下去给父亲送河灯……这次通完电话后，他听出了纪红的愧疚和忧郁。

清明透彻的月光照着街面上那家服装店，这个店的房子还是纪红的，纪红也许过不了多久还会回到这个城市里来的。走过去时林奇这样想。

林奇在冬天的一天夜里又接到一回纪红的电话，纪红这回在说翰，问他有没有时间代她去学校看看翰。翰的老师给她打过电话，说翰的成绩在下降。他答应了她。

第二天下午他抽出时间去了翰就读的中学。一走进校门，他看见翰正和一帮男生在操场篮球架下打篮球，翰比原来他见过的时候壮实多了，皮肤也晒得很黑。他头上冒着热气，在那里玩得正欢。他招招手，翰走过来。见到他，翰过来打了一声招呼。他问他："你想你妈妈吗？"翰摇摇头。他刚要问一下他的学习情况。那边几个男生在叫他，他又跑了过去。上课铃声打过了，他们才停下来，恋恋不舍地往教室里走。翰抱着那只篮球，大冷的天，满脸冒着汗气。一个男老师从他身边走过，他猜出是他们班主任。他就问了一句："翰最近学习怎么样？"那戴眼镜的男老师就停下来，看了他一眼："你是他父亲？"林奇摇摇头。"那你转告他家长，翰的期中考试名次又下滑了二十名。"走过去时又听他说了一句："没见过这样当家长的，开家长会也不来。"以前翰的家长会都是纪红来参加的，现在纪红不在，自然没有人参加了。

纪红是在翰中考的这年夏天从北京回来的，回来就没有再去北京。翰的中考成绩和要上的一所重点高中最低录取分数线差五分，纪红就花了五万块钱走了自费生。而这五万块钱正是纪红在北京这两年挣下的全部家当。纪红后悔当初去了北京，以翰从小到大的学习成绩是完全可以考进这个分数段的。"都怪我当初去了北京。"纪红常常向人这样讲，而丝毫不去责怪翰放松了自己，还有她的母亲。她母亲是不想让翰学习太累，对翰就听之任之了。

纪红回来后把街面上的服装店盘给了人家，和母亲还有翰在翰就读的那所重点高中旁边租了一个两居室的楼房住。先是在附近别人的服装店里打工，后来就到这个商场租赁了这个锁边店。

纪红从北京回来后，和林奇通电话多了些，一个是翰上重点高中在西城区，而林奇住在东城区。再一个纪红从北京回来好像装了许多话要说，和她走之前好像变了一个人似的。而这座城市里唯一能倾诉的对象就是林奇。

林奇不坐班，夜里写东西起来得晚些，常常是上午九点，林奇刚一起床，纪红的电话就打进来。商场九点开门，这个时候纪红也刚刚走进商场三楼去。还没有顾客来找她做活儿，纪红常常是一下三楼坡形电梯，就躲在坡形电梯下面给他打电话。她的锁边店在商场三楼最里边的一个拐角上，信号不好。一听见顾客乱哄哄的脚步声，林奇就知道纪红在坡形电梯下面给他打电话。纪红在电话里心情好时跟他谈谈读书，心情不好时跟他谈一堆杂乱无章的事情，包括她儿子翰的学习。说到翰的成绩下滑时，她往往还要说到自己，叹息一句："都怪我当初去了北京。"林奇就要在电话里这样安慰她一句："即使你不去北京，那又能怎么样呢？"

自从那个打更的老头儿被广告牌砸死以后，纪红就不躲在那个坡形电梯角落里打电话了。原因是那老头儿生前也常到电梯下面来，他把在商场里捡的一些废纸壳箱踩扁，捆成捆放到这坡形电梯底角下边。回去时再背走卖给收废品的。"他很像我的父亲，那样勤俭持家……"纪红这样说，林奇相信纪红说的。

有一次他去西城区办事，路过商场去看看纪红。纪红送他走出来，贴着商场一楼橱窗下面走，纪红拉了他一下，他抬头向上望了望心里就明白了。纪红送他走出去好远，纪红说，她每回上班来都是绕过这下面走的。看来纪红还没从那件事的阴影中走出来，而靠橱窗的水泥边道上，依然熙熙攘攘走着热闹的人群，像蚂蚁一样，没人会想起几个月前的事情来的，只有纪红。

纪红在电话里说，她好像越来越依恋给他打电话了，问他会不会烦她。他在早上醒来揉着惺忪的眼睛，下意识地看了身边一眼，老婆已在这个时候上班去了。他嘴里说："怎么会呢？"他比她大十七岁，他以前去她店里，纪红从没向人介绍过他是一位作家。他不知道是纪红不想让别人知道他是一个作家呢，还是纪红觉得这样和他在一起更像和一个父亲在一起一样。对店里别人看他异样的目光，纪红只当没有看见。

从纪红的母亲嘴里知道，纪红的丈夫好久没有回到这个城市里来了。纪红的母亲还常常这样去埋怨纪红："当初不来这城里就好了。这样的男人进了城，就像飞出去的鸟，指不定在哪里坐窝呢。"

纪红现在管不了那么多了，现在店里的事情和翰的学习已够叫她心力交瘁的了。有一次纪红在电话里跟他说她身体不舒服，好像有什么东西淤在体内了。他关心地问："病了吗？去医院看看吧。"纪红说去看过了，是去一个老中医那里看的，又开了药回去熬了喝，好苦好苦的。他问什么病。纪红吞吞吐吐说妇科病。林奇就不好再问了，他也明白了。

以前他对纪红夜里那么晚了还在做活儿常常很惊讶。无论是在小街上的服装店里的时候，还是在北京的时候。夜晚对纪红来说是没有时间概念的。她就像个陀螺一样把自己拴在一大堆活计里。现在纪红告诉他夜里失眠越来越严重了。以前她从不知道什么是失眠，干了一天的活儿，累了一天，回到家里躺在床上就能睡。现在不行了，她九点之前回到家里，然后等翰十点多下晚自习放学回到家里，再陪他写作业到十二点，去给他做夜宵。翰吃完夜宵睡下了，她还没一点儿睡意，就躺在床上看书。常常要下半夜两三点才眯上一觉。

"纪红你这样下去可不行，你会垮掉的。"林奇在电话里这样告诫她说。听着纪红的声音都有气无力的，他能想象她的憔悴，那个声音在无奈地说："翰再有一年就高考了，大家不都这样的吗……"

过了一会儿，又听她在电话那头叹息了一句："活着真没意思。"

这回轮到林奇在电话里叹息一声了，安慰她道："大家的日子不都这样的吗……"

其实林奇也为纪红想过，就是当初纪红不来城里，还在乡下又会怎么样呢？她也会逼着翰去用功读书考上大学的，她也会逼着自己过和别人不一样的日子的。城里听不到乌鸦的叫声，纪红说小时候父亲死去那个下午放学回来，她是听到满河岸乌鸦的叫声。她害怕这种声音。现在这种声音常常出现在她的梦里了。

这天早上手机打进来时，他正在如厕，他本想出来时再去接，可那电话一直顽固地响着，他提了裤子出来，听到纪红在电话那头又长长地叹息一声。他刚想说回头再给她打过去，可是他突然听到纪红在电话里惊叫了一声："啊——"就再没声了。他重新拨过去，没有人接。他慌了，赶紧出门打了一辆出租车往西城商场赶去了。

刚刚赶到商场北门前，就见门口上围着一群人，还有警察在那里紧张地维持秩序，他不知道发生了什么事情。等他扒开人群后，看见两名警察从里面抬出一具尸体来，是一个女人的尸体……听周围议论声，是从商场五楼跳下来摔死的，他心里一惊，大惊失色地要扒开盖着的白布单，但被人阻止了，露出的鞋子让他认出不是纪红，这才稍稍松了口气。担架抬上了警车，围观的人还围在那里议论，说这个女人也是租房子住在这里的一位陪读母亲，他儿子是重读生，今年高考又落榜了……

他回过神来，他在人群中没有看到纪红的身影，就抬起发沉的步子走进商场内，上了电梯，向三楼迎翰锁边店里走去，他不知纪红此时是不是还待在她的店里。

他早就听纪红说过这座商场阴气很重，当初扩建商场时有一名青年农民工从高高的脚手架子上掉了下来摔死了。那农民工的母亲进城来找包工头赔偿，可是那包工头早跑没人影了……

商场里热热闹闹挤着逛商场的人群，跌跌撞撞从他身边挤过去，仿佛刚才什么事也没有发生。

杀 年 猪

一进腊月，镇上人家就开始杀年猪了。

从早上到晌午后，都响着那猪的哀嚎声，连冰冻住的寒气里都飘荡着一股猪血的血腥气，还有大口铁锅煺猪毛的那股毛焦味儿。这味道连镇上的瞎婆婆都能闻得到，她会颠着小脚下地，把一只蓝边粗瓷碗涮得干干净净，早早地放在灶台上去。那灶台的锅下可能是两日不生火了。

到了下午太阳在西山坡上剩下一竿子高的时候，杀年猪的人家就会打发孩子送来一碗杀猪菜。这碗杀猪菜用白肚毛巾裹着，拎进瞎婆婆的矮屋里还冒着热气。瞎婆婆干鸡爪子似的手利索地解去毛巾，把里面裹着的那碗杀猪菜倒进她的蓝边粗瓷碗里，再把那只空碗装进毛巾里让孩子带回去。

杀年猪挨家挨户送杀猪菜，是小镇上人家多年留下来的风俗。镇上唯一没有养过猪的人家就是瞎婆婆家，而瞎婆婆却吃过镇上所有人家的杀猪菜。我见不得瞎婆婆那张丑脸，更见不得她的吃相。瞎婆婆眼睛虽瞎，牙口却好。一碗杀猪菜够上一家几口人好好吃上一顿的了，可到了瞎婆婆这里，没等送杀猪菜的人前脚走出院子，后脚她已风卷残云把一碗杀猪菜吃得干干净净，连那汤水也一点儿不剩地喝进肚里去了。更叫绝的是她吞下浮在酸菜上的白肉片后，会说出这猪膘有几指宽，猪有多重。而吃下埋在酸菜里的血肠后，她会说出这猪是谁做的活儿。说得我们孩子一愣一愣的，在想这老妖精是不是猪婆托生的啊。

苔青镇上的确有两个杀猪匠，一个姓霍，一个姓焦。霍杀猪匠身板短粗，阔肩膀，宽脸膛，粗眉毛，黑腮上须毛很重。二百来斤的活猪他一个人能放倒在地上，捆好腿后抓起来就能扛到肩上去。任那猪怎么又吼又叫也挣脱不掉他那两只大手。与他比起来，焦杀猪匠身材却细瘦，窄脸，皮肤倒白，生着一张书生相面孔。焦杀猪匠捉一头百十来斤重的猪都要吃力些，常常弄出一脑门子汗来。焦杀猪匠原来不是杀猪匠，原来是劁猪匠，只捉些不足十余斤重的猪娃子。焦杀猪匠有一回给人家劁猪，下手太温吞，结果那猪做成了猪婆，生出一窝崽来。失了手艺，镇上人就不再找他劁猪了，他就改行做了杀猪匠。因为镇上一到杀年猪时扎堆，活儿多。霍杀猪匠也忙活不过来。还有劁猪的工钱是五角或一块，杀猪的工钱是两块或三块。

一到杀年猪时，父亲都有些打怵去喊霍杀猪匠。原因是我家的猪总也喂不大。父亲喊来霍杀猪匠，从柜子上拿出早已准备好的锡纸烟来给霍杀猪匠吸。霍杀猪匠不吸，瞥一眼哆嗦在猪圈里那头比食槽子长不了多少的猪，对父亲说了一句："去找焦劁猪的来家吧。"就磨腿走了。母亲恓惶惶瞅一眼霍杀猪匠走出去的背影，又恓惶惶瞅一眼父亲，就好像这猪没喂大全是她的过错。我瞅一眼那不知死活的吃货，还在槽子边哼叽着，嘴巴上还沾着一些冻在毛上的苞米面渣，那是早上母亲把她那碗苞米面糊糊倒给了它，我拾起那根搅拌食槽的木棍，"啪"的一下打在它尖尖的嘴上，那吃货"嗷"的一声蹿进圈洞猪草里去。

焦杀猪匠找来了。父亲又找来了二姨父帮忙。二姨父是一名打铁马掌的铁匠，冬天给进山来拉木头的山外套户马队打铁马掌。手臂的力气大得很。那猪是二姨父进圈里捉的，放倒后，再由焦杀猪匠捆了猪四脚。两人用杠子抬出来，放到院中一张吃饭用的炕桌上，再由父亲和哥上来帮着压着。母亲慌慌递过来一只撒了盐的白盆，放到猪头这边的桌下。焦杀猪匠一刀子下去，这头小猪只哼哼了两声就咽气了。

放尽了血，就抬进屋里的锅台上，那锅里的水早叫母亲烧得滚开了。母亲还不停地叫我和弟弟出去抱柴火。柴都是桦木、柞木劈的硬柴，是头几日就劈好的了。外屋的蒸汽已让忙活的人影变得模糊了。院子里，母亲在用一根干净的桦木细棍不停地搅拌盆里的猪血，防止血凝成血块。

焦杀猪匠做活儿很慢，一上午才将这头不足百斤的小猪毛褪干净。然后，开膛破肚，直到下午四点钟才灌上血肠。那鲜红的猪肉到了下午就变成暗红色的了。血肠是用猪的细肠来灌的，那一摊肠肠肚肚早已让父亲拿到菜园子雪地里沾雪搓干净了，又用清水洗了一遍。

焦杀猪匠做血肠的活儿很细致，每根肠他都要用筷子捅进里头翻过来看一遍，并且凑在鼻子下闻一下，有一丁点儿猪屎味儿，他都会叫父亲拿出去到园子雪里再滚上一遍。这时候我们已等得饥肠辘辘了，为了吃杀猪菜，从早上我和三弟就空着肚子，心里很不耐烦焦杀猪匠这般细致。而我们又不得不忍着馋虫看下去。

焦杀猪匠灌血肠、扎血肠的功夫又叫我们看呆了眼，焦杀猪匠生就一双细手，白得像女人手。他用一只绿塑料水舀子从盆里舀出半舀子猪血，这舀猪血刚好够灌他另一只手掐住的一截猪肠，猪血灌下去，他用一只手提着肠头，另一只手灵巧地用一根白线一缠一扎，一根血肠就扎好了。一点儿猪血都不会溅到手上。

等血肠都灌好了，就可以用大锅炖杀猪菜了。母亲早已把切好的一大铁盆酸菜一股脑推进锅里，又把剔好的大骨棒、切好的白肉再倒进锅里，放上盐粒、花椒、大料等作料，炖开锅时再把血肠放进去，浮在上面，五分钟后再捞出来。

这时焦杀猪匠和二姨父该歇手了，进屋由父亲陪着喝茶。母亲煮血肠时，焦杀猪匠要出来看两次，看着火候不能让血肠炖的时间过长，时间一长血肠就起蜂窝眼了，吃到口里也不鲜嫩滑溜了。血肠出锅切成薄片，蘸蒜泥吃时也是有讲究的，焦杀猪匠上桌吃时，总是细细蘸一点儿蒜泥，细细品那滑到口里的血肠，一般他是不吃杀猪菜混在边白肉里的血肠的，总是叫母亲单独给他切一盘血肠，蘸着过凉水的蒜泥吃，说这样才能吃出血肠味道来。

吃完这顿杀猪饭回去，照规矩除了付给杀猪匠工钱外，还要给杀猪匠拎一副下水回去。母亲早已把这副猪下水准备好了，也给二姨父准备好了五斤上好的猪腰条肉。

这头猪我们家只能吃半拉扇猪肉，另外半拉扇猪肉是要拿到镇上去卖的，卖的钱去贴补明年一家人的生活花销，比如给全家大人孩子买新衣服的钱啊，为我们交学费的钱啊。这也是镇上大多数人家过日子的一种做法。

我一直蹲在外地厨房往灶坑里添火加柴，我是眼见着案板上那半扇猪肉一条一条少下去的。而另半扇猪肉早已被父亲拿到外面院子雪地里冻上了。

我听到母亲传来一声长长的叹息"唉——"，回头见案板上的肉都割光了。给二姨父家和另外几户送过我家杀猪肉的人家割好的肉已叫母亲包在了报纸里。我心里一阵恐慌，"肉、肉……"我刚要说什么，被母亲吼一声打断了："看好你的火!"母亲是怕屋里人听到。屋里传出焦杀猪匠和二姨父的喝茶声，焦杀猪匠不抽烟，只喝茶。茶能刮油，看来焦杀猪匠是要和二姨父放开肚量大吃一顿了。那茶叶是父亲从镇上商店里买的粗茶叶，两角钱一两。

外屋杀猪菜炖好了，锅台上已摆了一圈粗白碗。母亲挨个往碗里盛着杀猪菜，香喷喷的杀猪菜盛到碗里，香气直往我鼻孔里钻。每只碗的菜上头，母亲都用筷头小心地挑着两三片薄白肉片和两三段血肠。我忍不住抽动了一下鼻孔，强忍着咽了一口口水。

屋里的炕桌已经摆好，烀好的猪心、猪肺、猪肝和猪白肉切好端上桌，父亲也把白瓷壶里的散烧子白酒烫好了，就盘腿坐上炕陪焦杀猪匠和二姨父开吃开喝起来。

焦杀猪匠酒量轻，却吃得仔细，这顿饭也要耗去两个时辰……我和哥肚子咕咕叫着在数着这难挨的时辰，好在我们有要干的活计去打发。

这活计是母亲派给我们的，挨家挨户送杀猪菜。这二三十碗杀猪菜，我和哥要来来回回跑十几趟才能送完。送完天就完全黑了，腿也走得没劲儿了，是饿得没劲儿了，是肚里的馋虫一点一点把力气吃光了。更要命的是我亲眼看到母亲把锅里的杀猪菜盛得见底了，我听到了那声白铝勺子碰到铁锅底的清脆声。我的腿就迈不动步了。

最后要送的一户就是瞎婆婆家，我的脚步在黑乎乎的雪地里吃力地挪蹭着。走到半道上，我跟哥说："我们回吧。"

哥白了我一眼："回去咋跟娘说？"

"就说瞎婆婆不在家，门上锁了。"

"瞎说，瞎婆婆从来不到别人家串门的，娘不会信的。"

"就说瞎婆婆已经睡下了，我们叫不开门了。"

哥看了看头上露出的哆哆嗦嗦的星光，又说："瞎婆婆就是睡下了，她家门也从不顶上的。"

来到了瞎婆婆家屋门前，果然不用敲门，那黑屋里透着一点黄豆粒大煤油灯捻亮。瞎婆婆一个人在家从来不点灯，那油灯是为我们点着的，她知道我们要来，蓝边白碗已放在锅台上，她显然已听到了我家上午的杀猪声。门一被推开，豆大的油灯捻鬼火一样飘忽了一下，她颠颤着一双小脚扑到一身寒气的我和哥面前，听到了我俩肚里发出的肠鸣声。此时我真恨不得掐住她那瘦公鸡一样的喉咙。

"一点指，九十斤的小猪。"她抿了一片白肉不屑地说。

"是焦杀猪匠做的活儿。"她又挟了一片血肠说。

我和哥拖着疲惫至极的步子走回到家里，焦杀猪匠和二姨父已经吃完喝完，脸红扑扑地往外走。母亲已从她的棉裤腰里掏出手绢包来，从里面摸出两元钱来递给焦杀猪匠，又把一副系上细麻绳的猪下水拎给他。钱焦杀猪匠接了，猪下水焦杀猪匠犹豫了一下，刚说句："这物件我不得意，留给孩子们吃吧……"母亲就打住了他："照规矩来。"焦杀猪匠就接了，摇摇晃晃从院子里走去了。

母亲又把那五斤好腰条肉给二姨父拿上，二姨父瞅一眼干净的锅里，又瞅一眼变得干净的案板，说："太多啦，太多啦，割一半拿着就行。你家孩子多，总得吃过年啊。""拿着。"母亲的口气又不容置疑。大长下巴的二姨父就停住了摆动的手，走到院子里，二姨父又摇摇头，自言自语说了一句："这么一头小猪，真是不填乎人啊。"

听着大人脚步声踩雪走去了，我们五个孩子饿狼似的围到炕桌前，那四个盘子里还有剩下的白肉、猪心、猪肺、猪肝，油腻腻的白肉一凉已凝固在盘子底。三弟用手抓起一片白肉就往嘴里填，被进屋来的母亲一巴掌打掉在炕上，我们吃惊地看着她，"都先别动筷！"我们困惑不解地看着母亲，她把四个剩盘都端下去了，外屋菜墩上她早已又切好一盆酸菜，她将这四盘剩下的白肉、猪心、猪肺、猪肝和新切的酸菜又一股脑地下到锅里。母亲这是又改做一锅杀猪菜啊，不然光凭这盘剩菜是不够我们吃的。

等杀猪菜出锅时，三弟和小妹已困得等不及睡着了。他们可都是一天没吃饭了。

夜里又听到母亲和父亲出去的动静。他俩是出去看看冻在仓房里的那半扇猪肉冻得结不结实，再往上浇一遍水，再从菜园子里装一筐干净的雪盖上。只有冻结实了，才好等到开春拿到镇上集市上去卖。听声音这一夜他们折腾了两三回。别人家杀年猪都能吃到年后到正月十五以后，而我家杀的猪吃到年根前就没了。要不是母亲在仓房棚顶上吊了一小块血脖肉，我家恐怕年三十儿的饺子都没有肉掺冻白菜馅包了。

初四去二姨家拜年，母亲一遍一遍叮嘱我们几个："别说家里没肉吃了。"我们几个郑重地点点头。可是我们几个肚子还是很不争气地让母亲陷入了窘境。

晚上一回到家里，我、三弟、四弟就开始轮流上茅房。这是肥肉吃多了，不停地喝凉水造成的，大冷的天，夜里提着棉裤刚刚跑到院子里的茅房去，没等蹲下，下面就像放呲花喷到了茅房松皮板障子上，鬼龇牙的小北风一吹很快就一层一层冻硬了。好汉架不住三泡稀屎，跑出去三四趟，我们就蔫了，小脸也冻得蜡黄。我最后一次提着裤子从外面走回屋里时，听见西屋炕上父亲在跟母亲小声商量："要不把仓房里的冻肉留咱自己吃了吧……""不行，那不能动！"母亲口气决绝地说。过一会儿，又听到母亲长长叹息一声："都怪我把猪喂得太小了……要不咱开春也抓头大猪秧子养吧。"

后来看出母亲的决定是对的。这一年开春的时候由于营养不良，哥患上了肺结核，母亲把那半拉猪肉卖了一半才有钱给哥治病，剩下的另一半都给哥补营养吃了。哥病好后，对猪格外亲了，如果我们几个有谁气不顺拿猪撒气，哥就会对我们吼："你要打就打我好啦！"

这一年开春买猪秧子时，是我跟母亲去买猪崽的，母亲依旧买的还是合巴猪崽。外地来的卖猪崽汉子挑着两只麻袋，一只麻袋里装着荷包猪崽，一只麻袋里装着壳郎猪崽。母亲让卖猪崽的人把两只麻袋都打开了，母亲的眼睛先是叼着壳郎猪崽的，她的手甚至还摸了摸一只欢实的黑白花猪崽，可是她最后还是自己对自己摇了摇头，把手伸进荷包猪崽的袋子里，倒提着提出一只猪崽来。荷包猪崽长成最大的个儿也就是一百七八十斤，而壳郎猪崽长成最大的个可达三百多斤。长得快，吃得也多，这道理母亲是明白的。

暖暖的春风吹乱了母亲额前的头发，她的眼角过早出现了细密的鱼尾纹，这个时候我是不敢去看母亲怔怔发呆的眼神。我们家里人口多，没有多余的东西喂这吃货。不像二姨家，二姨家没孩子。每次抓猪崽，二姨都挑壳郎猪崽抓。二姨提着腿长、头大的壳郎猪崽往回走时，还总要说上母亲一句："看看你又提着个耗子崽回去。"

母亲的脸就像是被这迎面的春风抽了一下，红了，加快了脚步。恨不得把怀里的猪崽一下子扔进圈里去，不想叫谁看见。

镇上有两户人家是年年喂壳郎猪的，而且都会喂到二百斤以上，一户就是二姨家，另一户则是郭粮库家。二姨家除了家里人口少外，主要是二姨父干的这打马掌铁的行当在山里挺吃香。山外的套户每年都进山来干活儿，所有的马都在二姨父的铺子打马掌铁，为了给自己的马及时打上一副结实的好马掌不耽误活计，套户们就讨好二姨父，过完年干完活儿，套户们走时，会把喂马剩下的饲料——豆饼、麦麸给二姨父留下，这些饲料足够二姨父家搅拌山野菜或土豆喂上一年的猪的。因此二姨父家的猪就像气吹似的天天见长。

郭粮库在镇上粮店里上班，是粮库的保管员。别人家玉米面都跟不上溜的时候，郭粮库家还有细粮吃，因此郭粮库家人人生得肥头大耳。郭粮库有三个儿子，他的二儿子跟我是小学同学，每次上学来，他的书包里都能掏出一张金黄的油饼，那油饼把黄书包内层都油透了。郭二柱学习不好，每次都抄我作业。抄我作业之前，郭二柱都把那张油饼掏出来，当着我的面撕下一半来咬一口，我的涎水就不争气地流了下来，乖乖把作业本拿给他抄，他就把另一张饼卷成卷塞到我手里。

我们背地里给他起了个外号叫郭油饼。有时我在纳闷地想，镇上人家的细粮都是凭粮本供应的，凭啥郭油饼家的细粮吃不完呢？后来是郭油饼向我透露了这个秘密，郭油饼还是带着几分得意向我说的。粮店每回拉细粮，库房里倒出的面袋都被郭粮库拿到家里去洗的，为这郭粮库还找到二姨父打了一个超大号白铁洗衣盆。空面袋拿到郭粮库家，郭粮库的老婆能从每条面口袋上抖落下来一碗面粉来，架不住多啊。粗粮口袋抖落下来的玉米面、高粱米就叫郭粮库的老婆喂猪了。一个时期郭粮库还被镇上树为"以粮库为家"的好保管员。郭粮库还被披戴上大红花。一荣俱荣，连他家的猪也被评为"猪元帅"，那时镇上正在响应上边提倡的"大力发展养猪事业"的号召，号召镇上人家人人向郭粮库家看齐。听到广播喇叭哇啦哇啦地叫，只有母亲在窗里听到了说了一句当时非常不合时宜的话："猪养肥了就该杀了。"

果然没过多久，郭粮库就被戴上一顶白纸糊的尖帽子游街了，胸前的纸牌上写着"贪污犯郭××"。郭粮库被剃了光头，胖墩墩的身子很笨重地从街上走过，夏天炎热的阳光照在他肥脑门上，照出一圈油亮的汗珠来。

那时，镇上人不再羡慕郭粮库家养的大肥猪了。郭油饼上学时也不再带油饼了，甚至到了这年冬天，他接到我家送去的一碗杀猪菜倒对我感激涕零的。

其实我还是愿意看霍杀猪匠杀大肥猪的。霍杀猪匠杀的小镇有史以来最大的两头猪我都看到了，一头在郭粮库家，一头在二姨父家。

郭粮库家的那头像牛犊子一样大小的"猪元帅"被霍杀猪匠和另外三个帮忙的人轰然放倒的时候，我似乎看见它眼睛里流出两滴清泪。只有杀牛时牛才会流泪，杀猪时猪会流泪我还是头一次看到。在没请霍杀猪匠来之前，镇上就有人劝过郭粮库，不要杀猪元帅，把它卖给种猪场，这头公猪能长这么大实属罕见。郭粮库没听别人的话，执意要杀。

杀它那会儿，郭粮库刚好陪送着镇长从屋里走出来。霍杀猪匠手腕一抖，那柄闪着寒光长长的杀猪刀从肥厚的猪脖子里拔出来，随着那猪最后一声嚎叫，那脖上血口的血柱"哧"地带着一股灼热的热气喷射出来，竟射出去两三米远，从菜园子的雪地里，一直射到房前的院子里，正好射到郭粮库的胸前。这是谁也没有想到的。我们小孩远远地站在院子障子外头看了，郭粮库胸前又像戴了一朵大红花。

在我们山里杀猪是忌讳猪血溅到人身上的，说是不吉利。当时前脚走到院门前的镇长，身上也溅上点儿血点，霍杀猪匠和郭粮库都愣怔了一下，倒是镇长喜眉笑眼地说了一句玩笑话："老郭，看看你又戴上了一朵大红花啊。"郭粮库就嘿嘿地讪笑了两声。冬日的日头吊在房檐冰溜子上，晃得冰溜下的人脸有点儿惨白。

那日，霍杀猪匠杀完猪，饭也没吃就走了。走时他也没有拿郭粮库给他的一大坨好肉，只拿了一截猪大肠头走了。霍杀猪匠爱吃大肠头。而郭粮库在家里摆了三天杀猪宴请酒席。

猪血倒运，第二年夏天郭粮库就走了背字儿。

霍杀猪匠也没有想到那头猪的血会射得那么远，又刚好射在走出来的镇长和郭粮库的身上。

等到过了两年，二姨父把他找到家来杀那头长到三百多斤的黑白花壳郎猪时，霍杀猪匠就谨慎得多了。

他像举行什么仪式，先让二姨端来一盆烧温的清水来，洗净了他那双粗糙的厚手掌，还打了两遍猪胰子。然后磨转身跳进猪圈里去，那头黑白花猪见他进院时就缩在圈里哼哼起来，这会儿见他进来就把头往猪草里一阵乱拱。而他不急不躁，蹲下身去，把手伸到它的后胯裆去，轻轻地挠起痒痒来，那猪就不哼不叫了。过了五分钟的工夫，那猪卧起前腿，又卧起后腿侧身倒下去。霍杀猪匠没有停下手，继续给它搔痒，那猪就放松了警惕，

255

尽心尽意地舒服了起来，还渐渐地合上了眼睛。

这时霍杀猪匠用眼睛示意二姨父跳进圈里去，二姨父手里早已拿上了两个活扣蹄套麻棕绳，进去后没等那猪反应过来，就套在了它的蹄子上。又进来两个人用两根碗口粗的柞木杠，一前一后把它抬出猪圈来。此时那黑白花猪已预料到大祸临头，死命地嚎叫起来，那叫声响得全镇人都能听得到，就有人围拢在了二姨父家的院前院后，霍杀猪匠和二姨父把它抬到院子中央放下，压住它的前后腿，任它死命去叫。

霍杀猪匠倒不急，从耳朵上拿下夹着的一根烟卷来，慢慢吸了起来。吸完，二姨父又递给他一支，两支烟吸完，猪也嚎叫累了，声音小了下去。霍杀猪匠扫了一眼菜园子障子外站着的大人小孩子，吆喝了一句："躲远点儿，溅上身血就别吃血肠啦！"

那大人小孩都吸了一下冻出的鼻涕溜子，瞪眼看他从身后的帆布兜子里抽出那把亮亮的杀猪刀，几乎一眨眼的工夫，刀子就捅进了猪宽宽的脖子里。那猪又死命地尖叫起来，并且蹬腿，可是二姨父和另外两个帮忙的人死死压着猪腿。这时霍杀猪匠又说了一句："递血盆来。"二姨慌慌地把一个白盆子递过来，那猪头上刚才垫着一个菜墩。"走了你——"霍杀猪匠嘴里念叨一句，刀子猛地一拔，血射了出来，带着一股滚烫的热气，先是一股急流喷射到菜园子白雪面上，接着缓了下来，汩汩喷流到地上的盆子里。猪大血也多，流了整整一大盆，才流尽。那猪随着血流尽哼哼声也弱了下来，院子西头早已支好一口十二印的大锅，那水早已烧得翻花滚开了。

四个人把猪抬到锅边上，放在炕桌垫起的一个案板上，霍杀猪匠在猪的后腿脚处开了个小口，用一根铁棍捅了进去，捅了几捅，霍杀猪匠就伏下身子去，嘴对着皮口吹起气来，边吹还边用一根木棒拍打着猪身。不一会儿，那猪肚就鼓起来，四脚张了起来。霍杀猪匠就用水舀子舀锅里翻白花的开水，泼在猪身上，将猪毛都烫了一遍，就开始煺猪毛了。

霍杀猪匠手里攥着一柄四方白铁片刮猪毛板，上下翻飞，"嚓、嚓……"不一会儿，一大片猪毛就飞落到地下，露出白白净净的猪身子来。我以为这么大的猪煺毛得刮到下午去，没想到不到中午就做完了。之后，开膛破肚，卸骨剔肉，锋利的割肉剔骨刀无声地游移着，猪头、猪肘、猪蹄都被卸码得整整齐齐。这个时候去看霍杀猪匠，他神情专注的面孔竟放着红彤彤的光来。

最后一道活计自然是灌血肠了。霍杀猪匠把那一大盆肠肠肚肚一并端到菜园子雪地里去，倒在雪里，之后他换上一双干净的水靴子，碾踩起来。上上下下踩了一遍，又将肠肚翻过来，又用干净的雪粒子搓擦了一遍就干净了，端回来。灌血肠前，那盆子里的猪血早叫他放上山花椒梗段和五味子喂上了。有人说霍杀猪匠之所以放这两味山作料，是因为他细肠没弄干净用作料来去肠里的异味，而我们却喜欢吃这种山花椒味掺和着臭烘烘的肥肠味道的血肠，觉得这才是我们苔青镇上地道的血肠。而焦杀猪匠弄得太干净了，这可能与他不喜欢吃肥肠有关系。

中午后这一切活计都做利索，霍杀猪匠就进屋和二姨父与那两个帮忙的人吸烟去了。

杀猪菜已炖进大锅里，另一口锅里的白肉、猪心、猪肺、猪肝已经烀好了。二姨不怕烫手用长筷子挑出来，放到菜板上嘴里嘘嘘地吹着气切了，散着喷香的肉味儿端上桌去。

看到里屋的大人已坐在炕上吃喝起来，二姨在外屋又吹着烫手的气偷偷地给我和三弟切了几片熟白肉和熟猪肝叶吃，蘸着酱油拍碎的蒜末儿，二姨自己切着时，也往嘴里添一块香喷喷的白肉和猪肝。"香不香？"二姨问我们。"香。""肥不肥？""肥。"

我们是一大早过来的，二姨喊我们来是待会儿让我们往各家去送杀猪菜。除了这个，二姨还让我见证她家杀的猪有没有郭粮库家那年杀的猪大，因为那年郭家杀猪时我去看过。

"比不比郭粮库家的那头猪膘厚？"

我没想到二姨会这样比，若论个头平心而论，这头黑白花猪肯定比不过郭粮库家的那头猪的，可这白豆腐一样的猪膘是谁家也比不过的。我赶紧努着嘴点点头，"比他家膘厚。"

二姨听到了就一副很满足的样子。

我突然在想，二姨为什么没有孩子呢？

好几年前，在我刚刚记事的时候，隐隐听镇上人讲过，说二姨不能生育，那会儿二姨想把我抱过来给她做养子。母亲说我哭闹着说什么也不干，母亲就作罢了。

我为什么不干呢？我要是过继过来给二姨当养子，不是年年都有大肥猪吃了吗？

我是踩着没落下西山的日头走进瞎婆婆家的，一抹橘黄的夕阳照在她那张干瘪丑陋的脸上。瞎眼窝往里凹陷着，牙骨往外突出着，下巴歪斜着上翘，细瘦喉结突出的脖子就像我家养的那只老得不能吃肉的秃脖公鸡。

她将一块肥肉无声地吞下去，喉结咕噜了一下说：

"四点指，三百一十斤？"

我惊讶她说得一点儿也不差。

"你姨真会养，你姨真会养。"

我转身走出这间寒冷的小屋时，她在我背后连说了两句。

镇上所有人家都养过猪，只有瞎婆婆没养过猪。没养过猪的瞎婆婆却吃遍了镇上所有人家的杀猪菜，这也是我嫉恨她的一个原因。

后来我才听母亲说起瞎婆婆家先前也养过猪的，瞎婆婆也有过一个比我哥还大几岁的儿子。山里人养猪多数人家是上山采山野菜或撸榆树叶给猪吃，逢到灾荒年人也要跟着吃这些东西。听母亲讲一九六〇年闹饥荒，近山附近的山野菜都被人采光了，别说是猪，连人都不够吃。有一天父亲和镇上的大人结伴去往远处的山里采山野菜，转悠了大半天，也没采到一星半点山野菜，正失望地要出山回家时，在半道上碰见了匆匆下山的瞎婆婆的儿子，他告诉父亲和邻里乡亲，他在后山沟里发现了一片山野菜地，叫父亲他们快去采吧。他还怕父亲他们找不到路，带他们走了一段路。当父亲他们找到那里时，才相信他说的是真的。可是父亲他们很觉得奇怪，他怎么不采？这是一片没人来过的野菜地，有薇菜、苋菜、燕尾菜、黄瓜香菜……他们来的人每人都采了满满一面口袋。

等傍晚回到镇上时，才听家里人说瞎婆婆的儿子被蛇咬了，瞎婆婆的儿子在寻到那片野菜地里时，被从草丛里蹿出的一条五花蛇咬了一口，他是慌慌下山去找镇上白医生取蛇毒的，遇到父亲他们引了一段路就耽误了一会儿工夫，到家时已从脚腕肿到了大腿上，镇上的白医生也眼看着没法救了……

瞎婆婆的儿子死了，瞎婆婆就这么一个儿子，一股急火也让瞎婆婆哭瞎了眼。从此瞎婆婆家就再也不养猪了。

我家终于养了一回大猪。

我家养那头白壳郎猪是在父亲从小镇商店调到镇上食堂当管理员的那一年。父亲原先在镇上商店里当会计，小镇商店是国营商店，日子虽然过得紧巴，可工作却体体面面，上衣左上兜里还

259

总是插着一管钢笔。但每到开工资的时候，他的衣兜里就无一例外要揣上一张欠饥荒的条子。当父亲很窘迫地把那张条子从兜里掏出来的时候，总要碰到母亲凄艾抱怨的目光和我们看他的眼神。父亲终于忍受不了我们的眼神，是他自己跟镇长说去镇上食堂干管理员的。

当戴着白帽子、扎着白围裙的父亲把第一桶泔水挑回家的时候，我们都觉得那臭烘烘的泔水散发出来的是香喷喷的味道，坐在敞着的窗里炕上做针线活儿的母亲也闻到了。我们就像那些嗡嗡跟到院子里的苍蝇一样，围了上去。还有圈里刚刚抓回来两个月的小猪崽，它嘴里也发出像唱歌一样的叫声来。西天的云彩映红了我家的小院，也映在父亲的脸上。

泔水只有食堂内部的人才能轮流往家里挑一担，泔水五分钱一挑，一挑泔水够我家的猪掺和着野菜吃一周的。"呱、呱——"那猪在猪槽子里吃出很响的声音来。这是我们家以前喂猪从来没有过的。它的两只大耳朵像倭瓜叶子一样呼扇着。

整个夏天，连它身上散发出浓烈的毛腥味儿都让我们觉得那么好闻。

哥更是很精心地饲养它，隔几天他就会跳进圈里去，用洗衣盆打一盆清水，再手拿一把竹板毛刷，给它刷身子"洗澡"。这头猪经过哥细心的刷洗，变得干干净净，那根根猪毛连带粉红的猪皮都透着亮晶晶的光泽。邻居们隔着院子板障子望见了都说："你家的猪可真白净啊！"以至这头猪杀了以后，猪毛哥死活也不叫家里卖了，那猪皮做成的皮冻，哥也一筷子没动过。

这头猪到上秋的时候，就长到二百斤了，不用秤量，母亲喂食时用手掌丈量着猪脊背就估算出来了。这已经突破了我家养猪的纪录，母亲喜上眉梢不言而喻。每次出去喂食回来，她都对坐

260

在炕沿低头抽叶子烟的父亲说："这头猪真填乎人，你瞧它多上食啊！"父亲听了怔了怔，他现在不穿那件带兜盖的蓝卡其上衣了，身上多是一件蹭着油迹和青菜绿迹的白上衣。不过他的长脸倒有些发胖，他中午一般都在食堂吃。

入冬的第一场飘雪给我们带来了盼头，尽管离进腊月还早着呢。一大清早，哥就跳进猪圈里去，给猪窝里又垫了他秋天从山上割回来的干草。听见它舒服地哼哼叫了两声，它还不知道冬天的来临对它意味着什么。

从哥的眼神里我倒读出一种陌生的神色来，他好像盼着日子慢点儿过。墙上阳皇历牌的日历纸他也不主动去翻，而以前他都是一页一页叠起来的。如果有谁说出"过年"的字眼，他就会说："你就不怕过一年少活一年吗？"这话让我们听起来有些惊悚。以前他比谁都盼着过年的，因为过年第一个有新衣服穿的就是他，而我们则要捡他剩下的穿。如果家里钱和布票宽余，我还有希望穿新衣，而三弟、四弟是彻底无望了。

这头大肥猪就是我们家过年的盼头。这一点我们已从母亲的眼神里看出来了。她可能早已在心里头盘算好这头猪可以卖多少钱了，当然她是不会把实底告诉我们的，只有在夜里躺在炕上时她会跟父亲悄悄地说。

山里一进入腊月就十分的寒冷了。热气腾腾的猪食倒在猪槽子里不一会儿就会冻成冰碴，好在大白猪很快就"咣叽、咣叽"把一槽子猪食吃光。吃完，它身上的白毛就挂上了一层白霜。夜里的白毛风让院子里地上和猪窝黄泥棚顶都凝着一层亮晶晶的白霜花。

母亲已在阳黄历上画好了杀猪的日子，腊月初七。杀七不杀八，也是山里的规矩。父亲头一天就去请了霍杀猪匠，父亲回来说霍杀猪匠一口就应承了下来。

　　一大清早起来，就听母亲在一遍一遍地刷洗那口十二印大铁锅，这口锅是从二姨家借来的，我们家杀猪从来没有用过这么大一口大锅。锅用四块山青石支在了院子里，锅底下烧着柞木柈子和桦木柈子，"噼噼啪啪"脆响。我负责填柈子，哥躲了出去。

　　七点钟不到，霍杀猪匠就到我家里来了。父亲把烟卷递给他，他接了，吸了一口，去打量圈栏里的白猪，嘴里说："哦，嗬嗬，好大的个儿啊……"父亲就一脸灿烂的笑。

　　接着二姨父和另外两个请来帮忙的邻居也到了。霍杀猪匠和二姨父跳进猪栏里去，把猪腿绑了，两个人用柞木杠子抬出来。院子里父亲早拿过来一杆他从食堂借来的磅秤，另两个邻居也插过一个杠子来，两个杠子在磅秤杆上头插成十字花形，将那头呜呜叫着的白猪勉强吊起来，离地只有一巴掌。父亲掌秤砣，他盯着那抖动的粗秤杆小心地看着。

　　"多少斤?"霍杀猪匠问。

　　"三百零五、零六斤……"父亲的喉结坚涩蠕动了一下。

　　"给它灌灌肠。"放下来霍杀猪匠说了一句。

　　站在一边紧张观看的母亲明白过来，去端来一盆稀泔水，放到地上的猪头嘴旁。那猪前腿跪地扭着头抬起嘴来，"咣叽、咣叽"喝起来。一般杀猪前，都要喂一些稀的，一来增加分量，二来倒洗肠子里屎便也不容易挂肠。

　　等猪吃完那盆泔水，重新被吊了起来，这回霍杀猪匠又问："多少斤?"

　　父亲眼睛放光，大声说："三百一十一斤。"

　　我看见二姨夫的目光不自然地移到一边去。我家这头猪比他家那年杀的猪还要重一斤。围在障子外看热闹的人也听到了，从

262

他们嘴里喷喷吐出一圈又一圈的白雾来。

院子里支起的那口大锅已被我烧红了锅边，听到那边传来一声，"躲远了看，溅身上血就别吃血肠喽——"

一道白光捅下去时，我扭转了头，听那猪死命地长长哀嚎了一声，红光出来时，叫声才渐渐小了下去。

咽了气的白猪被抬到锅边来，霍杀猪匠吹鼓了气后，他又和人搭手把猪抬到锅沿上，他一遍一遍舀着锅里的水浇在猪身上，之后他就蹲在一张椅子上，手里拿上锃亮的刮猪毛铁皮板，动手刮起猪毛来。他嘴里又一遍一遍地说："这猪毛可真白净，我杀了一辈子猪也没见过这么白净的猪毛。"父亲用眼睛去寻哥，哥不见了身影。

白猪毛一片片被撸到地上，带出的锅水还烫着，可是淌到地上不一会儿就结成了冰，带着毛硬扎扎地粘在地上了。

天冷加快了霍杀猪匠做活儿的进度，一上午他就把所有的活计做停当了，那一大铁盆猪血也叫他灌好了血肠。

之后，父亲就陪着他们进屋吸烟去了，等着锅里的肉、猪肝、猪心、猪肺先炸好，端上桌。

里屋吃喝上了，母亲在外屋炖杀猪菜，这回她舍得往锅里放白肉和血肠了，还时不时把切好的白肉、血肠往我们嘴里塞上一块。

"你哥呢?"母亲突然问道。

我们都摇头，嘴里嚼着肉呜噜呜噜说不清他到哪里去了。

喝得脸膛红彤彤的霍杀猪匠吃饱了，喝足了，提着家什袋要走了。母亲掏给他三元钱，把大肠头让他拿上，又拎给他十斤好肉拿上。霍杀猪匠瞅母亲的脸就有些窘迫，嘴里说："他嫂子，等明年杀猪我还来给您家杀。"

母亲给二姨父备下了二十斤好肉，以前二姨父杀年猪都是送给我家二十斤亲戚肉的，可我家从来没给上过他家二十斤肉。他眼神里头一回有了几分嫉妒神色说："大姐，这回你家可以过个肥年了。"母亲的眼里也头一回流露出满足的神色，她还把一叶熟猪肝叫他拿上："俺妹妹爱吃猪肝。"

那两个帮忙的邻居走时，母亲也给他们各自拎上了一条血脖肉，一般帮忙的人只给拿几截血肠。母亲说："过年给家里人包饺子吧。"那两个邻居感谢着收下了，并恭维地说了几句讨吉利的话。我过后想明白了，母亲这样做，是想让这两户人家在过年包饺子时，还会叨咕两遍："王会计家今年杀了一头三百多斤重的大肥猪，人家可是过个肥年啦。"

下午的日头还没有在寒气中缩小时，我和三弟、四弟开始往各家各户送杀猪菜了。每到一户人家，收下杀猪菜后，总要拉住我们，问我家杀的猪有多重，膘有多厚。我再也不用像往年我家送杀猪菜那样，逃也似的离开人家了。在我们走出来时，还能听到身后的啧啧声："瞧瞧人家……"冻掉下巴的天气，叫我们觉不出一丝寒冷了。

我最想听到的是瞎婆婆的惊讶声，我甚至想到了她那漏风的嘴巴张开合不拢的样子。

我是最后一户给瞎婆婆送去杀猪菜的，我还有意让母亲挑了两片最肥的白肉片盖在上面。西北风顶着我往北头街上靠山边的瞎婆婆家走去。干瘦的夕阳有点儿要挺不住哆哆嗦嗦坠下西山坡去。瞎婆婆家矮房顶驮了一冬天的厚雪，让那间泥草房更矮了，我真担心一场雪会把它压趴下。

院子里破柴门敞开着，跟我蹿进院的一缕白毛风撕咬着我的裤角，我还是把怀里的杀猪菜往袄里紧裹了裹。屋门紧闭着，我腾出手来敲了敲门，里面并没有动静。我拽开门走了进去，瞎婆婆并没有在外屋里，锅台上也没有看见那只刷好的蓝边粗瓷碗。

我走进里屋去，看见一个瘦小的像猫一样的身影蜷曲在土炕上，我叫了两声没有应声，走过去摸了一下，那身子已经冻硬了。

瞎婆婆死了。瞎婆婆没有吃到我家这口三百一十一斤大肥猪的杀猪菜，就在腊月初七这天走了。我是多么想从她嘴里听到她说出的我家这头猪的斤数啊。

我端着这碗杀猪菜浑身冰凉站在炕沿前，心里有说不出的委屈。

刀子一样的小北风呼嗒、呼嗒吹在北窗那发黄的窗户纸上，那尖厉的叫声，多么像早上我家那头大白猪嘴里发出的哀嚎啊……

河边的红柳

　　柳红梅是等不到那个季节才去河边的。五九六九沿河看柳，柳红梅在冬天还没露出尾巴时就会跑到河边上去，在那里一站就是半天。河床上覆盖着厚厚的雪，河对岸长着茂生生的红柳。午后亮亮的阳光折射在雪上有些刺目，白白的雪，红红的柳，像画一样总也让她看不够。直到河套里朔风吹红了她的脸蛋儿，她才离开河边，向河对岸那片红柳丛走去。厚厚的雪窝子里留下她一串串清晰的脚印……她的红地儿碎花棉袄和绿头巾很快隐在柳林丛中。身后的阳光暖暖地照着，从河套里吹过的风贴着雪面呜呜地响着，像哪个顽皮的孩子在她背后吹起的柳笛声……

　　每回从河边回来，柳红梅肩上就会多出一捆红柳来。到家时身上就热透了，绿头巾上也渗着虚虚雾气的汗珠。在院子里她放下镰刀，把红柳条捆直接拖到屋子里去，立在外屋火墙边上，她把柳条捆摊开，又把炉子生着，放进了白桦木桦子。然后她又挑起两只柳条大筐走出院子来，到河边去挑雪。镇上的女子只有柳红梅用河里的雪化水洗澡，她在心里认定河床里那么白的雪会把人越洗越白的。

266

挑雪回来，柳红梅把雪倒在一只大白铁皮洗衣盆里，把洗衣盆坐在炉子上。这个时候家里还没有回来人。母亲去二姨家串门了。父亲去邻居家看牌了，父亲在林场贮木场上班，可是贮木场已放假两个多月没活儿干了。听着坐在炉子上的白铁盆里发出"吱吱"的响声，刚才还像雪山尖一样的盆里，这会儿坍塌了下去，变成了一盆清汪汪冒着热气的雪水。柳红梅就把盆费力地端到地上来，她把窗帘拉上，又把门插严实了，然后一件一件脱衣服，将身子慢慢坐进盆子里去。温热的水撩在身上有一种很舒服的感觉……晶莹的水珠顺着她富有弹性的肌肤滴下，她一边洗一边在打量着自己白白纤细的胴体。镇上的女伴都羡慕地说她的身材苗条柔软得像一棵红柳……火墙边摊开的红柳条被烤得柔软了起来，散发出一股好闻的嫩嫩的清新味儿，柳红梅不由得用鼻子用力地嗅了嗅。

吃过晚饭，李双河来了。李双河蹲在外屋灶间一边看她编柳条筐，一边同她说话。她洗过的还没有干透的头发，湿漉漉披散着散发着一股好闻的香味儿，她两只灵巧的手在柳条间翻飞，时而从袄袖里露出一截白藕一样的手腕来，那是刚刚洗过澡划一下都会出白痕的洁净的皮肤。李双河很想摸一下，可是他听到隔壁屋子里传出她父亲的咳嗽声，他就规规矩矩蹲坐在柳红梅递过来的一只小木凳上没动。多灵巧的一双手啊，可惜了不该整天跟粉笔末儿打交道。李双河这样在心里感叹道。李双河更多的时候是看到这双手上沾满了粉笔末儿。

李双河说镇上又有谁谁进城里打工去了。柳红梅说是吗，手指还在不停地翻飞插动着。李双河就在灯影里低着头发出一声叹息来："这穷山沟，闷死人喽。"她怔怔地瞅了瞅李双河，想到下午站在河边上看红柳时她咋没有这种感觉？她那会儿甚至觉得柳山镇是她平生最喜欢的地方。李双河在灯影里接着说："开春以后俺打算到城里去闯一闯……"她知道李双河这是在说给自己听，他心里希望她也能跟他一起到城里去。可是她离不开柳山镇，离不开这里的孩子，离不开……那条河。这些跟李双河说了他也不会明白的。

李双河站起身来踽踽地走了。她重新坐回身来把第二只筐编完。睡觉前她要编出两只柳筐来，一只柳筐一块八角钱（山下有人到镇子来收），到开学的日子她要编出九十只筐来，才能凑够班级那五名孩子的书本费，他们的父亲都是林场贮木场上的工人，可是林场已经半年没发工资了。她要靠卖筐把他们的书本费垫出来。自从山上的木头采伐得差不多的时候，林场的日子就越来越不好过了。

临睡下前，她听母亲躺在火炕上说："玉凤也嫁到山下去了。"玉凤是二姨家的二闺女，小时候她俩常去镇外那条河边柳毛子里玩，春天在沙滩上捉蝴蝶，夏天站在水里翻河卵石捉蝲蛄（一种大河虾），大一点儿后就躲在柳毛子后边洗身子……有一回她问玉凤长大后会不会离开红柳河，玉凤摇摇头说不会。"那你要是嫁人呢？"玉凤脸在河水里羞得通红，掬一捧河水打她："你才嫁人呢，俺要嫁就嫁给红柳河……"咋这么快说嫁人就嫁人了呢？

化雪的日子总是很快的。一场春风吹过，河床里的雪变软了，对岸的红柳也变软了。站在岸边，已丝毫感觉不到冷意，放眼望过去，在阔阔的风吹拂下，红柳丛款款地摇曳着身子，婀娜轻盈。白亮妩媚的阳光里，红柳愈加通红了身子，从这岸望过去，对岸就像被谁燃起的一条通红的火龙……

她在岸边张望了许久，然后走下河床去，脚踩在软软的雪上，让她有一种很亲近的感觉。在靠近对岸的柳毛子丛下，突地冒出一股沿流水来，亮汪汪地从雪里钻出来，又不知从什么地方的冰层里钻进去了。跳荡的阳光无声地流淌在上面……

红柳丛里很静，几只黄肚鸟和白脸鸟在软软的柳枝上蹦来跳去……镰刀割在软软的柳根上不再是脆生生的响，而是让手感到一种无声的韧劲，她喜欢这种感觉。干得累的时候，她走出柳树丛来，俯身趴到水边上，吸了一口清水。顿时一种冰得脑袋和胸腔都拔凉的感觉让她倒吸了一口气。她身子坐在软软的雪里，透明的阳光照在身上，扫视着周围静悄悄的一切，一种说不出的暖融融的感觉让她想起一个人来，那人是个画家。

画家是在前年春天一个风和日丽的下午来到小镇来到河边的。澄澈透明的河水在春天像个害羞的姑娘，岸边红透了的红柳也倒映在河里让河面也红了脸。岸边聚集了无数只蝴蝶，轻轻地扇动着翅膀，远远望去像河边上盛开的五颜六色的野花。画家不知是从哪里走来的，他显然是走渴了，一走到河边就扔掉了画夹，像一只长脖子白鹭鸟一样，伏下身把头扎在湍急的河面上咕嘟咕嘟……喝个没完，半天也没见起来。让站在对岸的她吃惊不已。

"喂……你别冰坏了肚子。"她站在对岸喊了一声。

画家抬起头来，发现了她。"——站住，你别动。"画家迅速抹了一把嘴巴上的水珠，回身拾起了扔在草坡上的画夹，支在了腿上。

她懵懂地望着他，听话地站在了那里。

迷人的阳光款款地流动在水里，将她的身影倒映在镜子一样透明的水中。

"我走过许多地方也见过许多条河，还从来没见过这么清澈的河……它叫什么名字？"画家一边画画，一边隔着河在问她。

"镇上的人管它叫红柳河。"

"红柳河？好名字。"

画家画好了画，挽起了裤腿，蹚着湍急的河水走了过来。画家两只颀长的腿很白。

柳红梅很少下山到镇上的照相馆里去照相，柳红梅第一次看见自己被人家用油彩画在画布上，还有这条河和身后的红柳，原来画出来真的像画一样好看。

"你在编什么，是鱼篓吗？"画家瞅了瞅她脚下一只三角圆锥一样的东西。

"不，是教具。"

画家被场长请去，为场里写了一块"柳山林场"的牌匾竖在进林场大门口的路边上。场长当晚还请画家在场里喝了酒，吃的就是河里出的冷水鱼柳根子、细鳞鱼什么的。画家临走时对他们说了一句包括场长在内都没大听懂的话："你们要好好守护你们这条河。"不过只有她听懂了，她目送着画家迈着颀长的腿向山下走去。

画家说他以后还会到这里采风的。没过多久，画家来信寄来了他那幅在这里写生的油画获奖照片，那幅《红柳河》在参加全国美展中获得了金奖。随后他又寄来了一个包裹，里面是一堆石膏模型，画家说这里的孩子们上美术课时会用得着的。从这以后她给孩子们开了图画课。

她相信画家的话，她相信他说的这是他见过的一条最纯净最美的河流。她相信他还会来这里的。

夕阳西沉了。柳红梅扛着红柳捆回来，母亲已做好了晚饭。这回红柳不用放在火墙边上烘烤了，吃过一口晚饭，柳红梅就坐在外间编起筐来。刚编一半时，双河走进了院子。双河这回带给她一个好消息。他喜形于色地说："有人要在咱们镇子上建胶合板厂了。"她听了沉吟一下说："是吗。"双河又说："这回俺不用进城了，等着人家厂子建成俺就进厂里干。"她停住了手，怔怔地瞅着双河，仿佛双河说错了什么。

双河说得没错，双河的到来证实了刚才在饭桌上她从父亲嘴里听到的这件事，场长正在同从山外面来的那人商谈，那人是一个南方老客，那人要把贮木场的厂房都占去……"这么说这是真的了？"双河走后，柳红梅有点儿心猿意马，镰刀头几次差点儿割了她的手指。后来她就索性推开编了一半乱糟糟的柳条筐，早早上炕睡觉去了。

躺在炕上她也无法入眠。黑暗中她静静地睁着眼睛，听着山风像只怪兽呼呼作响地吹在窗户板上。父亲也在隔壁的火炕上翻身叹息着久久没睡，父亲在贮木场放了一辈子木头，如果真把贮木场卖掉父亲以后就不能在那里做活儿了……到了半夜，外面的风声突然渐渐大了，呼呼的山风刮得房子都有些地动山摇，隐隐地从黑夜中的远处传来一阵咔嚓咔嚓的响声……侧耳细听，凭经验她知道那条河床在今夜开裂了，就像一个分娩中的女人发出痛苦的呻吟声……

果然天刚蒙蒙亮，她头没等梳就跑到河边上去，天空有些阴霾，满满的一河床冰排互相撞击着从上游涌下来，又争先恐后地

271

向下游流去。一夜之间红柳河暴涨了脾气,失去了往日那份温柔。冰排撞击着发出骇人的响声,有冰排斜冲到对岸上去,把红柳也撞得东摇西晃的,撞倒了一大片。

贮木场就在上游不远的河岸旁,往年冬天从山里采伐下来的木头堆积在那里,到了夏天等河水涨起来,就顺河放木头运到山下去。父亲是放木排的好把式。她喜欢看那一根根红松原木或白桦原木顺水在河里漂着的样子。这让她觉得这山这水才富有生气。

可是现在……一整天镇子里都处在莫名其妙的兴奋中。南方老客开始往林场运建厂的机器了,汽车艰难的轰鸣声一直到傍黑才停歇下来,进山的路不太宽畅,场长正在组织人修路。

柳红梅怏怏地从河边回到家中,跑冰排的时候她是无法过河去割红柳了。就把昨天晚上编了一半的那半只筐重新拾在手里编了起来。晚饭前,双河兴冲冲端了一脸盆青蛙走进来,是他刚刚在河边抓的。青蛙在盆子里爬动着,鼓着一双亮晶晶的眼睛。她突然叫双河拿走,放回河里去。双河说这东西大补,在城里要十几块钱一只呢。

双河讪讪地端着盆子走出她家来,并没有放到河里去。双河拐向了贮木场,把青蛙送给了那个南方老客,两人还在那里喝了酒。这是后来双河告诉她的,不过她那会儿已经原谅了双河。

学校已经开学了,她去河边的次数少了。镇子上多数林场工人都暂时被正在筹建的胶合板厂招了去。听双河说,由于得重建厂房和安装机器,再加上培训工人,厂子得秋天才能正式开工生产。看到双河脸上掠过一丝期待的神色,她心里在想秋天会是一个什么样的日子呢。

柳红梅是从伊春师范学校毕业分回到柳山林场小学来教书的。一晃七年了，七年前她读师范时还是一个傻乎乎的小姑娘。那会儿和她一样从闭塞的山上下来考进师范学校的女孩子，毕业以后都希望留在城里教书，或在山下找个对象留在城里，尽管伊春城也是一座山城，可是对于一辈子很少走出家门、山沟里的女孩子来讲，已经是一座热闹的大城市了。只有她在临毕业填报分配志愿时填报上了柳山林场子弟学校。她也说不清楚究竟是什么东西在吸引着她回来。

　　去年暑假她去伊春城一趟，是给学校买教具，也顺便回母校看了看。母校在北山上，东侧有一条大河流过，那条河叫汤旺河。这条河横穿整个小兴安岭，是她所见过的最长的一条河。

　　那天她走在大街上不期遇上了她的同班同学彭春艳。浓妆艳抹的彭春艳并没有叫她一下子认出来，倒是彭春艳一下子把她认出来了。她还是平直的短发，脸上很少擦化妆品。彭春艳上下打量着她，说："你还是上学时的老样子，一点儿都没变。"又问她："你结婚了吗?"柳红梅就羞涩地摇了摇头。她就惊呼道："你可是咱们班最后一个处女了。"彭春艳当初也是从山沟里林场考进师范学校的，毕业后很快就嫁人留在城里了。她丈夫现在是一家什么公司的小老板。看着眼前的彭春艳，她怎么也找不出她当年当学生时的样子来。

　　后来她们就一起去了母校，一起去了学校西头的河边。当初读师范时，只有她俩山沟里的家离城里最远，星期天别的同学都回家了，她俩回不去，星期天就跑到河边上来。捉河里的鱼，又在河里洗澡，开始彭春艳连"狗刨"都不会，是她把她教会的。晚上回来就把捉到的鱼放到宿舍煤油炉上炖鲜鱼汤喝，香喷

273

喷的味道飘满了宿舍走廊，让她俩暂时忘记了回不去家的烦恼。每个星期天她俩差不多都是这么度过的。有时柳红梅实在想家了，也会一个人偷偷跑到河边上去，掬一捧河水喝进肚里。她听说这条河的上游发源地就连着红柳河，那么喝了河里的水就等于喝了家乡红柳河里的水一样，叫她不再想家了。

这还是那条河吗？那天站在河边上的柳红梅几乎吓了一跳。棕红色浑浊的河水缓缓流过来，已看不见河边浅底处的鹅卵石和细沙了，河边也看不到垂钓的人影。

就像一个思念多年的老朋友，见面后却不敢相认一样。"怎么会变成这样？"她不由得问身边的彭春艳。彭春艳告诉她这都是上游建了刨花板厂、胶合板厂污染造成的。她们顺着河边向上游走，果然在上游不远的地方有一家胶合板厂的排水管道口正对着河里哗哗排放着，周围的水边激起了一片沸腾的白色泡沫，还散发着一股怪味。这就是那条清澈见底的河吗？这就是她们下河摸鱼时，无数条小鱼拱得她俩白白的腿肚子直痒痒的那条河吗？此时她身上像爬上了一条毛毛虫子，让她的皮肤痒痒的有一种说不出的恶心感觉。

"河里还有鱼吗？"

"没有了。"彭春艳摇摇头。

她这时就十分想念起红柳河来，与红柳河比起来，这条河就不叫河了。

晚上彭春艳带她到城里的歌厅去玩，歌厅里的灯光令她眼花缭乱，音响震得她耳膜发鼓。服务生端着红酒、果盘走过来，吧台里那个性感小姐嘴唇抹得红红的，胸衫已开到了最低。彭春艳看来已习惯了城里人的生活，她端着一只猩红的盛着红酒的高脚杯，不断地与进来认识的客人打着招呼。

彭春艳非要她唱一支歌，柳红梅拗不过她，就走到大屏幕前唱了一支她给她点的《红河谷》，在学校里她就喜欢唱这支歌。不知为什么她一唱《红河谷》的时候，就会想起家乡的红柳河。那清清的河水仿佛从她心底里涓涓流过，楞场、父亲，还有从小和她一起长大的双河，她的眼眶就湿润了。唱罢，沉默的卡座里突然爆发出一阵热烈的掌声。彭春艳惊奇的目光看她走过来说："想不到你的嗓音还是这么清纯，简直像山泉一样。"

临走时，她看到那个歌厅老板在彭春艳耳边嘀咕着什么。等走出来，彭春艳跟她说："想要你到他这里来干，只唱歌，一个月六百块钱。"她听了吓了一跳，这差不多是她半年的工资，而且山上的小学校工资还常常拖欠。她轻轻地摇了摇头，说她不会到这里来唱歌的。

彭春艳执意要挽留她在城里找份工作干，可是第二天她还是回到了镇上。

柳山镇的贮木场在兴建胶合板厂的厂房，每天早上去河边都能听到那边传来的打桩机声，破坏了河边的宁静。柳红梅喜欢到河边来备课，耳边听着河水的潺潺流动声，时而望一眼倒映在清晰的河水里那个清秀的身影，一天的课都会上得很充实的。随着天气的转暖，对岸的柳丛里飞来了各种鸟，在露出的沙滩上还落满了各种花色的蝴蝶。唧唧啾啾，时而有一只水鸟轻声鸣叫着擦着翅膀掠过水面，如果不是工地那边传来的打桩机的轰鸣声，这该是一个多么美妙宁静的早晨啊。

远远地，不知什么时候，一个人影顺着河岸从那边走过来。她认出这个三十左右岁的男人就是在这里建厂的南方老板。他身材矮小，瘦瘦的脸上闪动着一双精明的眼睛，他的面孔很白，像女人一样白皙。

"我认识你，你叫柳红梅。"

她没想到他会知道自己的名字，一定是双河告诉他的。她不明白双河为什么会告诉他自己的名字。

她收拾起课本，离开了河边。

晚上，双河过来了，说他们厂子缺一名会计，张老板叫他问问她愿不愿意到厂子里去干，她这才知道那个人姓张。她摇摇头，说她不会去厂子的。双河还想说什么，看她批改起了作业本，就识趣地住了口。

父亲也在里屋叹息着，说楞场都叫这个精明的老板买了去，今后夏天再也不会在河里放木头了。与木头打了一辈子交道的父亲很喜欢河槽里涨满了水往下放木头的情景，那会儿撑杆在岸上的父亲像个指挥千军万马的将军。现在他不得不到厂里给人家"打工"。

不过场长和镇上的大多数人是高兴的，因为等到秋天这个厂子开了工，镇上就有钱发工资了，孩子们也有钱交学费了。这种期待的喜悦从镇上那些喜欢串门的妇女脸上能够看得出来，人人都希望这个胶合板厂的开工能给这个闭塞的小镇林场带来好运，让他们的日子能够像山下人一样富裕起来。

天气渐渐热起来以后，柳红梅有时会在傍晚过河去躲在柳毛子弯红柳丛中洗身子。夕阳沉进河里，暮色刚刚笼罩着河面。柳红梅像只水鸟一样一头汩进河里，她汩着水向上游游去，等她游累了又顺着水流漂下来，在柳毛子弯钻出来，躲进柳丛中用毛巾把身子擦干。此时河面已完全黑了下来，河水也凉了下来。她在

276

黑暗中悄悄地打量着自己挂着水珠的白条条胴体，"你的皮肤可真白，看将来有哪个死鬼男人有福气娶你。"以前和二姨家的玉凤来这里洗澡时，她总是会嫉妒地说。现在玉凤已嫁到山下去了。

她顺着河石浅处过河来，看到岸上站着一个人影，是双河。双河又不知刚刚在哪里喝了酒，嘴里喷着一股酒气。

"你洗澡去啦？"

她在黑影里点点头。

双河想了想刚想说什么，又住了嘴。她顺着双河的目光，看到一个矮小身材的身影顺着河边向上游走去。她和双河朝林场里走去，她刚洗过的湿漉漉的头发散发出一股好闻的清香味儿，双河的手悄悄牵住了她的手。"让人看见。"她羞涩地说。双河就规规矩矩抽出手来。

走了一会儿，双河说："俺爹昨晚又问起咱俩的事了。"

她知道双河想说什么。她答应过双河等把这个毕业班带到小学毕业，她就和他把婚事办了。

"厂子的进度很快，等到秋天俺就能拿到工资了。"双河在黑暗里说。

一听他说到厂子，她刚刚洗过的身上又像爬进了一条毛毛虫，让她痒痒地打了个冷战。

这天夜里柳红梅做了一个梦，梦见河里的清水变成了一河槽污泥，正在河里洗澡的柳红梅身子被污泥陷住了，她怎么挣扎也拔不出身子来……醒来已惊出了一身冷汗。

这天，柳红梅又在学校里收到了那个好久没有联系的画家的一封来信，画家在信上说，他打算在秋天再来柳山一趟，他相信秋天的红柳河两岸的景色也一定会很美。秋天会是什么样子呢？柳红梅捏着信有点儿不敢相信地想。

星期天不用到学校去上课，一早柳红梅就去了河边。她打算再割些红柳来，做教鞭用和编教具模型用。淡淡的乳白色的晨雾笼罩了河岸两边，河水在浓雾下发出清晰悦耳的响声……柳红梅挽起裤子过河去，河湾的柳毛子丛里静悄悄的，柳红梅这两天由于睡眠不好脑子里乱糟糟的，她想用清凉的河水冰一下头部，就在水边蹲下身子去，撩起清凉的河水洗起脸来。等她洗了一半时，她突然在水里又看到了一张面孔，一张她熟悉的像女人一样白皙的面孔……

她刚要喊出声来，嘴就被后面一双手死死地捂住了。令她觉得奇怪的是这个早上没有听到从对岸工地传来的打桩声，早晨的晨雾里一切都像死去了一样凝固了。

她只觉得下身一阵开裂了的剧痛，知道喊什么也没有用了，只觉得对不住双河……

这个人在匆匆提着裤子时，她手里紧紧地把地上的镰刀攥在手里怒视着他。

"你……你要什么，我都给你，只要你别报案——"他的脸色有些苍白地说。

她依旧在怒视着他。

"你要多少钱都行，到我厂里来干也行。"

"我要你滚开，我要你永远离开镇上……"

这个人听了一怔……而后他矮小的身影从雾里消失了。

河湾的红柳丛里又宁静下来，接着传来了一个姑娘低低的嘤泣声，河水静静地倾听着，偶尔发出一声低吟的叹息来……卷走几片柳叶向下游流去。

　　一周以后，那个南方老板离开了小镇，厂子停建了。问其原因，那个南方老板说，这里的山路太难走，不适合往外运输，就撤走了。不过他倒是按合同赔偿了小镇六万块钱。急得满嘴是泡的场长后来倒是在那个秋天来这里写生的画家建议下，用这笔钱建起了红柳编织厂。厂里聘请的技术员就是小学教师柳红梅。她只是利用假期和星期天到厂子里给工人姐妹传授技艺。

　　小镇又恢复了往日的平静。河水还是那么清澈，柳红梅还常常喜欢一个人走到河边上去，看对岸如火的红柳。

楞场上的春天

　　张五四来家里看望我父亲，说起贮木场龙门吊被拆除的事。父亲听到后怔了怔，憋住一阵咳嗽，瘦弱的面孔憋出一丝潮红，呼哧呼哧喘着气问了一句："那两个大家伙，就那么被拆掉了？"父亲的声音像从遥远的地方传来。

　　父亲躺在东屋里我们给他加宽垫高的木头病床上，肺癌已折磨得他瘦成了皮包骨头，不过他身架高大，躺在床上并不显得瘦小扁平。癌细胞已转移到了他的腰部，他连坐着吃饭都坚持不了几分钟，就得躺到那张床上去。在墙角处放着一个像炸弹似的高大的氧气瓶子，床头上放着一个空药盒，他时时咳嗽着扭过头来往里吐出一口带血的痰来，再用母亲给他折好放在床头边上的一叠餐巾纸擦去嘴巴上的痰迹。纸箱里的血痰纸满了，我就拿到外边去倒掉。我是一个月前从城里回来伺候父亲的，从他前年查出肺癌以来，每到春天他的病情都会加重些。这次也不例外，一接到大妹的电话，我就匆匆赶了回来。城里的医生说他挺不过这个春天的。回来的时候，小客车穿过小兴安岭山道，一过上甘岭时，就看到南山坡上在下雨，而北面的山坡上在下雪，白茫茫的

280

雪挂上了山坡树林时，我心里一沉，有种不好的感觉。直到走进了家门，听见在里屋床上躺着的父亲开口说话了："鸿子回来了？"我这才把一路上揪着的心放了下来。我们当然没有告诉他真实的病情，连母亲也没有告诉，怕她接受不了这样的事实。我们只说是气管病，挺过这个春季就会好的。父亲和母亲真的就相信了。

春天的阳光像小鸟一样跳荡在窗台上，山风也像小鸟的翅膀扑嗒扑嗒地吹在外面的窗玻璃上。父亲时断时续地咳嗽着，我和张五四的谈话也时断时续，就像此时他沉默了一阵儿才抬起扁平的长脸说："败家，真是败家的玩意儿……"据张五四讲，贮木场要停产了，场长叫人把龙门吊拆掉不说，还叫人用气焊一截一截切割掉当废铁卖了，这和用过了马吃马肉有什么区别？这两座龙门吊可在贮木场整整工作了四十年，当初安装投入生产时，我和张五四还在上小学，学校组织学生敲锣打鼓去贮木场庆贺龙门吊投入生产。我记得当时留级生张五四悄悄扯着我的衣襟说："鸿子，我将来最大的理想就是能开上龙门吊。"我没有在意去听他说什么，这当然是不可能的事，因为张五四学习不好，因为开龙门吊是个技术活。那时我们人人都会唱那句京剧唱词："大吊车，真厉害，成吨的钢铁，它轻轻地一抓就起来！"不过后来张五四初中毕业就接了他父亲的班，到贮木场当了一名工人，还是叫我们羡慕不已的事情。因为在林业局贮木场的工人工资最高，能够拿到八九十块钱，而在别的单位只能拿到四五十块钱，要养活一家子人挺费劲。当会计的父亲就是这样的，每月开工资总要拿回来一张欠饥荒的条子。父亲就挺后悔当初没有在贮木场一直干下去，如果他干下去就可能叫我们兄弟三人中有一人到场里去接班，而不必熬得脸色蜡黄非得去考什么学。父亲是闯关东过来的山东人，很看重凭力气吃饭的。即使我后来在城里成了作家，父亲也把我看作是无用之人。头些年我落了个神经衰弱的毛病，父亲更觉得我应该干个出力气的工作。

"哈腰挂啊——嘿哟，起步走啊——嘿哟，小心看啊……"父亲又沉睡了过去，他又梦见了年轻时在楞场抬木头的事。奇怪的是，他只有在睡梦中喊号子时，才不会被咳嗽憋醒，气喘也会像婴儿一样渐渐平息下来。而他打盹睡过去的时候越来越多了，有时你同他说着话，他的头就歪在了一边，不知他是睡着了还是醒着。

父亲没得病的时候，就常在饭桌上向我们讲述他年轻时在楞场上干活儿的事。父亲说时脸上透着一种透明的红光。他说他曾经一顿饭吃过八个大馒头，而他现在吃一丁点儿馒头都变得十分艰难了，那突起的喉结生生地停在那儿，让我们看着都有些难受。菜我是按照癌症病人的食谱给他做的，做鲫鱼、甲鱼时，我尽量吊汤给他喝，可他也仅仅只喝了两三羹勺就停在那儿了。倒是去年秋天回来那次，我和一个儿时伙伴去山上采回来新鲜的蘑菇，给他做了个蘑菇汤，他喝了许多。那些蘑菇让我们跑了好远的山路，在一片多年伐过的小榆树林里采到的。

父亲每回提到年轻时在楞场的事，母亲都听腻了，总要抢白地打断他："既然楞场上那么好，挣的钱还多，你为什么不在那里干下去呢？"这样一句就会把父亲给噎住了。父亲是在山东老家娶的母亲，娶母亲时，他跟母亲和她家里人说他是一名林业工人。可谁知他后来怎么又变成了一名供销社的会计了呢？这样的变故在我们小的时候，父亲就往往停住不去说了，这个时候他狠劲去抽叶子烟，抽得满屋子乌烟瘴气。父亲烟瘾很大，他的肺癌和他的抽烟有很大关系。

我的小学同学张五四每次来家，父亲都会很开心，和他唠一些楞场上的事情。今冬山上伐下来的红松有多少楞垛？落叶松有多少楞垛？还有椴蒗子（椴树）楞垛。场里走楞垛走了多少？张五四往往身上还散发着木屑树皮味儿，眨巴着小眼睛一一说来，他的嘴角说得都沾着白唾沫星了。父亲就递给他一根烟卷，自己也叼上一根。自从父亲查出了癌，家里所有的烟都叫大妹收走了……

这天下午的话题有些沉闷，再加上母亲一趟一趟进进出出的，她是进来给父亲床头换咳痰的餐巾纸的。母亲的目光又一遍遍扫在我们脸上。母亲不相信父亲的气管病会这么重，她总想从我与来人的谈话中窥探出点儿什么。她的脚步轻得像猫一样。

大概张五四也察觉到了这一点，他换了个话题，像是对我又像是对母亲说："我叔，头年春天我还看见去楞场上用自行车驮锯末子，咋说病就病了呢？"

我说："他头些年气管就不好，冬天早起烧炉子就咳嗽个没完，没当回事治，这回大发了。"

"医生咋说？"

"让吃药，吃进口的好药，还要去医院化疗几个疗程，不能感冒。"

去年父亲在医院化疗时头发都掉光了，现在倒是长出些稀疏柔软的白发来，就像采伐过度的白桦林带，又长出稀疏幼小的树苗一样。

"咱林区有治气管病的偏方啊，用暴马子树皮煮了泡水喝。要不我哪天上山去给叔弄点儿来，春天的暴马子树皮最管用了……"

我看了一眼门外，赶紧阻止他："别乱用了，还是听医生的吧。"

张五四就不再接这个话茬儿了，这个时候父亲也醒了，他扭过头来，蠕动一下喉结在问："五四……你说啥？"

我只好抢过话来答他："五四说，他头年春天还看见你去场里驮锯末子呢……"

父亲听了想笑笑，无奈那丝笑纹刚挤到脸上，就被一阵咳嗽声呛跑了。

自从我们出钱给父母买楼搬上楼之后，不再用锯末子烧炉子了。可父亲还是用自行车去贮木场驮锯末子，他是送给养木耳椴的人家，一麻袋锯末子卖五块钱。大妹知道了不叫父亲弄，可父亲却说："力气力气，不用就没力气了。"想想父亲退休后没事可做，也就由他了。贮木场台子下的锯末子多的是，春天怕引起火灾，就往大河里倒。

张五四走后，服侍父亲吃完药，父亲叮嘱我说："等你哥来家，别跟他说贮木场龙门吊被拆掉卖废铁的事。"我答应了他。

哥在伊春市当政法委副书记，工作很忙，轻易不回家，父亲的担心是完全没有必要的。大妹曾跟我抱怨过，大哥回家少。父亲的病是大哥领着到省城医院查出来的，查出来后，大妹就主张到北京去动手术。最后没有去，一是父亲不同意再去北京"折腾"，怕费钱，二是大哥觉得肺癌查出来就是中晚期了，没必要再去挨一刀，就把父亲领回来，在市里林业中心医院做了化疗。因为父亲身体底子好，化疗一个疗程是三次，父亲竟然做了四次，身体都抗过去了，让我们都挺惊讶。化疗做完父亲就回家了。大哥工作忙，三弟媳在镇林业局医院当护士，用什么药由她送到家来，平时由大妹在身边照顾。

在我们兄弟三人中，曾经最叫父亲引以骄傲自豪的就数大哥了。不是因为他现在的官位，而是因为他在贮木场干过，而且还开过龙门吊车，这是最令他感到炫耀的事情。大哥从春城林校毕业后，分回到林业局贮木场，当了一名龙门吊车手。那一阵子，父亲几乎每天都到楞场上去走一走，看着吊车把从山上刚拉下来的红松原条木高高吊起来，卸到楞垛上去。有认识父亲的工人见了，同他打招呼："王会计，你来做啥？"父亲就尴尬地笑笑说："没啥，没啥，来看看。"那会儿那些工人还并不知道开龙门吊的是他儿子。因为父亲常到楞场上来捡树皮和锯末子，就和一些工人混熟了，知道他是河北供销社里的会计。还有那些开解放原条车的司机，冬天从山上下来，常常在原条车上顺便捎下来半麻袋松子、兽皮什么的，到供销社里来卖，也跟父亲厮混熟了。因此在那些司机等待卸车上原条木的时候，常常站在一边同父亲搭讪，有时还掏出一根烟来敬父亲。父亲呢，也掏出一根烟来敬给他们。平时这些开原条车的司机都是很牛皮的，他们戴着白手套坐在驾驶楼里，风吹不着雨淋不着，开的工资又多，谁家的闺女都愿嫁给他们。

"真神咧，这么多的原条，轻轻一吊，就归楞到楞垛上去了。想当年俺在楞场上那会儿，这可是一冬天的活计啊……"父亲脸仰着，看着龙门吊，自言自语地说。

"怎么，王会计，你早先也在楞场上干过？"有人听到了，搭话问了一句。

父亲一愣，极谦恭地收住了嘴，嘿嘿地笑了笑，把目光移下来移到离场门外不远那条汤旺河河面上。夏天河里的水湍急地哗哗响着，向下流去。

父亲上班的供销社就在河北，挨着贮木场，因此他有空闲到贮木场来转转。那龙门吊开动起来的响声，他坐在屋里都听得到。听到这在父亲听来十分悦耳的嗡嗡呜呜的响声，父亲手里的算盘珠子都会噼噼啪啪打得飞快的。

父亲站在地面上是看不到在吊车塔楼驾驶室里的哥的，哥却能看到下面站着的父亲。哥不愿意看到父亲站在下面。哥回到家里跟父亲说："爸，你以后别再到吊车跟前去了。"

"为啥？"

哥没有说出为啥来。哥那会儿还在为他中专毕业只当个龙门吊车手觉得有点儿委屈。他可不像父亲想的那样，把这看成是有多荣耀的事情。

是我的同学张五四替我哥解了围。张五四对我父亲说："叔，你要看就站在我这里看吧，大哥那工作不能走神，大哥那工作一分神吊起的原条垛砸下来可就不得了了。"张五四那会儿是个油锯手，在传动带上截原木梢头。父亲就站在传动带台下，远远地朝龙门吊那里张望。有时嘴里还在同一边干着活的张五四搭着话。

"叔，你以前真的在楞场上干过？"

"是的咧，干过。"

"抬过大木头？"

"抬过。"

飞扬的锯末子溅了父亲一身，传动带台上载着截好的原木轰轰隆隆向下面楞段传送过去，分材质卸到备装车的木楞垛上去。楞场上的那条专用铁轨闪着发亮的白光，运木头的车皮一节一节装好后，就由开进场里的蒸汽机黑火车头吭哧吭哧拽走了。那边装车的工人抬着木头在喊着号子："哈腰挂啊——嘿哟！挂好钩哇——嘿哟！撑起腰来——嘿哟！抬步走啊——嘿哟！"父亲的

286

嘴动了动也合着节拍，跟着哼出声来。

"也是在这个楞场吗?"

"是咧，不过那时没有火车往外运木头，只有水运，归了一冬天的楞垛，到了春天河水开化时，顺着河水往下游顺放木头。"

"水运?"张五四抬起身来，往贮木场南面的那条河瞅了瞅，他在接他父亲班时，他父亲好像也跟他说过。

"叔，后来你咋不在楞场上干了呢?"

"后来，后来……"父亲的脸上又现出一丝尴尬，停顿了一下说，"那会儿林业局刚刚建局，看我有点儿文化就抽我去做会计了。"这文化两个字从父亲嘴里轻轻说出来，竟有点儿叫他难为情。

张五四没有去留意父亲的尴尬，他又埋下头用电锯去锯传过来的木头了。张五四那时在父亲眼里是个好工人，是个好青年。

夏天的贮木场里飘荡着一股浓烈的红松木、白松木、椴木香味儿，阳光很充足地照在红松楞垛、白松楞垛上，在圆圆的锯口处，会冒出一圈松树油子来，凝固住就像琥珀一样透明。在椴木垛上，那椴木的两头圆口处，也会流出一圈一圈稠稠的椴树汁液，这椴树液甜甜的，会招来河边养蜂人的蜜蜂来采蜜。还有蝴蝶在枫桦木楞垛上上下翻飞，那紫马莲蝴蝶、蓝马莲蝴蝶的个头都像燕子个头一样大……这是多么叫人愉快的楞场工作环境啊!父亲往往会站在那里看得着了迷。

大哥并没有像父亲期望的那样在龙门吊上把这个车手一直干下去，而是在第二年的春天就从龙门吊上下来了，不再开龙门吊了。这一年林业局提拔有文凭的年轻干部，中专毕业的大哥直接被提拔当了贮木场的书记。场里的人都说大哥是跳了"龙门"了。

我是这一年回去探亲时听张五四说的。张五四以前见着大哥都是一口一个大哥地叫着，现在见着大哥则毕恭毕敬地叫王书记，弄得我都有些不舒服。小时候我们可是在一起玩儿大的光腚娃娃啊。那个时候张五四因为是留级生就显得顽皮些，无论是逃学带我们去河里摸河鱼，还是去人家黄瓜地里偷黄瓜吃，他总是第一个跳进去，被人捉到了，就龇着虎牙嘿嘿笑："要不，我再给你家黄瓜接上去？"一副自认倒霉的苦脸相，并不出卖我们。"我那会儿就看出你哥们儿会有出息，我说什么来着？"张五四一挤他的眯缝眼，那笑里藏着一种说不清的滋味儿。在哥去贮木场之前，张五四已在贮木场当了四年工人了。并且四年都被评上劳模，当了劳模之后他依旧在台班上当工人，连个段长都不是。而大哥呢，中专毕业刚刚在场里开了一年龙门吊，就被提拔当了场书记。张五四觉得他这都是吃了文化低的亏。

　　我的父亲却不这么看，我的父亲认为在贮木场开龙门吊，比当这靠耍嘴皮子吃饭的书记强。自从大哥当了书记后，父亲下班没事的时候就不再到贮木场里去了。

　　天气转暖的时候，病床上的父亲常常盯着外面的阳光出神。看到他目光里流露出的渴望，我问他："出去走走？"父亲的眼睛微微一亮。我给他穿上厚棉鞋，又给他戴好棉帽、手套，搀扶他下楼。我觉得他身体笨重了许多，下楼梯时像刚学会走路的孩子一样，小心翼翼地伸着脚。

　　外面的阳光一下子接纳了我们，照在他那张气喘微红的面孔上。父亲不让我再搀扶着他，甩掉了我的手。可他刚刚走了几步，就呼哧呼哧喘得不行，不得不在楼区前面空地上一株小油松树下的长椅上坐下来，等着呼吸平静下来。力气正从他的身体里一点一点抽走。看着他这个样子，我会在心里这样想。

暖融融的朝阳地里，蓬蓬草绿了，有的从干黄枯枝的花池泥土里拱出来，有的从油松树根底下的泥土里拱出来。我的目光落在这一蓬蓬绿草芽上，父亲的目光也贪婪地落在上面，他自言自语地说了一句："这小草也和人一样，到了季节会拼命往出拱啊……"他的话叫我一怔，有一丝阳光明晃晃闪在他暗黄的脸上。

正在这时，我手机响了，是我在城里一个诗人朋友打来的，他问我父亲的病情怎么样了，我说我正在楼下陪他散步呢。他听了一怔，随后在电话里说了一句："还是山里的空气好啊。"这老兄的父亲是头几年走的，也是肺癌，癌细胞转移到头部，没挺过三个月。他是知道我父亲的病情的。

春天的小城的确飘荡着一股清新的松针味儿。小城四周围着山，只要我一走到街上去，鼻孔里就塞满了这种味道。我家的小区在大桥头的南边，河的北岸就是贮木场。我不明白父亲当初为什么非要靠在河边买楼，现在我想明白了。

河里的沿流水刚刚开化，河中央岛上有一片红柳，被这刺目的阳光照得一片火红。我和父亲移到这里时，他的脸上就像被擦燃的一根火柴，跳跃出一丝红晕……他沉浸在一种宁静的恍惚里。这个午后没有风，只有阳光温暖得让人心里发痒。修得整齐的水泥路面大坝边沿有一张木制的长椅，我扶他坐了上去。

就在这天下午，父亲向我讲起了他年轻时在楞场上的一些事情。父亲讲得断断续续，他不断被自己的咳嗽声打断。十九岁的父亲从山东老家出来时，什么也没带，他只带了一身力气。父亲在老家是高小毕业，没考上中学有些赌气才出来的，他跟祖父讲，他想凭力气吃饭。父亲只身一人到了东北，从小兴安岭南边往北一个林业局一个林业局走过来的，最后走到了这个刚刚开发的汤旺河林业局。他在贮木场找到了活儿干。

如果不是来到这里第三年春天发生的事，父亲很可能会在楞场上一直干下去，会成为一名很好的油锯手或搬楞工。父亲在给老家写信时就是这样告诉家里的，他在楞场上干得很好，吃得饱，挣钱也多。他叫家里人不要惦记他。父亲独独没说在楞场上干活儿会有什么危险。

那个春天的下午，父亲和往常一样，和另外三名工人用掐钩从楞垛上抬着一个两人搂抱不过来的红松原木走下来，喊着号子朝下面的河边走去。"哈腰挂啊——嘿哟！小步起呀——嘿哟！往前看哪——嘿哟！"哪知道刚刚走到隔着的公路上，从这根抬着的红松原木前头的空心洞里，伸出一个毛茸茸的黑熊脑袋来，前边抬着横杠的两个工人吓得"妈呀——"惊叫了一声，撂下抬杠撒腿就跑。父亲和后面的另一名工人稍一迟疑，看到熊已跳到路面上来了，那个工人说了句："快跑！"就先撂下了一头的杠子，父亲好像听到腰里咯嘣响了一声，身子被压弯了，他顾不得疼痛，推开横杠也往旁边跑了。先前跑走的那两个人是往楞垛上跑的，后边和父亲同一杠子的人也往楞垛上跑，那熊就寻着声往楞垛上撵去。而父亲想跟他们往楞垛上跑也不可能了，他就势挣扎着向斜侧翻滚下公路边的沟里去。他听一位山里猎人说过，熊的视线是只看直线的，左右后侧是它的盲点。这只熊是一只藏在树洞里冬眠的熊，这棵红松从山上用马爬犁拖下来都没有惊扰它，到了开春它睡醒了，听到人喊号子声就从树洞里爬了出来。它看到三个人往楞垛上跑，就紧追不舍地上了楞垛。眼瞅就要追上跑在后边的那个工人了，站在楞垛顶上往下看的那两个人就冲他喊："快放垛——闪开！"那个工人听到了，就搬动了脚下一根原木，那根粗重的原木滚下去，正砸在熊伸出的前脚掌上，熊疼得长嗥了一声，身子扭动了楞垛，原木纷纷飞下来，那个工人也惊呆了。他并没有来得及跑到楞垛边跳下去，轰隆隆——眼瞅着人和熊一起顺着狂奔的原木滚下来……熊被砸死了，压在了山一样的木楞垛下，那名工人也被压成了肉饼，扒出来时浑身血哧糊拉的了。

几天后林业局和公安局人员在调查这起意外伤亡事故时，父亲还躺在医院里。他扭伤的腰让他动弹不得，只能躺着接受公安人员的调查。陪同公安人员来调查的场长听说父亲有高小文化，就叫父亲别在楞场上干了，镇上的供销社里缺一名会计，叫父亲养好伤后去供销社里干。这样父亲就在那个春天离开干了两年零一个月的楞场。父亲离开得很不情愿，也很无奈。他亲眼目睹了那个和他一起干活儿的工人是怎么被疯狂滚下的原木卷到木垛底下压成肉饼的，一想起这父亲就不寒而栗，他的腰就隐隐作痛，当时要不是腰扭了，他是不是会和那个工人一样往上跑？

现在父亲坐在饭桌前吃一会儿饭，就腰疼得受不了，他和母亲都会想到年轻时那次腰伤。母亲会唠叨他："都是年轻时坐下的病，你头些年就该去找老大报个工伤劳保什么的。"父亲嘿呀一声小声呻吟着，难为情地瞅我一眼。只有我知道父亲的腰疼和年轻时的腰伤没有关系。在市里林业中心医院复查时，那个医生给我看过父亲腰部拍的片子，医生指着片子对我说："你父亲的腰椎骨都叫癌细胞给吞噬了，这些发白的地方就像一群蚂蚁在啃一截朽木一样，都糟烂了。"我当时听得头皮发麻，父亲怎么能忍受这时时刻刻像割锯一样的痛。为了安慰他，我也顺着母亲说："你的腰疼都是年轻时坐下的病根。"父亲嘴角就咧出无奈的苦笑来，说了一句："唉，人老了，就像朽木一样，连只蚂蚁都

291

会欺侮你。"这话听着像从我心里冒出来的一样，吓了我一跳。

可父亲怎么也不会想到贮木场里的龙门吊会被拆掉当废铁卖了，那天他还跟我说："老二，等天暖和了，你带我到贮木场走一走。"我知道他到贮木场去是想看看龙门吊。有一回五叔从山东老家来我们家串门，父亲领他到贮木场去，五叔一看见这龙门吊把两辆解放牌汽车载的红松原条木一下子吊起来，就惊呆了。父亲还在旁边跟他说老大就开过这龙门吊。五叔又是很惊讶。

"老二，五四那天来家说场子真的要黄了？"

我说："是真的。"

"这么大的场子，咋说黄就黄了呢……"父亲的目光变得痴呆起来。

那天张五四来我家里好像有心事，母亲问到他两个儿子现在怎么样了，他也心不在焉的。难道他在担心场子黄了的事？他毕竟是五十多岁的人了，再干一两年就退休了。场子黄不黄和他关系也不大了。

当年大哥不开龙门吊了，当了书记后，张五四曾找过我，让我跟大哥说说，他想开龙门吊。我把这意思也跟大哥说了，大哥也考虑了，他毕竟在场里当了多年劳模。大哥就把他和另外一名工人送到林业学校短期培训班去培训。张五四虽然去了，可是不等培训完，他就自己跑回来了。后来见了我跟我说："鸿子，我真恨当初在学校里没好好学习，在那里我鸭子听雷一点儿也听不明白。看来我这辈子就是出大力的命了，唉。"

张五四又回到楞场上当他的倒楞工了。

我在城里成了家以后，回去的时候少了，回去见到张五四的时候也少了。他在台班上当装车工，有时春节也一天假不放。回家探亲时，我都是从大哥嘴里打听到他的一些近况。从大哥嘴里听到张五四离婚了，又找了一个山外没户口的媳妇。我吃了一惊，问："为啥?"大哥就摇摇头，说："还不是嫌他没有能耐?"大哥说贮木场不比从前了，工人光靠死工资很难养活家了，就有脑瓜活泛的工人下了班上山采点儿山货卖。还有别的工人下班都在自行车后座上驮个木头头回去当烧柴。张五四不驮，张五四说自己是劳模，不能占场里的便宜。他那第一个媳妇是个厉害的角色，常跟他吵架，有时看他下班回去晚了还找到楞场上来骂他："张五四，你积极个头啊，你挣那两吊尿水钱也不撒泡尿照照自己。""这样的媳妇离了也好。"大哥说。不过离婚时，媳妇把值钱的东西都划拉到娘家去了，只给他留下一个儿子。

这年冬天春节回家探亲时，我去楞场上看张五四。一晃我们有十几年没见面了，这十几年我们都忙啊。天上飘着小清雪，走进场子东边门房时看见门口立着"闲人免进""禁止烟火"的牌子。门卫问我找谁，我说找张五四。门卫瞅瞅我就向里头的楞垛一指，让我进去了。看来张五四在场里还挺有名。我顺着那条闪着寒光的铁轨走近那边装车的楞垛，远远地看着那个在楞垛上忙活的身影，我差点儿没认出他来。他戴着一顶沾着雪花的狗皮安全帽子，背明显地驼了下去，他拿着搬钩转过身来看见我时，竟迟疑了一下："你找谁……你是鸿子?"我在楞垛下面点点头。他那张眼角皱纹增多、神情麻木的脸上展出一丝惊喜。他走下楞垛来，问我什么时候回来的，这些年在城里还好吗。不等我回答他，他又对我说了一句："你等一会儿，我快下班了，到我家去我们好好唠唠。"说完又走上楞垛去了。

我打量着贮木场，冬季应该是生产的旺季，不知是不是过年倒班的缘故，楞场上干活的工人并不多。白雪覆盖在楞垛上，原木多是一些次生林的木材，什么椴木、桦木、柞木什么的，看不到早些年那水缸粗的红松原木了。

张五四很快就下班了，他推着一辆很破很旧的自行车，从一个木楞空里拎出半麻袋锯末子来，夹在后座上。而别的下班工人车后座上都驮着一截木头头儿。

张五四的家在北山坡上，离场子不算太远，我们走了约莫二十分钟，就到了他家一幢低矮的平房前。四周都是这样低矮的平房，这是林业局的棚户区，从别人家的障子里传来几声狗叫。走进院子里，张五四把装锯末的袋子卸下来。大概听到了动静，从那扇钉着防寒毡的房门里，走出一个个头不高的女人来，她身后涌出一堆白雾气，她在屋里忙着做饭来着。这大概就是张五四的第二个媳妇了。她看到有客人进来愣了一下。张五四给她介绍："这是我跟你说过的王书记的弟弟，我的同学。"那女人听了冲我点点头，眉眼之间看得出这是一个很朴实的乡下女人。进了屋，刚刚坐下，张五四就催促女人快点儿做饭，他转身出去了一趟，去小卖部买了一瓶兴安白和一听午餐肉罐头。

饭做好了，摆上桌，我问孩子呢，叫上来一起吃吧。在山里待客，孩子和女人是不上桌的。听我这样一说，张五四就叫女人到外屋招呼了一声，转眼间两个半大小子就推推搡搡站到我面前。他俩面孔的模样都是活脱脱张五四小时候的样子，那个高一点儿的一定是他和前一个媳妇生的，矮一点儿的是和这个媳妇生的。初次见面又是在正月里，我从兜里掏出两张五十块钱新票来，说给孩子的压岁钱。张五四一见，就慌慌地挡过手来阻止，可是我把钱递过去，两个孩子就飞快地接了，并偷偷看了我一眼。那个小媳妇在一旁也不好意思地说："这孩子，这么不懂规矩，这么不懂礼数呢。"张五四的脸更是憋成了猪肝色，瞪着两个孩子。我说应该的应该的。吃饭时，我看见两个孩子的筷子专往肉上叨，看得出他家很少做肉菜。喝酒中间，我打量了一下他家里的炕琴和柜子，还是二十年前的老样式，油漆已掉得差不多了。电视机是一台小黑白电视机。他家这屋子凉，喘口气都能看见白哈气，墙角上还挂着白霜。

两个孩子吃完饭先下去了。我问他俩都读几年书了。张五四告诉我一个在读高一，一个在读初中。又问准备让他俩考大学吗。不等张五四答，那女人就替他答了，学习都不好不会考上的。张五四就像害牙疼病似的皱了一下眉头，又舒展开了，说："老大毕业后，我打算提前办成退休手续，让他接我的班到场里上班去，我跟大哥说好了。"

其实，那会儿我大哥已调到区组织部当部长去了，不过他答应的事会办到的。尽管张五四听场里人吵吵，将来可能没有退休接班的机会了，要办提前退休手续把子女弄进场的人很多。可有大哥和我的关系在这儿，还是叫张五四吃了一颗定心丸。

吃完饭，张五四说他下午还要去上班，我就和他一起走了。从北山坡下来，就看到场西头轰鸣着的龙门吊。张五四喝过酒的眼里闪过一丝亮光来，对我说他每天上班一看见场里龙门吊，就浑身上下像喝过小酒一样舒坦，"你说为啥呢？""为啥？"我问了一句。"我也说不清为啥，就觉得亲。"张五四说。我不由得想起他上小学时说过的一句话来，看来他这辈子最大的愿望和满足就是来场里当个工人。他十八岁接他父亲的班进楞场，他还要他一个儿子将来也接他的班进楞场，他家父子就是想当个摆弄木头的人。除了在场里上班，张五四还从来没走出过山里。难怪他的前妻会骂他是一截不开窍的木头哩。

张五四的大儿子并没有接上他的班，两年后，上边有政策不允许接班招工了。贮木场的萧条我是从大哥嘴里听说的，山上采下来的木头越来越细了，后来就停止了采伐。上面要实行"天保"工程，贮木场里好多工人都没活儿干，放假了。

就在我有一年夏天回去时，我去贮木场里看过张五四。听说他和几个工人在场里守着把剩下的陈木头卖出去。这是个阳光明媚的下午，走进东头的场院门口，门卫没有了，门口也没有了"闲人免进"和"禁止烟火"的警示牌。

场子里显得空荡了许多。很多楞垛上都没有了原木，我沿着一条锈迹斑斑的铁轨朝里面走去，半天也看不到一个人影。两边的空楞垛台上，散发着一股腐朽的树皮和锯末气味，在低洼的地方，还积着一汪雨水。有燕子在楞场支架杆之间翻飞。在我脚下这条铁轨线上，还有两只铁锈色的蝴蝶在枕木上飞来飞去……

在一个废弃的道轨旁，装车搅拌机吊杆板房里，一个工人探出头来，好奇地问我找谁。我说找张五四。他朝那边指了一下，我就往那边矮矮的楞垛边走去，果然在一个黑原木的楞垛枕木上，我看到了坐在那里的张五四。和我那年冬天在这里见到他时相比，他又苍老了许多，面孔黑黑的，乱糟糟的头发里夹杂了不少白发。他弓着背坐在那里，穿着一件破旧的工作服，安全帽丢在了一边。看见我并没有露出多少惊喜，只是木呆呆地看了我一眼，从那黑枕木上慢慢站起身来。

"场子咋会变得这个样子了？"我惊讶地问。

他瞅我一眼说："你都看见了，山上没有木头采下山来了。"

"那你，你们以后怎么办呢？"

"不知道。"

和他一起坐到那截发黑的腐朽枕木上，我又问起他的两个儿子。他说老大毕业后一直待在家里，老二初中毕业后上了技校，今年技校毕业后也闲在家里。说到这儿，张五四深深地叹息了一声，脸上掠过一丝我从没见过的沉重表情。

贮木场的龙门吊静静地停在场西头，没有木头可卸，它的影子显得很孤独。

晚上回到家里，母亲问我下午干什么去了，我说去贮木场见了张五四。母亲这才跟我说起一件事来："今年过五月节的时候，张五四来家串门，给你父亲送了两条烟。当时你大妹在家，说你爸把烟戒了，他还不相信，撕撕巴巴非叫把这两条烟留下。"这叫我也觉得挺奇怪的，张五四以前来我家从来没有这么多礼。又听母亲这样说道："等你大哥来家里才知道，张五四找过你哥，想让你哥把他二儿子安排进场开龙门吊。"原来场里不让接班了后，张五四就希望他小儿子技校毕业后，能安排进场开龙门吊。大哥也答应了他，跟场里领导说说。我想起下午去见张五四的样子，怪不得他脸色那么沉重。看场里这个样子，恐怕他二儿子也很难指望进场开上龙门吊了，我的心情也不由得跟着沉重起来……

今年春天这次我回来，送张五四从家走时，在外面张五四问我："你父亲前年就查出肺癌了吗？"我说是的。他好像如释重负地说了一句："怪不得你妹那时不肯收我的烟，我还以为……以为……"张五四吞吞吐吐没有说下去。

大哥从市里回来看望父亲，父亲睡着时，我悄悄问他："贮木场龙门吊都被拆除了，你知道吗？"大哥说他知道。大哥脸上很平静。也是，那么高的龙门吊一进林业局就能看见，没了怎么会不知道呢。

"拆掉了也好，省得再有人爬上去往下跳了。"大哥说出的这句话又叫我吃了一惊。随后他说出了张五四要跳龙门吊的事，更叫我大吃一惊。

　　这是去年秋天发生的事，不知是听说贮木场要黄了，剩下的工人要转产到一家私营胶合板厂去，还是因为听说了要把龙门吊拆掉当废铁卖了，那天张五四和几名工人要到场部去找场长理论。场长不见他们，说这是上边决定的事，有本事去找上边。他们没有去找上面，散了。中午的时候，有人看见张五四爬上了龙门吊，下面围聚了一些工人。这回场长急了，跑到龙门吊下冲上面喊话，叫张五四下来，有事下来说。可张五四并没有看场长一眼。秋风撕扯着张五四乱糟糟的头发，他坐在上面已经发呆发木了，嘴里喃喃地说："场子没了，我儿子怎么办呢？"张五四不下来，场长就叫保安上去把张五四弄下来。张五四看到了在上边喊："你们谁也别上来，不然我就跳下去。"厂长害怕了，把这件事报告给了局里。警察来了，局长也来了，好说歹说，张五四就是不肯下来，或者他那会儿真的连死的心都有了。这时有人想到了我大哥，考虑到我大哥在场里待过，和张五四也熟悉，又是市政法委抓综合治理的，就打电话把我大哥找来了。

　　大哥赶到贮木场时，张五四已在上面待了五个小时了。下面的人越聚越多，像蚂蚁一样乱哄哄围着。

　　大哥就在下边拿着话筒喊话："张五四你下来，有什么要求你跟我说，你可不能干傻事啊。"

　　张五四往下看了一眼，看大哥来了，嘴角动了一下，说："王书记你来了……场子没有了，也没活路了，俺也不想活了。"

　　大哥冲上面喊："五四，你怎么能这么做呢，你可是咱们场多年培养的劳模啊。"张五四眼里就噙了泪说："俺还想在场子里

298

干一辈子呢，俺还想让俺的儿子接俺的班呢，场子都没了还接什么班？"大哥听到这里又冲上面喊："五四你下来，你儿子工作的事，我会再想办法帮他安排的，还有你如果愿意可以留在场子里干到退休，反正场子里也需要留人看场的。"

"你说的是真的？"

"我说的是真的。"大哥说，那个站在一边的场长也赶紧点头。

这么着，张五四就从龙门吊上抓着扶手下来了。这是张五四自从进场第一次爬上这么高的龙门吊，也是最后一次。连他自己也没有想到他会以这种方式爬上龙门吊。他那会儿早没了开龙门吊的愿望，连让他儿子开龙门吊的愿望也彻底破灭了。

大哥对他曾经开过的龙门吊被拆卸掉的反应却是轻描淡写，倒是我觉得可惜，说了句："那也不能当废铁卖啊。"

大哥反问了我一句："那你说怎么办？"

我说："至少可以作为林业局的纪念雕塑立在那儿给来山里游玩的人参观，也给场里的老人一个念想。"

大哥回了我一句："那是你们文人想出来的浪漫。"

大哥只在家里待了一日就匆匆走了，他现在工作忙啊，管着社会治安综合治理工作。现在各个林业局下岗闹事的工人很多，还有偷拿偷盗贮木场、林场公家财物的，什么油锯啊，搬钩啊，铁轨道钉啊，林区的工人好像一下子都穷疯了。这是怎么了，当年的"林大头"可是人人羡慕的啊。

五一劳动节这天，风和日丽，天气十分暖和，父亲突然跟我说，想到场里去走走。父亲红光满面，神情不可动摇，我就答应了他。下楼时我拦住了一辆三轮出租车。父亲说不用。其实从我家到贮木场没多远，过了河上大桥就是贮木场西门，不过一里路。可这一里多路对父亲来说却是十分艰难的。他拄着大妹给他买的拐杖，我紧紧贴在他身边，他不叫我去扶他。父亲走几步就停下来喘一阵儿，他不跟我说话，我也不跟他说话，为的是叫他省点儿力气。

在桥中央时，他停下的时间要长些。他往桥下看，河水在桥下湍急地流着，不过那河水已被上游人家和胶合板厂排出的污水染成了暗铜色。当年父亲在这条河放木头时，那河水一定是清澈见底的吧。父亲收回了目光，又蹒跚地向前走了。

走进场子西门，父亲又在门口停了一下。就在这时，我看到场西门口内靠近场部平房的一侧，立着一个带雨搭的光荣榜橱窗，不过窗橱里面的照片已经发白了，下边也看不清名字了。我想至少有几年没有换了。正要移去目光时，我看见了张五四的照片，他咧着嘴模糊不清地憨笑着，胸前佩戴着发白的大红花。我回过头来时，父亲也正盯着他看。

场子里看不到一个人影，有一种无奈的寂静。曾经这里是多热闹的地方啊，拉原条的车每隔五分钟就要进出一辆，那种老式的长鼻子解放牌绿皮汽车，后面拖着长长的车斗，车拖斗上载着小山一样的红松原条木，树梢拖到地上，跑过去时就要卷起一阵久久不散的烟尘来。那戴白线手套开原条车的司机多牛啊，大热的天在场门口等着进去时，他会从驾驶楼里探出半个身子来，冲街上走过来的卖冰棍的老太太吆喝一句："给我拿半壶冰棍来。"之后就甩出一张五元大票，甩下白手套吸着凉气吃起来。那可真是叫我们孩子馋得直流口水啊。说真的，那会儿我倒是真想当一名开原条车的司机来着……

我和父亲终于走到龙门吊的场地，两座龙门吊没有了，场地里空旷旷的。父亲的身体终于支撑不住，他坐在了一根埋在地里的半截枕木上，大口大口气喘着，好像要把他的肺叶都喘出胸膛来一样。等他急喘声渐渐平息下来，他断断续续吐出几个字："山……没了……"

一行混浊的泪从父亲眼角流了出来。

我心里一颤，难过地扭过头去。父亲肯定想起了他年轻时离开场子的那个春天。

阳光很明媚地无声地照着这个散发着木头味的空荡荡的场子。一只黑色的燕子，在一根卷起的生了锈的铁轨上翻飞着，远去了……

图书在版编目（CIP）数据

重影／王鸿达著. — 北京：中国文史出版社，
2020.2

（中国专业作家小说典藏文库·王鸿达卷）
ISBN 978 - 7 - 5205 - 1422 - 4

Ⅰ.①重… Ⅱ.①王… Ⅲ.①短篇小说 - 小说集 - 中
国 - 当代 Ⅳ.①I247.7

中国版本图书馆 CIP 数据核字（2019）第 245050 号

责任编辑：卢祥秋

出版发行：**中国文史出版社**

社　　址：北京市海淀区西八里庄 69 号院　　邮编：100142
电　　话：010 - 81136606　81136602　81136603（发行部）
传　　真：010 - 81136655
印　　装：北京东君印刷有限公司
经　　销：全国新华书店
开　　本：720×1020　1/16
印　　张：19.5　　　字数：218 千字
版　　次：2020 年 2 月第 1 版
印　　次：2020 年 2 月第 1 次印刷
定　　价：63.00 元